U0903421

黑　梦

冯小凤◎著

译林出版社

目 录

Contents

几乎没什么亲密和温暖。
似乎我们从未有过童年。
在空荡的房子里枯坐，
在冰凉的月光中感受真理，
好像我们从来没有年轻过，
而这都是真的。

不要吵醒我们。梦中
一个红彤彤的女人正在长大，
在夺目金辉里，梳她的长发。
她会沉思地吟出一行诗。
同时她也会想，
这帮傻子不太会唱歌。

可是，
当天空那么蓝，我们歌唱自己，
也像是为她，也就是为她在唱歌。
她静静地听着，
并感到她的色彩是一种玄思。
如此快乐，但远没有从前那么快乐。
留在这里，讲讲那些你熟悉的事情。

——〔美国〕华莱士·史蒂文斯《尘世与记忆的碎片》

幻／境／第／一

父亲买了一辆摩托车：雅马哈 125。现在可以载两个人。在此之前，自行车作为家里唯一的交通工具，常年使吕贝卡必须把自己搭在横梁上，像一件被晾晒的衬衫。吕贝卡在睡梦中抚摸到大腿根处被钢管挤压的凹痕，夏夜对着镜子欣赏脸上红色的网格，那是凉席的即兴之作，如同母亲的一幅无人能懂的画。如今，终于骑在柔软的坐垫上，贴着父亲的后背母亲的乳房，设想在红灯前陡然刹车能把单薄的胸腔挤出“咯噔”的声响。有时竟真的听到，不过这种感觉很舒服，他想。

经过几个笔直的十字路口，映入眼帘的是一片绿色的海洋。铺天盖地的绿色草坪，绿色警示牌，绿色房子。着绿色军装的年轻人像绿色松柏林立在街道两旁。他们挎着长步枪，从前只在电视里看到过。以为那是一些雕塑，待斜出脑袋一路看过来，终于发现有一对眼在乜斜着他们的车轮。于是知道了：那都是些真人，如同你的父亲。

一辆黑色轿车开过来。道路两旁的活雕塑们转过身来，左脚在右脚边敲响，敬礼。希望他们冲自己也敬个礼，却无人理睬。这构不成一个埋怨。后来他想，倘若能在一个超级广场上摆放四万人，像摆弄玩具变形金刚按动电钮，他们一齐转身，左脚在右脚边敲响，那一定比耿叔叔的鼓声要响得多。尽管在当时，吕贝卡并不清楚“万”作为一个量词,究竟表示多少。但耿叔叔说:演唱会,四万人啊!耿叔叔说这句话的时候，眼神里放射的光芒使吕贝卡感到：四万，真的很多。

经过重重关卡，摩托车放慢速度驶入一个潮湿的院落，斜靠在花坛边。一排红色方砖,红色瓦片垒筑的房子陈列在眼前。凑近来看，砖瓦像被水浸泡过的样子，使红色显得更为鲜艳。却也无法改变房子的绿色——除了那些湿漉漉的水泥花坛里湿漉漉的冬青树，房顶的红色瓦片上也覆满青苔。吕贝卡肯定地认为,如果坐在直升机上看，这院子就是绿色的无疑。冷不丁一只大手在吕贝卡的脑袋上粗鲁地揉了一圈。在回头之前，响亮的笑声里掺杂着湿漉漉的口臭——韭菜墨鱼仔的味道。

扭过脑袋仰视这具黝黑的大身躯，尽管在吕贝卡眼里，披在这身躯上的军装和裹在那些活雕塑身上的并无两样，都是绿色的不是吗？但黑男人背着的手，挺起的肚子表明他们身份有所不同，带着某种不容抗拒的威严以及从威严中渗透出的威慑力。一些诸如喜悦、慈祥、和蔼、亲切的神情在黑男人的眼睛里跳动，这些搅拌过的、丰富多彩的表情，在那个多云的午后浑浊的阳光下，让吕贝卡抿起的嘴角感受到一种异常复杂的味道。黑男人对吕贝卡说的第一句话就是：你吃了吗？那个下午，在黑男人家里的所见所闻，令吕贝卡铭记一生。尽管最终也没有参透其中的“秘奥义”，但这又有什么关系呢？他毕竟记住了，黑男人的第一句话是：你吃了吗？这个城市里的男人碰在一起总是嘀嘀咕咕。有时神神秘秘的问候则是：你抓到了吗？开始以为大家生活在某种恐怖当中，长大了才知道他们指的是一条鱼，一条有根有据地存在，却永远也不被人抓到的鱼。而黑男人则说：你吃了吗？多么与众不同。愣怔的停顿，母亲在吕贝卡怀里捅了一下说：叫人。尽管母亲用作提醒的中指捅得琴键般的肋骨些许疼痛，但他仍然足够机灵地喊道：黑伯伯好！童稚的嗓音响亮而余音袅袅。

却不知初逢伟大神情过于激动，或是慑于军营威严的氛围，竟把姓氏和特征搞混了。在家母亲交代得清楚：伯伯极黑，是你没见过也想象不出的那种黑。为使儿子有生动的形象，母亲在调色板里调出一种颜色，抹到画纸上。一定要记得，见面要喊赵伯伯好！母亲把话重复了多遍，仿若叫错就会丢了性命那般紧要。在被母亲强硬的中指捅醒之前，吕贝卡头脑里正在对比伯伯的黑与母亲抹在画纸上的黑，本质的区别在哪里。得出的结论是：伯伯的黑闪闪发光，带着某种气息，而母亲所抹的黑，尽管在颜色上相同，却嫌黯淡。若是用油漆来调色，或者在画纸背面打上灯光……

童年留给吕贝卡的印象是晴天、雨天、云彩、海洋和一些零碎的面孔。撕碎的信纸一样，漫天飞舞的画面在久远的记忆中飘来荡去。还无法通过左脑将这些画面组织成语言。若要成年之后的吕贝卡来形容童年的印象，对于两种黑色的比较，他会说：尽管是同样的颜色，但区别在于伯伯皮肤上的黑具备生命力，而且是一种藤蔓般向外蔓延的、旺盛的气息。

母亲嗔怪着将吕贝卡从摩托车上举起，丢在地上，扯开他被汗水黏在屁股上的裤子，惭愧地说：这孩子，人都不会叫。沉闷的空气再次被黑伯伯伟大的笑声撕破。黑伯伯摆摆手，表示不介意。伯伯叉起腰来抽烟，姿势好比某张中堂画里的毛主席。吕贝卡还注意到伯伯连挥手的姿势也在模仿毛主席。那时候的吕贝卡还不清楚伯伯的这种模仿意味着什么。伯伯会不会恨他母亲没有在下巴上给他生下一个痣，肤色为何不能生得白一点？

一阵眩晕使吕贝卡没有记住被母亲抱下摩托车后做了些什么。凭印象拼凑，大概是绕着花坛漫无目的地转悠一圈，两圈。接着，被一群搬家的蚂蚁吸引。蹲下来，盯着，小个子们比伯伯更黑更亮的皮肤更具生命力，每只脑袋都顶着一颗晶莹的小白点，排着整齐的队列，奔向花坛底部一个比针眼稍大的洞口，匆忙有序。花坛基座上有岁月剥落的水泥，露出丑陋的红砖骨骼，沾满了泥点子，让人联想到刚刚过去的雨季。不确定的回想。

一整排像一个模子里刻出来的平房就是一个迷宫，挂着相同的帘子。某个帘子里，母亲喊吕贝卡的名字。奶奶像个老巫婆神秘地告诫：如若在梦中，听到喊你名字千万莫答，那是阎王的小鬼来取你的魂魄。吕贝卡牢记在心。眩晕感尚未退却，此刻诸多不确定因素使自己恍然梦中，于是闭紧嘴唇死不答应。却像只小狗，在每个帘子前左右嗅着。有的帘子里探出脑袋来诧异地打量，像张开的嘴巴吐出的舌头；更多脑袋则钟情于藏匿于帘子后面，像伯伯那般制造伟大的笑声。母亲从某个帘子里钻出来，把儿子捉进去，麻利得如同外婆捉她的老猫。

这时有两种记忆。一种是房子里亮着至少四百瓦的日光灯。室内外光线的强烈落差刺得吕贝卡下意识抬起胳膊挡住眼睛。小心翼翼睁开眼，但见父亲和伯伯坐在沙发里抽烟，用新闻报道里国家领导人会见别国首脑的仪态。另一种记忆是，房子里没有开灯。室内外光线的强烈反差，使吕贝卡置身于一个幽深的洞穴，像盲人新手般莽撞地触到一只冰凉的手臂。像被电击，他哆嗦了一下杵在那儿不敢再往前走。瞳孔舒张开来，事物逐渐从黑暗中浮现出它们的形象。首先，看到了父亲和伯伯，他们坐在沙发里抽烟，仪态一如前一种记忆。接着，看到两个单人沙发之间的红木茶几，茶几上的陶瓷烟灰缸没有捻灭的香烟余烟飘摇，茶杯里的茶还在冒热气……

他们似乎由于无甚话题而显得局促不安。偶尔，其中的某位突兀地跳出来一句，类似于城市建设，邓小平同志南方谈话，计划经济，市场经济，小商小贩热衷于倒卖广州花哨的衣服、墨镜、假手表、假项链，内地歌手都在翻唱，其中有个人叫齐泰，竟然还蒙了很多人，都是新闻。但二人似乎对此话题的热情并无高涨，更多时候沉默占据着客厅，无聊地抽烟，吧咂嘴，或是垂着眼睑专心致志地剔指甲里的污垢。

后来他们谈到了反战歌曲、越南战争、救助非洲灾民的大型义演、嬉皮士运动、垮掉的一代、反思音乐、欧洲的一些年轻人都在背诵《毛主席语录》和全世界的摇滚浪潮什么，还说了一些地球背面某个国家的坏话——一些很白的人用二十四块钱从印地安人手中骗到了现在的首都。说到这里伯伯比父亲激昂，似乎他更憎恨白皮肤的人。于是矛盾重重，有时像是赞美，有时又像是批判，还好只是闲聊。很多时候吕贝卡都听不大懂，只故作乖巧地依在那只冰凉的手臂里傻笑。手臂的主人是个与母亲年纪相仿却脸上毫无血色的女人。她不时剧烈咳嗽，用半握的手阻止咳出的空气，仿佛那是些脏东西。

吕贝卡担忧地抬起头，女人略带凄楚地淡然一笑，似乎表明她对此早已习以为常。女人的皮肤很白，几乎是那种可以与伯伯的皮肤恰成对比的那种白。所以他们是夫妻，吕贝卡想。一种莫名的神秘感促使吕贝卡偷偷观察那张脸。成年后，吕贝卡曾试图用自己所掌握的词汇来形容那张脸，譬如端庄，譬如蜡白，譬如憔悴，譬如病相……最终逐个放弃，它们冷冰冰是些死物。最恰当的形容或许是，那是一张需要一直捧着的脸。稍有不慎就可能溶化或者掉下来。

到部队来吧，伯伯说。父亲不作声，只端起茶杯来，鲁莽地吞一大口，即刻被烫到，茶水吐在地上。伯伯再次制造出伟大的笑声。

你根本不用担心太多的问题，一切都由我来办妥。伯伯优越而富足地微笑。见父亲不作声，继续讲道：你玩朋克要掌握几个调式？我写主旋律一个就够了。你知道有多简单？跟坐机关办公室每天读报纸喝茶聊天一样简单。当然，我现在写都不写了。我写都不用写也什么都不担心，这其中有很多奥妙。中国不可能有摇滚乐，你坚持多少年都没用。伯伯端起茶杯来，漫不经心地吹了吹，相当惬意地呷了一口。

父亲不置可否地笑了笑。缓慢地说：中国不可能有摇滚乐，我明白你的意思。我们都是指真正的摇滚乐，还没有。

嗯，真正的，还没有，也不会有。伯伯肯定地点点头。

现在没有我承认。但是倘若现在我们就必须得出什么结论来还为时尚早。我希望的是，你一直关注着，你看着我——我会把它做到底。父亲说完狠狠捻灭香烟，即刻又点上一支。伯伯不再伟大地笑，竟有些悻悻然。室内氤氲的烟雾使视线模糊，缭绕着一片，久驱不散的沉默。圈着吕贝卡的女人松开吕贝卡，从沙发上坐起来，更加剧烈地咳嗽一通，脸上的表情很痛苦。她说：我得打开窗，烟味儿太重了。

母亲也站起来，突然对客厅产生兴趣般伸长脑袋，若有其事地观摩着这并不宽畅却颇显尊贵的客厅。客厅里的所有家具似乎都按照人民大会堂的标准小号购置。唯一有点生活气息的就剩墙壁上挂着的一些照片和奖状，表明了曾经难以忘怀的艰苦岁月和摸爬滚打的创业历程。吕贝卡的肚子咕噜噜叫了起来，顺着饥饿指引，他含混不清地说：我饿。母亲沉下脸来说：这才刚吃过午饭。冰凉手臂的女人却柔润地微笑，扯着吕贝卡拐进了沙发旁边的门帘里。在这个别有洞天的厨房里，吕贝卡平生第一次见到天然气灶。那时候母亲还在用蜂窝煤烧饭。他对眼前这神奇的设备充满好奇，伸手来摸上去，摸了满手油烟。紧跟进来的母亲尴尬地把吕贝卡的手打掉。她拧开水龙头，把儿子生生扯过来。

冰凉手臂的女人掀开一个倒扣的网眼塑料筐，取出半只烤鸡。冻成晶莹的黄油块遍布在金黄色的鸡皮上，白肉还留着平滑的切痕。才洗完手的吕贝卡瞄见烤鸡就扑了上去。冰凉手臂的女人说：小贝，我把它热了你再吃。吕贝卡却弓起小身躯，将抢到手的鸡肉死死护在怀中，撑着桌沿一阵撕咬，如勇猛的小兽。冰凉手臂的女人悄无声息地坐在身旁，倾着身子看吕贝卡吃鸡肉，不时说：慢点儿吃，孩子。同时手持一块毛巾，时刻准备着为这孩子擦嘴角的油。母亲此刻的神情相当复杂。儿子突然的举动令她猝不及防，杵在门口。一来强忍愠怒，一来局促不安。当冰凉手臂的女人看过来时，她又要故作平静地微笑，来维持某种代表生活质量的尊严，尽管这种维持已经显得很牵强。

房子外面传来不规律的脚步声，像欢快的康康舞。门帘被哗啦撩开，一个男孩半句神秘的窃窃私语也漏了进来：我没骗你，真的是一条大蟒蛇……以及一个女孩惊讶的语气。片刻静默。接着听到伯伯洪亮的男中音：立正！敬礼！喊人！男孩女孩异口同声的嘹亮：叔叔好！父亲戏谑地回礼道：为人民服务！客厅里传来一阵无甚意义的哄笑。伯伯截住笑声的余音略有点疲倦地说：解散吧。一个脚步声向另一边窸窣而去，另一个脚步声朝这边踢踏而来。

吕贝卡张大了嘴巴，一块松香色的鸡油冻挂在鼻尖上，像一滴用过呋麻滴鼻液的鼻涕。就是在这个定格的镜头里，他瞟见了跨进厨房门的那个小女孩儿。

吃过鸡肉，两个女人重坐回客厅的沙发上，仿若在倾听男人谈话；小男孩趴在写字台上写作业；吕贝卡仍然被圈在那只冰凉的手臂里；小女孩儿则在吕贝卡母亲的怀里略显不安地扭动。陌生女人的陌生拥抱，画地为牢。小女孩儿朝吕贝卡吐吐舌头，挤挤眼睛。那种五官像是只属于洋娃娃，无论如何做鬼脸，都显得几多可爱，几多恰当。父亲们似乎早已打破沉闷，换了新的话题，又像是在自言自语。一个在兴高采烈地宣讲一种新的吉他定弦法，另一个在忧心忡忡地说军风军纪还得从严治理，现在一些年轻的士兵竟然偷偷到山后捉蛇来吃。他们的话题逐渐成了两条没有交叉点的平行线，却仍然兴致浓郁，宛若真在交谈。

似乎是“蛇”字令小女孩儿想起了一件要紧事。她挣开“牢笼”，跑到写字台边，对哥哥嘀嘀咕咕。哥哥不耐烦地嚷嚷着说：是真的，我没骗你。可我就是不去。小女孩儿说：你害怕！哥哥说：我才不怕，就是没意思。小女孩儿说：你就是害怕！你是个胆小鬼！哥哥说：随便你说，反正我告诉你，我不去是因为没意思，信不信由你。伯伯呵斥道：你们瞎嚷嚷什么？！小女孩儿就佯装对哥哥挥舞着拳头，嘟嘟囔囔地掀开旁边的一个帘子，钻进去良久没出来。冰凉手臂的女人有点担忧地轻声喊道：××，你在爸妈房间里翻什么？

多年以来，每当吕贝卡做这个梦的时候，他都妄图听清楚这个梦，记住这个梦。他总想搞清楚冰凉手臂女人喊出的那个名字究竟是什么，可他总也听不清楚，更无法记住。甚至到他可以控制梦的年龄，能够将它像播放卡带一样随意倒退、快进、快放、慢放都无济于事。像一盘年久掉磁的卡带，那两个小圆点所代表的语言，永远是一阵咝咝的电流声。

小女孩儿从房间里跑出来，弯着腰捂着肚子哎哟哎哟夸张地喊着：我肚子好疼呀。经过母亲身边时凑到吕贝卡耳边说：跟我去玩儿吧，我给你看样好东西。吕贝卡同样夸张地张大嘴巴，并伸出两只手来捂住。在小女孩儿呼出的口气里，他嗅到一股清凉的橘子味。我在外面等你哟。话音未落，人已飞出门外。冰凉手臂的女人把疑问丢到窗外：你到底是肚子疼，还是去玩儿？小女孩儿啁啁啾啾地喊：现在肚子不疼了。我去玩儿。吕贝卡期盼地望着母亲，母亲接过他的目光，递给冰凉手臂的女人。柔润端庄地微笑，两个女人点点头。小女孩儿在门外迫不及待地喊着：小孩儿，快出来。吕贝卡轻轻抬了抬那只环绕着自己的冰凉的手臂，就像在乡间小路上，抬开一根白色的干柴。

他们来到了屋外。又是一阵眩晕。吕贝卡再次围着水泥花坛转了一圈，才找到小女孩儿。小女孩笑起来咯咯响。小孩儿，你是一只喝醉的小鸭子。不知道这个比自己大不了多少的小女孩儿为何喜欢管别人叫小孩儿。但被人比作小鸭子，还是喝醉的，便下意识地觉得自己真的晕晕糊糊，并像鸭子一般笨拙地向她挪动脚步。于是，她笑得更厉害了。

他们亦步亦趋地穿过煤渣铺实的甬道，沿着一排排梧桐树绕了几个弯，在一条水泥浇筑的宽阔便道上遇见一排跑步的士兵，来到了军营外面。扶着院墙小心地跨过散落在一条小水沟里的几块石头，走到了草丛中的一条羊肠小道。小女孩儿这才开始嘟嘟囔囔地说：我摸到了，我走过去了，我都回到家了，哥哥才告诉我是大蟒蛇。小女孩儿说完张大嘴巴，并用双手捂住。待指缝间逐渐泄漏出笑容。吕贝卡说：你学我。两人一起哈哈笑起来。吕贝卡说：摸到大蟒蛇是什么感觉？小女孩儿说：很凉。吕贝卡想问，是不是像你妈妈的手臂，但脱口而出的却是：怕不怕？小女孩儿说：我想把它养到家里来。吕贝卡说：像养小猫一样？小女孩说：不是，是像养小狗一样。

顺着脚下的小道逐渐升起的坡度，一座灰茫茫的小山横在眼前。小女孩儿一直捂着肚子卖力地朝山上爬。吕贝卡犹疑地问：我们要去哪儿呀？小女孩儿头也不回地说：带你去看大蟒蛇呀。你怕了？吕贝卡嘟嘟囔囔地说：我不知道我怕不怕。我没见过大蟒蛇，也没有摸过。我不知道怕不怕。真的。我不知道怕不怕。小女孩儿说：你比我哥哥还啰里啰唆。你们这些男孩儿，还真是没意思。说着她趾高气扬地故意小跑两步，吕贝卡像只跟屁虫，紧跑慢跑，生怕掉队。

倘若不注意，几乎认不出来那就是一条蟒蛇，它紧密地盘绕在一棵粗壮的树干上，紧闭嘴巴的脑袋从枝叶间探出，像一坨闪亮的牛粪。由于和树干一样的灰色使小女孩郁闷地在附近转悠了好几圈儿，才终于找到。吕贝卡说：它真丑。小女孩儿说：它刚吃过东西，在消化。你看它肚子鼓得多难受。说着伸出手来摸了摸蟒蛇肚子上鼓鼓的疙瘩。接着她取出一只藏在怀里的照相机，按动了快门。咔嚓一声。蟒蛇惊异地张开嘴巴，腥臭的獠牙吓得小女孩儿躲在了吕贝卡身后。大蟒蛇伸出芯子在吕贝卡的脸上舔了一下。吕贝卡一动不动。倒不是他不想跑，而是脑子里怎么使劲，两条腿都柔软得毫无力气，根本无法挪动脚步。他吓得说不出话，鼻子里呼哧呼哧喘着粗气，小女孩儿紧紧抱住了他，似乎即便被吞下去也要和今天萍水相逢的英雄抱在一起光荣殉难。

不知大蟒蛇正在痛苦消化的是一头牛，还是一头猪，终归这饕餮大餐令它消化不良、毫无食欲。于是，只是在吕贝卡脸上舔了一下，便重新懒洋洋地缩回脑袋，专心致志地勒紧树干。吕贝卡与小女孩儿躲在一块石头背后，偷偷盯着大蟒蛇。接着，树干也痛苦地摇晃起来，能听到吱嘎的断裂声，不晓得是树干被勒断了，还是蟒蛇食物的骨头碎了。这时，四只暗红色的蚂蚁排着整齐的队列急匆匆爬过来，在树底下一堆红色潮湿的泥土上点了点脑袋，又相互碰了碰触角。接着，它们迅速沿着树干爬到蟒蛇的身体上，沿着蟒蛇的身体一圈一圈爬到蟒蛇的脑袋上，在蟒蛇的嘴巴上点了点脑袋，碰了碰触角。大蟒蛇睁开眼只瞟了一眼鼻尖上的小黑点，继续懒洋洋地闭上眼睛缠树干。蚂蚁排着整齐的队列爬回地面，按原路返回。吕贝卡和小女孩儿不知道蚂蚁点脑袋是什么意思。还没相互交换猜测的意见，神奇的事情就在这个时候发生了。只见一条暗红色的溪流从蚂蚁消失的路口涌过来，缓慢却气势汹汹，就像滚滚而来的潮水。两个儿童瞪大眼睛也不敢相信，那竟是肩并肩脚并脚的红色蚂蚁。它们目不斜视，目标准确地沿着那四只蚂蚁勘查过的路线爬上去，像密密麻麻的芝麻撒满面团。被包裹得严严实实的大蟒蛇就像一个在襁褓中透不过气的婴儿，它似乎想要舒展开身体，但只晃动了一下，就一动不动了。整棵树身传来沙沙的雨声。接着蚂蚁的潮水褪去，依然整齐有序地按原路返回。树干上只剩下一条缠绕着的、白色的蛇骨。

小女孩儿张着嘴巴好大一会儿才喃喃地说：我知道了，是军蚁。见吕贝卡还像个傻子一样张着嘴，她伸出手来把它合上了。

回到军区大院里，他们来到一个体育场。有几个敞开着怀的军人在争抢一只球。他们分成两伙，每一伙都想趁对方不注意时，把那只球扔进那个高高的铁架子上的铁环里。每当有人得逞，同伙的人都会欢笑，而另一伙则垂头丧气。这个游戏让吕贝卡觉得很有意思，因为这些人把自己搞得满身是汗，像大狼狗一样吐着舌头喘气，还乐此不疲。他扒着绿色的网状隔离墙聚精会神地看着。

小女孩儿喊：小孩儿，过来。吕贝卡却不回头。他已看过小女孩在喊他的地方，只有几根绿色钢管支起的架子，还有一个像淘米的水槽一样的东西，只不过奇怪地斜立着。那里一个人都没有，一点都不好玩。小女孩儿依然在喊，一声高似一声。吕贝卡不耐烦地回过头，但见她从容地沿着水槽后的楼梯拾阶而上。她站在楼梯和水槽衔接的那块平台上，也就是整个体育场的“制高点”。吕贝卡看到她站在那里，像一个骄傲的公主。白色的小连衣裙，白色的小运动鞋和披散着的长卷发，更像一个洋娃娃了。吕贝卡望得有些出神。还未等愣过神来，小女孩儿大喊一声：小孩儿，我来啦！便坐在水槽上滑下来，像一道白色的闪电。在某个瞬间，吕贝卡的小心脏扑通一声，如同父亲年轻时目睹一个女子从高楼上跳下来——那一刻他觉得一切都完了，上帝却不留给他阻止的时间，那为何又偏偏叫他看见？他甚至绝望地张大嘴巴，再次用两只手紧紧捂住。但他觉得这还不够，于是连眼睛都闭上了。

再次睁开双眼，洋娃娃小女孩儿已站在他面前笑得前仰后合了。她的声音像一种叫作三角铁的打击乐器一样清脆。接踵而来的是惊讶和尴尬：小女孩儿毫发无伤。吕贝卡受辱一般走到一边去。小女孩儿来拉他的手，对这个从来没有坐过滑梯的男孩子笑个不停。小女孩儿的手不像她母亲那般冰凉，更像她母亲的微笑：柔润，带点清凉的潮湿。小女孩儿说：你来试试。这是滑梯，这里最好玩的东西。

吕贝卡带着将被执行枪决的悲怆神情，默默地登上了那个制高点。他明白这个时刻不需要语言，需要的只是勇敢的一跳。但他的腿有些发抖，似乎比被蟒蛇舔还要恐惧万分，这俨然就是悬崖，跳下去就是粉身碎骨，如若要保命，只有勒马。可在初恋面前，英勇的王子如何能够勒马？吕贝卡犹豫不决，思想斗争相当激烈。

小女孩儿猜透了那小心思。为不使自己的英雄尴尬，她拉着吕贝卡的手，示范他应先坐在平台上，脚顺着滑梯的坡度自然下垂。小女孩儿说：我数一二三，我们一起滑。却还未等吕贝卡应允，便毫无节拍地数完了一二三，滑了下去。吕贝卡像被一条绑在手上的绳子猛地一拽，身体陡然失衡。风在耳边呼啸而过，而身体不停往下坠、往下坠，你却无视我的伤悲。怎么会，怎么会，怎么会真的无法挽回，我微笑的眼眸里怎么会，有泪……成年后，每听到这句流行歌曲的歌词，吕贝卡就会想起那个尖锋时刻，想起在那短暂的过程中，他如何绝望地紧闭双眼。

小女孩儿的手不知何时松开了，吕贝卡像脱轨的火车从滑梯边沿飞出来，重重摔在地上。屁股像被拳头砸开的西瓜，有着不规则的裂纹。火辣辣的疼痛似从地下燃起一团火，烤疼了屁股。他想哭，但蹲在地上的小女孩儿正目不转睛地凝视他，便忍住了。将尽的夕光洒在脚边的玻璃碎片上，如同父亲舞台上的灯光。他忽然站起身来对小女孩儿说：我叫吕贝卡，卡带的卡。小女孩儿仍然蹲在地上，用仰视的姿态望着吕贝卡。吕贝卡的背后就是红色的夕阳，照得她的眼睛眯成了一条缝。最后，她也站起身来说：吕贝卡，我会记住你的。

回到了房子里。开着窗也无济于事，弥久不散的烟雾越来越浓。冰凉手臂的女人更加剧烈地咳嗽着，像是要把肺都咳出来。两个孩子回到各自需要的臂弯里。伯伯凝起眉头说：在地方混下去也不错，你可以去省歌舞剧院，或者去市艺术团，这些我都可以办妥。有固定收入，老婆孩子也有保障。而且，它并不影响你搞你的……没等伯伯说完，父亲忽然站起身来，对着伯伯大骂出口：你他妈的！他指了指伯伯的鼻子，却没再说下去。他恶狠狠把抽了一半的香烟丢到地板上，踩了踩，对母亲说：我们走。

像一出舞台剧。母亲立即转过脸对冰凉手臂的女人说：嫂子，你刚才说什么来着？尽管之前两个女人并无交谈。母亲沉着脸对父亲说：有话好好说！瞧你那德性！母亲翻了个白眼，又分别递给伯伯和冰凉手臂的女人一个歉意的微笑。伯伯站起身，按着父亲的肩膀坐下来，又递上香烟，宽容地微笑，无奈地摇摇头，说：你呀你，还是……

接着又制造出伟大的笑声，好像父亲就是一只可爱的大猩猩。环绕着吕贝卡的冰凉手臂一动不动。吕贝卡仰起脸，在她的脸上看到的依然是那种柔润和宽容的微笑。小女孩儿则张大了嘴巴，用两只手捂住，偷偷笑着。于是，吕贝卡也张大嘴巴，笑起来却是无声的。

离开时，伯伯似犹豫良久，终是不放心地又问了一遍：勇子，你真的只是过来看看我？这问话看来是引发了父亲的再度愤怒。他把摩托车头盔摘下来，挥舞着手臂好一会儿，才像演奏疾速和弦一样咆哮起来：是不是你现在这样过，而我那样活，生活上有了差距我就不必来找你了？是不是你认为我来找你就必须像他们一样，都是为了求你办事儿安排工作，想到部队来和你一样吃香的喝辣的才算合情合理？父亲一口气说完这些话。伯伯怔了好一会儿，旋即笑起来。他很用力地拍了拍父亲的肩膀说：瞧你小子说的，都做父亲的人了，还他妈这么冲动。接着，他叹口气，就显得有些激动。在父亲戴上帽子之前,伯伯说出了他看来像是诚挚的话语:谢谢你勇子。自从……之后，来找我的人已经很少，只是来看看我的了。我难免误解，你莫介怀。

父亲说：我明白。

伯伯说：以后你有时间，就和弟妹小侄儿，常来。

父亲点点头。

冰凉手臂的女人忽然对母亲说话了。或者她什么也没说。这段记忆显得尤为模糊。但吕贝卡记得，她就那么注视着吕贝卡，那种柔润宽容里渗透出的怜爱，竟然让吕贝卡铭记多年，并在记忆中成为一个特别清晰的影像。可母亲只是笑了笑说：我们坚持得住的。放心吧，嫂子。

这时，吕贝卡忽然从母亲身后挤出来，对小女孩儿说：我明天要上一年级了。

小女孩骄傲地说：明天我就是四年级了。

吕贝卡翕动着嘴唇，想背几个提前学会的乘法口诀来炫耀一下，却忽然什么也想不起来。然而，瘦小的他如同一个初出茅庐的摇滚乐手，并未让自己冷场——他大喊一声：好！

现/实/第/二

是谁在墙外的暗处窃窃私语？声音轻盈如风吹秋叶：好不好？好。真有那么好吗？真有那么好。被这声音惊醒，吕贝卡大睁着眼，视野内却漆黑一片。天还没有亮，他想：天真阴啊，连一点月光都看不到。他想：我却这样醒来，不知这是否就是大人所谓的“失眠”。他决定就这么睁着眼等下去。可等得太久，天还没有亮，他有些沉不住气。早上醒来去读小学一年级，昨天还跟那个小女孩儿说过。或许他们还在同一个学校里呢。想起这个，他就兴奋不已。可是，天还没有亮。

想找个理由吵醒父母提前看看新书包。可又想到父亲可能才睡去不久。每晚酒吧的演出总使他满身疲惫。母亲也会不高兴。自从吊扇坠落事件发生之后，她就一直处在不悦之中。那劣质古旧又落满油尘的吊扇；那飞旋而下砸碎衣柜玻璃的吊扇；一团滚动的流火包裹着刀剑。因此，他惧怕父母的房间。记得那时候他还更小，睡在父母的中间，如同在摩托车上夹在他们中间一样。父亲还在工作的前半夜，他总把小身体蜷起来，脊梁紧贴母亲的小腿肚——那里的温度恰当地能让人安睡。但大概父亲对此并不苟同，他更喜欢母亲的其他部位。

凌晨两三点，吕贝卡和母亲已经睡了一觉，父亲回来了。先是开锁的声音，那个灵巧的锁鼻子弹出清脆的声响，就像侠客在黑夜中抽出了宝剑。父亲推开门，关门，销门。钉着铁掌的大头皮鞋，在水泥地面上跫音嘹亮。先在狭小的客厅脱下上衣，丢给沙发。或者连裤子也脱掉，却把琴拎到卧室里。他要再弹几段乐曲方能入睡。浮躁的琴声在沉寂的黑夜里发出空洞的回响。想要结束弹奏却又无法放弃弹奏。有时，他只用一只有力的左手，敲击琴弦并滑出旋律。右手不安地伸到被子里，摸到吕贝卡——那不是他的目标。把手指屈起，用弗拉门戈奏法弹在吕贝卡的屁股上，拍拍说：滚一边儿去。这句话对吕贝卡而言是亲切的。他把自己蜷得更像一个肉球，如同在母腹中，窃笑不已。父亲终于摸到了母亲的乳房，这时他更是在琴与乳房之间无法取舍。他会显得更加不安。喉结在愈加躁乱的吉他滑音间滚动。冰凉不安的钢丝弦。也就是在某一天，父亲在这不安里鲁莽地丢掉琴，朝床上爬的时候，一脚踩进了琴孔。吉他发出慌乱的噪声。父亲的脚陷进被踏坏的琴箱里，甩也甩不掉，拔也拔不出。他就那么气急败坏地在房间里踏着一只“吉他靴子”大喊大叫，喊亮了窗外高楼上的好几盏灯。吕贝卡窃笑得更厉害了。瞧见父亲那模样，就像沙滩上可怜的寄居蟹。

刚开始有这样的记忆，以为父亲在虐待母亲。母亲明明骂着：滚开，你这只鬼。母亲还挣扎过。父亲却在强制执行他不安的欲望。吕贝卡便怒不可遏地在床上踢腾起四肢，必要时他还用到了哇哇大哭。父亲不耐烦地用一床小被子把他卷起，一脚踹到了地板上。如果他再哭，父亲会把他丢到门外去。于是，他不再哭。倘若不提出重返的请求，父亲就会折腾完母亲后昏昏入睡，而吕贝卡要在水泥地上度过整个夜晚。

吕贝卡逐渐意会到，母亲显然喜欢父亲的侵扰。当父亲的手抚摸到母亲的乳房时，无论是隔着内衣，还是伸进内衣里面，抑或是解开扣子，母亲发出含混的呢喃，绝不是生气的。隔壁的老太婆总在深夜里冗长沉闷地叹息；躺在医院病床上的耿叔叔终日呻吟不止。但和这些相比，母亲发出的声音更贴近老猫的呼噜声。外婆豢养的那只老猫，当去抚摸它的毛发，当然要用适当的方式，它便会微闭双眼，发出呼噜呼噜的声音。当然，这是从声音所传达的情绪上来理解，而非声音本身。那句“滚开，你这只鬼”从母亲嘴里骂出来，由于用着另外的语气，也不再是这句话的本意。母亲笑着骂出声。在母亲的笑意里，吕贝卡了解到，母亲对父亲的侵犯是满足的、休闲的、容易接受的、没有必要改变既定方针的。

某个前半夜，吕贝卡忽然睡意全无。或许是在梦中重温了这些场景，或许是别的什么原因。他忽然像父亲一样转过脸来抚摸母亲的小腿，并用舌头舔了舔。他这样弄了很长时间，觉得脖子和手臂都很酸。睡梦中的母亲却只像被蚊子叮了一样伸出手来挠了挠，之后再无动静。于是，吕贝卡有些艰难地爬到母亲的胸前，去抚摸母亲的乳房。母亲刚好睁开眼，吕贝卡就学父亲说:芳芳，我爱死你了。说完，他埋下脑袋认真地含住母亲的乳头吮起来。母亲像被人挠了腋窝，咯咯地笑了起来。母亲伸出手来抚摸着他的脑袋，手掌显得很无力。吕贝卡努力地吮着。母亲呻吟了一声，笑得更厉害，甚至捂住了嘴巴。但很快母亲推开了吕贝卡，母亲望着天花板发呆。忽然捧起吕贝卡的脑袋使劲亲了一口，说：你这只讨厌的小猫。接着，她把吕贝卡重放回了她的小腿肚上。

飞旋而下的吊扇像一场大爆炸，成为吕贝卡噩梦的主要内容。尽管吊扇已经被丢进了垃圾场，并买来一个质量有保障的立式电风扇取代了它，但吕贝卡仍不时在梦中战栗，有时甚至捂着耳朵哇哇大哭。于是，父亲在仅余的另一个房间里，用纸盒子垒起了一张轻便的小床。躺在这张床上的头一个晚上，吕贝卡默默无声地流泪。他感觉自己被父母抛弃了。他执拗地认为会有更好的办法来解决他的噩梦，父亲却解决得那么草率。但无论如何，睡在这张摇摇欲坠的床上，睡在这个无人侵扰的小房间，他再也没有做过噩梦。

噩梦的余孽已仅存于父母的卧室。每当他站在父母的房间门口，望着那个已换上新玻璃的衣柜，他仍能感觉到有直升机悬停在窗口嗡鸣，并有随时可能撞进来，砸碎一切的危险。扇叶在漆黑中旋舞着瞬间划破衣柜的情景，成为他永远惧怕吊扇的理由。他在成年之后，也不愿意进任何有吊扇的房间，无论对方向他保证那有多么安全。他会瞪大眼睛来形容：你如何都想不到，那简直是一只放着烟花的血滴子，它的杀伤力绝对会让你触目惊心。

别人会笑笑说：你太怕死了，吕贝卡。

吕贝卡也会笑笑说：你不懂，我不怪你。

接着，他会补述说：我怕的是火光，不是死。

吕贝卡圆睁双目，盯着一片黑暗。现在可能只有四点钟吧？父亲才刚刚睡下。倘若是五点，就可以透过窗户看见些微蓝的夜色了。不知自己怎会醒得如此之早，但也只好继续等下去。相信即使找到合适的理由去看新书包，他也不敢在夜里站到父母的卧室门口。想起昨天，就在昨天，母亲还说：我们坚持得住，嫂子。于是他也默默地对自己念叨：我们坚持得住，嫂子。

才念叨完这句话，一股强烈的尿意不禁使吕贝卡寒噤。他哆嗦一下脑袋，忍住了。后来，他想到有只结满尿垢的红塑料痰盂就在自己的床角。那是他的夜壶。想起这个，他乐不可支。他想坐起身，拉亮电灯，就像平常的每一个晚上起床撒尿一样。可嘭的一声，脑袋重重地撞到一个硬物。疼痛使他恼怒，四周却漆黑一片。现在，他知道上面有东西。现在，他知道上面的东西坚如磐石。脑袋却脆弱一如蛋壳。他学乖了。现在，他知道不可再抬头。但他还搞不清楚状况。他摸索着寻找出口。左边？是墙壁。右边？是一块布。他摸了摸，布后面是空的，于是他像只壁虎一样，小心翼翼地爬了出来。

猛烈的光线刺得他一阵眩晕。他下意识地抬起胳膊，护住眼睛。

毫无疑问，吕贝卡不知何时滚到床下，睡到了现在。天早已大亮，而被床板和被单遮盖得严严实实的床下，却永远是无穷无尽的黑夜。

他慢慢地睁开眼睛，发现自己置身于一个陌生的房间里。从身边的铁床，挨着墙壁的衣柜，靠窗的书桌来看，这是一间卧室。但却不是他平时睡的那间卧室。地板是红色的泛着光亮的木材，而以前他房间里没有地板，只是掉了皮的水泥地面。现在这房间的墙壁很白，上面贴着一张拼贴的风景画，他似乎记得母亲买来过这个东西，说是为了培养他的耐性，不至于变得像他的父亲。他还记得自己似乎曾经花了一个月的时间才把它们拼凑成样品图上的画面。但他觉得不应该是这样的墙壁，不应该是这样的画。他想起他第二天要去上一年级，他想起睡觉时他还盯着墙壁想：这墙纸皱得就像外婆的脸。而墙壁上贴的画，应该是《女人与自行车》，那是母亲最喜欢的画，所以她把它分别临摹成不同的样本，每个房间各示一份。在吕贝卡的印象里，魔鬼的形象就是那幅画，但他并不害怕，也不会做噩梦。

可是，这究竟是在哪里呢？吕贝卡觉得大脑里就是一团黏糊糊的油画颜料。他什么也想不清楚。但撒尿的事却迫在眉睫，刻不容缓。于是，他揉揉磕疼的脑袋，站起身来。他在房间里转了一圈，没有找见他的小拖鞋。于是，他赤脚从房间里走出来。接着，他看到了很大的客厅，太阳高高地挂在窗外的海面上。天空湛蓝得没有一缕烟云。清澈的光线透过干净的大玻璃窗投映在地板上。带点咸涩的海风徐徐吹来，白色的窗帘在那些光影上晃动。多好的天气啊！这让吕贝卡心情舒畅，甚至忘掉了要撒尿的事。

母亲的画架就支在窗前。母亲穿着一条白色的绸布长裙，正专心致志地盯着画板。在她的画笔下，一张女孩的脸正逐渐圆润起来。吕贝卡走到母亲身边，在明亮的光线里，注视那幅画。尽管需要踮起脚尖，但几乎是脱口而出的，他说：真像戈雅。

母亲眼睛微微朝下瞟了一眼吕贝卡，饶有兴致地说：戈雅是谁？

吕贝卡说：黑伯伯的女儿嘛。

母亲转过脸来，把目光放到吕贝卡的脸上，稍显惊讶地盯了那么两三秒钟，说：我以为那时候的你还不记事呢。说着她把捏在手里的画笔朝画面上轻轻刷了两笔——刷的是女孩的眉毛。接着她说：那姑娘不叫戈雅。

吕贝卡坐在母亲斜对面的一把凳子上。说：那她叫什么？

母亲说：过去好几年的事了，我怎么还记得？可能叫赵莉？或者赵小莉、赵莉莉，随便你怎么叫都可以。母亲说着便笑了起来。不知道是在笑吕贝卡，还是笑自己。

吕贝卡低着头想了一下，说：她昨天明明告诉我她叫戈雅的。我记得很清楚！吕贝卡的语气斩钉截铁，而且由于在反驳权威，强鼓起的勇气使他脸蛋涨得通红。这让母亲又笑了起来。母亲很无奈地摇摇头说：你是越来越像你爸爸了。

吕贝卡找到厕所撒完了尿，不知道是由于不习惯坐便器还是想到了别的，他忽然显得很生气。他再次站到母亲面前，说：我今天早上应该早起的，你为什么不喊我起床？

母亲继续盯着她的画，轻描淡写地说：今天是星期天。

吕贝卡更加生气了。他认为这是母亲的一个玩笑。他认为母亲不应该在这个节骨眼上开玩笑。他站起身来，对母亲说：我要去上学了。给我新书包。

母亲说：什么新书包？

吕贝卡跺着脚说：我今天要上一年级了呀！昨天我们从黑伯伯家回来后不是说好的吗？我今天要早起，背上新书包，爸爸送我去学校。对了，爸爸呢？

母亲转过脸来盯着吕贝卡看了好一会儿，她看见儿子的鼻翼由于焦急、委屈、生气而一起一伏，她再次笑了起来。她用一只没沾染颜料的手在吕贝卡的脑袋上轻轻拍了拍，说：你睡迷糊了，吕贝卡。现在你在读四年级。去去，她扶着儿子的肩膀说，去洗把脸，清醒一下。

吕贝卡却恼怒地推开母亲说：我要去上学！接着他在沙发上看见一只蓝色的书包，他不明白新书包为何已经如此破旧，但他不管，他拎起它便跑到了家门外。

他在海边的那条水泥马路上跑了很久，终于停了下来。路边的沙滩上，那些放风筝的游人使他明白了，这并不是那条通向学校的路。一望无际的海平面使他明白了，他早不住在那个被高楼遮住阳光的小院子了。过长的睡眠中，早已遗忘的往事突然造访，而且那么清晰，像一道闪电击中了他，使他误解了时间、空间，以及置身其中的自我。他今年读小学四年级，下礼拜的数学课本上将学到一些简单的图形——譬如圆，这已确定无疑。一切已经发生过的，从离开黑伯伯家之后的事实在吕贝卡的脑海中电影片断般闪回，他看到了演唱会、雅马哈125、飞落的鼓槌、医院、精神病院、火光、外婆的脸、搬家……接着，他回到了真实的，活在当下的自我。但这些真实经过的往事使他感到痛苦。他真希望这不是一夜的暂忘，而是永久的遗忘。他发现，在去黑伯伯家之前的日子，他都是幸福的。而在此之后，他明白了忧伤。这是父亲经常念叨的一个词：忧伤。尽管不懂它的含义，但比照记忆中父亲的表情，吕贝卡觉得自己当前的感受就是忧伤。于是，这扑面而来的忧伤，使这位年轻人弯下身子，哭泣起来。

日／子／第／三

“忧伤的歌曲总在欢笑声中响起；忧伤的歌曲总在他们的欢笑声中响起。唱一支歌吧，叫《驾拖拉机远去》；趁着月色我们驾拖拉机远去……”

夜色微醺，当父亲喑哑的歌声响起时，醉意阑珊的客人们相继离去。他们掀开门帘，他们走下台阶，他们跨出门槛，他们走出巷口，踉踉跄跄消失在蓝色的月光中。但通常他们走不了那么远，很少有人能在酒醉的黑夜里顺利踏上归家的路途。他们掀开门帘就情不自禁地呕吐；他们走下台阶就义无反顾地跌倒；他们跨上门槛就责无旁贷地哭泣，拍着大腿，抹着鼻涕，哭得像一群即将步入孤儿院的孩童。谁也不知道他们为何如此伤心，谁也不知道他们竟可以伤心得如此无以复加、难以劝慰。有时候不得不打电话通知对方家人，或者在巷口打一辆三轮车，人力或者机动的，这需要另外花掉两到三块钱。

喝醉之前，他们都在大声笑、大口喝酒，用京城学来的平原口音修正他们的海滨信仰。嚼小章鱼有时候需要多用点力；蛤蜊壳堆在饭桌上像伶牙俐齿的姑娘制造的硬果壳山丘。在小得只能容纳一个人的厨房里，母亲在蜂窝煤炉上不厌其烦地炒着下一盘蛤蜊，下一盘小章鱼，下一盘虾皮，下一盘扁米，供不应求。有时等得太久油还不热，那多半是由于劣质煤球燃着燃着就灭了。需要重新生炉子，需要找点旧报纸、干木柴，破扇子扇得满屋子呛鼻子的青烟，吹得满脸黑乎乎的烟灰，四十瓦昏黄的日光灯下，乱糟糟心烦意乱忙得满头大汗。他们总把盘子舔得干干净净，大呼小叫：嫂子（弟妹），该添菜了。继而转脸对父亲说：勇子，你这老婆画画还行，做家务可不及格，换我就休了。言罢酒桌上腾起肆意的哄笑。

吕贝卡歪卧在一张破沙发上无所事事地掰一个塑料魔方。尽管沙发上磨破的人造革下冒出的弹簧被母亲用一条旧线毯盖住了，可仍硌得吕贝卡的屁股老不舒服。黄昏的旧巷子里传来远处夜市的嘈杂声，某家录像厅劣质的电影音效，各家厨房的切剁声、油炸声、锅铲碰撞声，一小撮什么人交头接耳地在墙根前遛过，仿佛将香味也投进了吕贝卡家的破院子里。吕贝卡的肚子咕噜了两声，他想说我饿，又怕母亲像离开黑伯伯家后那样恶狠狠地告诫：以后再这么丢脸哪儿也别想我带你去。他还是想随父母出去的，他想再见到戈雅，于是他忍住了。

父亲喝得差不多了，就抱过吉他来，唱一首新创作的歌曲。还没唱完他们就张口称赞，都是现有的词儿：勇子你真他妈朋克；勇子你是全中国唯一的朋克，虽然你还不出名，但是……父亲挺不高兴地打断说：能不能不说后半句？

喝得眼睛微闭的人却陡睁双目：那可不行！你没出名就是没出名，这是事实！

父亲说：出名怎么着，不出名又怎么着？老子不在乎！

他们就说：别装清高了。谁不想出名？不出名你很不爽，这谁都知道。

父亲垂头丧气地放下吉他，再从木盆里舀一勺酒灌下去。“几杯烧酒饮落喉，目眶红红没胃口。”父亲还不出名，这不但是事实，还是个问题。家里有客人在黄昏喝酒，基本都在父亲丢了工作的日子。一个大学没毕业就开始在酒吧、歌舞厅做场子的摇滚歌手，却到儿子四岁那年还没学会去适应一些谋生的规则。一个胖子把一叠钱甩到舞台上，说：给老子唱一首《明天的明天的明天》！父亲二话没说就把钱丢了回去，说：后天再说吧。胖子一摆手，哗啦啦一群大汉冲上前去，把父亲暴揍一顿。“拍拍身上的脚印，振作疲惫的精神，前方也许尽是坎坷途，也许要孤孤单单走一程……”酒吧老板把工钱结了，送到门口说：惹了强哥，这片儿你是待不住了。于是，换个场子，没做几天，一个满手戒指戴墨镜的年轻人冲进来，要飚琴。据说已经飚遍全城无敌手，带着高处不胜寒的满身孤独的冷，来会一会差点被人遗忘的吕勇。潦潦草草地说明来意，音响线插进去，眉头一拧就是一段乱七八糟的solo，两只手弹得拖泥带水，忙得满头大汗，不亦乐乎。轮到父亲时，父亲就把右手插进裤兜里摸来摸去，就像每晚演出归来把右手伸进被窝里摸母亲一样。父亲用一只左手击弦勾弦推弦加滑奏，弹了一遍帕格尼尼的《罗西尼主题变奏曲》。年轻人摘下墨镜委屈地哭起来，年轻人摔了吉他还啐了一口痰，年轻人走到门口说小子你有种给我等着！酒吧老板愁眉苦脸说：这下完了，完了。父亲说：有什么完不完的？过了两天，一队人马过来检查酒吧的消防设施，检查结果是不合格，勒令购置。酒吧老板说：现在你知道完了吧？有添一套那玩意儿的钱，我就开家新场子了。勇子，有些人是惹不得的。摇摇头，关门大吉，过了一个月再开门，这铺面就变成了服装店。父亲再换新的场子。每换一个，那帮同志就来查消防设施。把父亲逼急了就吼：你们他妈的不查别人，只跟着老子跟屁虫一样你们累不累？那帮人拎起消防栓灭火器揍了他一顿，说：再打你一顿也不累。

酒吧歌舞厅夜总会是待不住了。耿叔叔说，另外一所中学里开展素质教育，有个音乐辅导员的工作，父亲莽莽撞撞地赶过去，干了半个月，由于自作主张教学生摇滚乐被校长赶走了。剩下的就只有商场促销活动里上场弹奏两首流行歌曲可以混一混。还常常被那些歌手的假唱连累，一并被观众用矿泉水砸下台。东混混西混混，这样食不果腹的日子持续了很长时间，直到遇见“另外一间酒吧”的老板——“另外一位吉他手”才算告一段落。

“你的前半生完全失败了。喝酒，吃鱼，写歌。用打下的全部粮食招待朋友。这里淫雨不断，令人愁绪渐生。水淹没了沙洲上的小旗，波浪在暗中追逐着泡沫……”

母亲端过来第四盘蛤蜊，父亲尝了一口说：水煮的？怎么不放油？

母亲说：没油了。一滴都没了。

父亲说：那还不去买？

母亲把手伸到近前说：钱呢？

父亲梗梗脖子，说：人多，给我点面子。

母亲提高了嗓门说：谁给我面子呢？

一场不愉快的酒局终于结束了。最后一位客人前脚刚被送出门，吕贝卡后脚就以风的速度蹿到饭桌前，就着掺杂着酒味的残羹冷炙把一碗米饭扒拉得满脸都是。由于吃得急切，小脸通红，噎得不住地翻白眼儿。送完了客人回屋来，母亲看到吕贝卡这样子，更是气不打一处来。母亲指着父亲说：吕勇，看看你儿子的吃相！看看你儿子饿成什么样了！你儿子昨天看见人家有烧鸡吃得满嘴是油。你已经是做爸爸的人了，你有没有看到人家的表情？他们在嘲讽你！我却还撑着，我昨天说：嫂子，我们坚持得住。我一个个昨天都这样说过来了，我明天还这样说。我要说到什么时候？我们是不是只剩坚持了？母亲说最后一句话，就像一声无奈的叹息，就像是说给自己听的。

父亲什么话也不说，坐在儿子旁边继续喝酒。母亲在沙发上坐下来，手揣在围裙里。母亲舒缓的语调像是在讲故事。母亲说：我脑子里养着两条狼，一条叫作坚持，一条叫作放弃。它们每天都在撕咬，把自己也把对方搞得遍体鳞伤。

父亲饶有兴致地问：那最后谁赢了？

母亲擦了擦手，把饭桌收拾干净，把儿子抱起来丢到沙发上，才面无表情地说：喂给谁食物谁就赢。说完这句，夫妇二人便相对无言，沉默和烂酒味占据着房间。小巷子里满街都停电了。风从窗口吹进来，蜡烛微弱的火苗忽明忽暗。吕贝卡注视着墙壁上的人影，像在看皮影戏。后来风把蜡烛吹灭，吕贝卡就连墙壁也看不见了。似乎一切都不复存在，只有无边无际的黑暗。父亲在那黑暗里，忽然嗡嗡地丢出来一句：你是不是不想坚持了？

母亲说：我不是不想坚持，是我不要再坚持了。我干吗要坚持？我要穿好衣服，我要坐汽车，我讨厌你的破摩托车，我要住不停电的房子，用清洁的天然气来做饭，我要让我儿子每天都吃到烧鸡，我要谁都嘲笑不到我！

从明天开始，我就这么干！母亲顿了顿，又补上这么一句。

父亲哈哈大笑起来。笑完又不再作声。吕贝卡看不见他们，就像在听广播剧。后来，母亲重新点燃蜡烛。她把蜡烛凑到父亲面前，照亮了他的脸。母亲仔细地端详着，忽然说：你笑什么？父亲不作声。母亲推了他一把，说：我问你笑什么？父亲依旧不作声。母亲就狠狠地把烛台丢到桌子上，指着父亲说：吕勇，你他妈的笑什么？这使父亲再度笑出了声。母亲便去扯他的衣服，拍打他的身体，他们打闹着，便都笑着。后来母亲站在父亲的身后，把父亲的脑袋放在她的胸口上。母亲说：吕勇，其实你也还是个孩子，一个长不大的孩子，就像他一样。母亲抬眼瞟了瞟吕贝卡。吕贝卡就傻笑起来。母亲说这句话的时候，表情柔润。吕贝卡第一次觉得母亲的样子很美，在烛光里。父亲仍然在笑，但那笑容像停水的龙头里最后的水流，很快就流干流净了。父亲忽然很疲倦地推开母亲，冷冷地说：你去睡吧。

只剩父子二人时，在这昏暗、零乱并有些潮湿的房间里，父亲抱起他的吉他弹了一首《瑶族舞曲》。父亲把那首曲子弹得缓慢、悲怆，如同经过一场全军覆没的战争。最后的生还者——父亲，持最后一把枪，从一片狼藉的战场上踉跄而来，身后是断壁残垣和硝烟弥漫，脚下是一具具七零八落的尸体。

一曲终了，父亲对吕贝卡说：我把这首曲子送给你昨天见过的黑伯伯。在学校里，我们都管他叫老黑。就像他管我叫勇子，这是一种昵称，表示我们是同样的人。

吕贝卡忽然兴奋地插话说：我们哪天再去他家？

父亲说：再也不去了。

吕贝卡就很难过地低下了头。他心里想着那个他以为叫作戈雅的女孩。

父亲的样子也很难过，他说：我不会再见这个人了。所以，确切地说，是把它送给从前的老黑。接着，父亲又吞了一大口白酒。仪态看来已有些醺然。父亲眯缝着眼睛说：吕贝卡，告诉你，以前爸爸有很多兄弟。尽管他们在全国各地，但他们和我一样在坚持自己。那时候我们青春年少啊。你没听过那首歌？——回头一群群朴素的少年，轻轻松松地走远，不知道哪一天再相见。——多恰当，多贴题。就他妈是这个意思。这些人一年少一个。尽管他们人还活着，但灵魂已死在我的心里。因为他们被打败了，不管是被别人打败了，还是被自己。一年少一个啊，吕贝卡，今年少了两个。

吕贝卡说：爸爸，一一得一。黑伯伯是一个。

父亲说：还有你妈。

说完这句话，父亲像垮了一样瘫软在椅子里。有很长时间，吕贝卡以为父亲睡着了。就准备起身到自己的房间里，到那个用纸箱子垒起的晃晃悠悠的小床上去睡。父亲却忽然又坐起身，吓了他一跳。

父亲说：吕贝卡，你要记住，我们生活在世上，每一天都在抗争。跟周围的人群，跟传统，跟约定俗成的规矩，跟自己。我们被灌输了这么多年，学来的全是别人的东西。虽然已经学会独立思考，但要想坚持自己，却当真不易。一不留神，就可能被他们改变了。

接着，父亲摇摇晃晃地站起来，碰翻了酒瓶子。父亲说：好了，现在就剩下我一个了。我真牛！那些人摆着那副嘴脸说什么——年轻难免装先锋，装另类，难免愤世嫉俗。结了婚，生了孩子，自然就学乖了。我告诉你，儿子，那些人在我眼里连垃圾都不是。看看你老子，我他妈结了婚，也生了孩子，我乖不乖？

吕贝卡说：你不乖。

父亲说：对！我他妈不乖。所以你爸爸真牛。你爸爸要到死那一天，都不乖！

吕贝卡傻笑起来。

父亲说：你不信我？

吕贝卡说：我相信你，爸爸。

父亲说：你他妈懂个屁呀你。

吕贝卡又傻笑起来。父亲也跟着笑了。

父亲走到门口，忽然转过身来说：吕贝卡，你记住，从今天晚上开始，你妈已经死了。

这句话在黑夜里，吓得吕贝卡一哆嗦。于是，父亲满意地微笑着。父亲摇晃着身体走向卧室，去和那个在他眼里已经死去的女人睡觉去了。

静／坐／第／四

清晨，吕贝卡背上背了四年的旧书包，朝嘴巴里塞了一块牛角面包。经过客厅时，母亲已经摆好画架。明亮的大落地玻璃窗面对着明亮的海平面。和一年前相比，再也没有任何建筑物可以遮挡美丽的阳光眷顾这个家庭。和父亲争吵的那个夜晚，母亲说她不要再坚持了，母亲说到做到。第二天一大早，母亲便从那间叫作“另外一间画廊”的画廊，把她从前画的那些别人看不懂也不愿意花钱买的油画板子抱回来，劈成小木块，放在煤炉边上备用。尽管这些小木块烧起来满屋子都是呛鼻的颜料味儿，但做起饭来的确快多了。吕贝卡以为天然气灶恐怕也不过如此。

接着母亲拿着一些证书到一家叫作“另外一间室内设计公司”的室内设计公司，喝了一杯茶，和老板聊了一会儿。回到家里，母亲在院子里摆好画架说：从今天开始，用我的铅笔，描绘美好生活！母亲用一个下午的时间涂了又改，改了又涂，总算画好了一张设计草图。在惨淡的夕阳里，她斜着脑袋看了看，满意地笑起来。

正因此，三年后他们才有了这个新家。没错，这是新家。吕贝卡站在客厅里发了一会儿癔症。母亲画好画推了他一把，提醒他快要迟到了。现在，母亲画室内设计的草图越来越快了，几乎闭着眼睛就能画出一张来。除此之外，她还画装修设计、包装设计、封面设计和插图……所以我们在新家,所以爸爸不在家,所以……所以啊。吕贝卡想。母亲有时候很忙，会一大早就起来工作。有时候又很清闲，坐在客厅的沙发上看电视剧，一会儿哭一会儿笑的。她曾对父亲说，一切另类的东西她都要拒绝。她要过主流的生活，拥有主流的思想和情感,她说那样她才不会痛苦。尽管在父亲看来那就叫庸俗。譬如看电视剧，听流行歌曲。或者泡一壶雪青茶坐在窗前的阳光下读余秋雨、余光中、席慕容和汪国真。“她想她的脸，是可以赞美的。她还有一副够风韵的女人的脾气。”不得不承认，母亲越来越像一个女人。但也正因为如此，另外一些曾经她愿意画下来的东西，是再也不会引起她的注意了，吕贝卡想。比如他们。

他们就坐在门前的台阶上。身后就是烧毁的院子。石榴树只剩枯干。断壁上是黑色的烟灰，风吹来时，会往下掉屑。院子里七零八落，黑色的泥土上陈列着黑色的砖块、黑色的木板木条，有的已成木炭，有的只在中间烧出一个黑色的圆洞，但大部分已经分不清形状。

但不知为何总没有人去清理。

门也没有了，只剩门坎还是完好的。门前是一条狭窄的巷子。对面是一排硕大的高楼，牢牢遮挡着初升的太阳。这便是吕贝卡梦中的旧居了。尽管一场大火使他的恐惧升级到极点，但这却是他上学的必经之路。他总是以奔跑的姿态穿越这条巷子。他会把手攥得紧紧的。每次穿越，都像经历一次死亡。当他停在巷子的另一头扶住膝盖大口喘气时，张开的手掌上总是溢满汗水。

他们就坐在门前的台阶上。这已经有一个礼拜了,他们整天坐着,一动不动。

吕贝卡没再奔跑,而是用一种奇怪的眼神盯着他们,这时的好奇早已战胜恐惧。吕贝卡的目光停留在他们身上,缓慢地走过巷子,像以目光为焦点,用身影画了一个狭窄的扇形——假如阳光可以穿透高楼的话。

晚自习放学时,他们依然坐在那里,一动不动。

有一个星期天,吕贝卡蹲在他们对面,直直地盯着他们,这样盯了四个小时,他们依然目不斜视,不言不语,连眼睛都没有眨过。后来吕贝卡觉得很无聊,就走到巷子口,把耳朵贴在木头电线杆子上听了一会儿电流声。接着,他站在一个小铺的窗户前,数了数贴在上面的雪糕牌子,总共二十一种。后来他又蹲到他们面前,再后来,他抱着膝盖睡着了。

这次观察使他确信——他们的确一动不动。

一天清晨,吕贝卡怯生生走过去,把一把塑料尺子拿出来量了量,并在门坎上画上记号。第二天清晨他发现,他们坐的位置与头天的记号分毫不差。

吕贝卡纳闷,他们究竟何时睡觉、何时吃饭、何时上厕所呢?

下雨天他们也坐着。甚至台风来的时候,他们依然保持着那一成不变的坐姿。

更何况,他们竟然浑身赤裸,一丝不挂。

成年人似乎比吕贝卡更具备好奇心。他们不但从家门口走出来,端着饭碗边吃边看,还议论着他们的身体。有个大妈附在另一个大妈的耳边窃窃私语，接着，她把一口饭喷进了自己的碗里，但她似乎毫无察觉，继续吃起来。但她的脸有点红，吕贝卡不知怎的，忽然想起广播里的一个句子：是谁点燃那天边的朝霞，千年的冰雪即将融化……

人越聚越多，开始只是这个巷子里的居民，但后来开始出现一些陌生的面孔，并频繁更替着。这条昔日冷落的空巷，一夜之间成为一个集市。有个背黑色旅行包的小个子在围观的人群中钻来钻去，压低声音不停地问着：朋友，要看好片儿吗？新版《人与动物》《女农场主》……吕贝卡每次上学都要努力挤过攒动的人群，有一次他还被人踩掉了一只鞋子。

有一天，从高楼里走出一个老头，吕贝卡认出，那是他们之前的房东。房子烧掉后，家里曾赔给他很多钱。他挤到人群的最前面，他盯着那对男女，然后要求他们离开。

他们一声不吭。他们坐着。他们目不斜视，无动于衷。

于是，老头叫来了警察。

警察背诵了很多法律条款。警察告诉他们，尽管他们是疯子，但疯子的权利也是有限的。后来，警察叫来了警车，还有一辆精神病院的汽车也随即到来。看到白色车顶那蓝色的警灯，吕贝卡打了个寒噤，并再次有了眩晕感。甚至，他感觉到自己的腿在发抖，尽管他认为自己不应该发抖。但他控制不住自己。警察把他们拖出人群的时候拍了一把吕贝卡，说：小孩儿凑什么热闹。接着，警察在两辆汽车之间犹豫不决，最后还是把他们塞进了警车。精神病院的汽车尾随着警车呼啸而去。它们在黄昏的大街上拉响哀鸣般的警笛声。

第二天早晨，他们又回到了原地。

数学老师在讲台上踅来踅去，不时用粉笔在黑板上敲出一些白点。一堂课下来，总是满天星斗。而且总不知为何，讲着讲着，他的皮带扣便会扭向一边，有时扭到胯部。于是，他总要隔一段时间就顺手把皮带扣拧到中间去，使它刚好和肚脐平行。但数学老师的表情很威严。他似乎从来就没有笑过,包括做这个习惯动作时。这时，吕贝卡忽然想起了父亲的那个贝斯手，他有一个习惯动作，是每隔四小节便摸一下音量旋钮。尽管他并不是要把音量调大或者调小，他只是习惯摸一下而已，似乎那样他才会安心，才会顺利完成演出。而这动作之于数学老师，就好像只有把皮带扣拧到中间，他才能顺利讲课一样。

数学老师说：我们已经认识了直线。接着他转过身在黑板上画了一条像蛇一样有些弯曲的线。接着说：这是一条直线，直线是无限长的。

数学老师说：我们也认识了线段。直线上两点间的一段叫作线段。线段有两个端点,线段是直线的一部分。把线段的一端直线延长，就得到一条射线。射线只有一个端点。例如，手电筒和太阳等射出来（数学老师说到“射”字，竟忍不住扑哧笑出了声。很快他干咳两声，立刻把脸拉长，做回原来威严的表情。）的光线，都可以看成是射线……

吕贝卡这时举起了手。数学老师停了下来。吕贝卡站起来说：老师，一个水管射出来的水，算不算射线呢？

数学老师愣了愣，忽然愤怒地拍响讲桌说：吕贝卡，你小小年纪，怎么那么多乌七八糟的想法？什么水管射出来的水？你们这些孩子现在的思想道德……平常都受的什么乌七八糟的影响啊？

吕贝卡对数学老师突如其来的愤怒感到莫名其妙。但他对愤怒的人早已司空见惯，因此他并不惊慌。他想要辩解，数学老师却示意他闭上嘴巴。并接着说：你不要再说了。班上其他同学思想都还很纯洁，你给我——站到外面去！

于是，吕贝卡就在讲桌上飞腾的粉笔末里走出门，站到了窗户下面。

数学老师挥了挥手说：同学们，我们继续上课。接着他拧了一下皮带扣，说：刚才讲到哪儿呢？

一个小女孩儿说：射线。

数学老师笑得很和蔼，点点头说：郭晓敏，你是最认真听讲的学生。即使所有的同学都像吕贝卡一样，有你在听，老师也很欣慰了。

数学老师接着说：从一点出发，可以画出无数条射线。接着，他转过身，在黑板上很用力地点了一个点，并画出几条弯曲的线。

接着，他看了看，很满意地对自己画的图形点了点头。转过身来，说：我们学过角。下面的图形都是角。说着，他在黑板上画出三个大小不等的角。吕贝卡透过窗户看见，数学老师画角所用的线条也跟射线一样，像蠕动的蛇。吕贝卡觉得用铅笔轻轻一刷，就是一条很直的线，而且两头带尖，很锋利。他喜欢那样的线条，而数学老师——他嘴角轻轻一抖，就是一个母亲式的、轻蔑的笑。

数学老师继续说：从一点引出的两条射线所组成的图形叫作角。这个点叫作角的顶点，这两条射线叫作角的边。想一想，怎样比较两个角的大小？

郭晓敏举手，数学老师微笑着点点头。

郭晓敏站起来说：先把两个角的顶点和一条边重合，然后看另一条边的位置。哪个角的另一条边在外面，说明那个角大。

数学老师笑得更和蔼了，他点点头说：很好。并用一根手指做了一个优雅的动作，示意郭晓敏坐下。

郭晓敏坐下后，又马上站了起来，补述说：如果另一条边也重合，说明两个角相等。

数学老师笑得像一朵灿烂的菊花，他高声说：非常好！郭晓敏同学。你是全班最聪明的学生。

下面有人小声嘀咕。数学老师用威严的眼神横向扫射一遍，嘀咕声消失了。于是，他继续讲道：拿两根木条，把它们的一端钉在一起，旋转其中的一根木条，可以形成大小不同的角。接着他清了清嗓子，说：我们发现，一个角的两边叉开得越大，角就越大。比如舞蹈演员，她们劈叉时，角度是最大的，也就是说，不能张得再开了……

讲到这里，下面忽然传来爆笑。数学老师只盯了一眼，就锁定了犯罪嫌疑人的目标，他一拍桌子，说：洪小洋、张小滨，你们给我滚出去！你们简直比吕贝卡还下流！

坐在他们身边的郭晓敏举了手，并站起来说：老师，他们没有说下流话，他们笑是因为……

数学老师打断郭晓敏，说：郭晓敏你坐下。你是一个纯洁的好孩子。你不知道这些男孩心里的想法有多肮脏。你最好离他们远一些……这样吧，我让你们班主任给你调换一下座位。你可以坐吕贝卡的位子。让吕贝卡和他们坐在一起。反正他们都一样，已经无可救药了。

数学老师说完，洪小洋和张小滨还站在那里，并忍不住笑。数学老师说：看看你们恬不知耻的样子！你们怎么还不滚出去？

洪小洋和张小滨就滚了出去，站在窗户下，挨着吕贝卡。

数学老师接着说：量角的大小，要用量角器……

洪小洋和张小滨还在偷偷地笑。吕贝卡用细碎的、尽量不被教室里的人察觉的步子向他们挪动过来，之后他小声问：你们在笑什么？

洪小洋说：我们在讲笑话。我说出来你肯定要笑死了。哈哈哈哈……尽管他强忍着，但还是笑得说不下去了。

吕贝卡说：你们在讲什么笑话？

洪小洋笑得接不上话。张小滨就抢过来说：他给我讲，有一个人长得像土豆……哈哈哈哈……他走着走着……就跌倒了……哈哈哈哈……说着张小滨也笑得说不下去了。

等他们笑得稍微平静下来，吕贝卡说：后面呢？

他们俩面面相觑，说：后面没了呀。你不觉得好笑吗？

吕贝卡还没说话，洪小洋就接上来说：他讲得更好笑。他对我说……哈哈哈哈……他要养一只青蛙……做宠物……哈哈哈哈……哎哟，笑死我了……然后他要去商店……哈哈……给青蛙买粮食……哈哈哈哈……你说他怎么想出来的……问售货员说……哈哈哈哈……还要问售货员……说……同志……哈哈哈哈……他一小孩还要喊人同志……哈哈哈哈……说……同志……请问有蚊子卖吗……哈哈哈哈……后来他还说…………哈哈哈哈……蛾子也可以……哈哈哈哈……不行啦，我笑得要上医院了……

下课铃声陡然响起。洪小洋和张小滨像两只陡然摆脱压制的弹簧一样弹了起来，他们摆脱了正在受惩罚的束缚，放声大笑起来。

这一笑却停不下来了，他们不住地被自己的笑声呛到、噎到。但他们快不起来，也停不下来呀。他们笑得两腿抽筋，蜷缩在窗户下，不停捶打自己的肾脏。血涌到他们的脸上，纤细的血管在年轻的皮肤下陡然饱涨，显得那么粗，似乎就要爆出来了。

数学老师经过他们时，鄙夷地瞟了一眼，咕咕哝哝地骂了一句什么，便走到楼梯口嗵嗵嗵地下楼。

吕贝卡冷冷地盯着他们，他们终于笑完了，像爬完一座高山，疲惫地斜靠着被涂鸦过的墙壁。后来，他们抬起头来，几乎异口同声地说：不好笑吗？

吕贝卡想起他第一次到这个学校时，洪小洋和张小滨一起取笑过他。他们叫他吕贝壳，尽管吕贝卡义正严词地告诉他们：我叫吕贝卡，卡带的卡。但他们依然如此取笑了很久。尽管他已经忘记了这件事，或许他们也忘了。但吕贝卡竟突然想起，于是，他准备报复他们。他轻蔑地笑了笑，说：一点都不好笑。

于是他在那两张疲倦的脏兮兮的小脸上，看到了委屈、沮丧，甚至是对自信的丧失和绝望。于是，尽管他面无表情，但心里怀着胜利者的微笑，从容地抛下他们走开了。

来到校门口的一间叫作“另一间书店”的书店里，吕贝卡还未开口说话，一个戴着摩托车头盔的人急匆匆地走进来，把一把西瓜刀狠狠朝柜台上砍了两下，嗡嗡地说：要命的话就把钱通通拿出来。书店老板说：这就拿，这就拿。说着哗啦一声拉开抽屉，抄起一把枪抵在那人的头盔上，说：要命的话就给我滚蛋！那人垂头丧气地离开了。书店老板笑笑，用手枪点燃一支香烟，继续坐在电脑前玩《红色警戒》。吕贝卡说：你这里有铅笔卖吗？书店老板说：我这里只卖书，不卖铅笔。要买铅笔到隔壁文具店。吕贝卡说：我记得你这里有的。书店老板说：我这里从来就没有。年纪轻轻记性就那么差，长大了可怎么得了。吕贝卡像那个抢劫未遂的人一样，垂头丧气地走到门口。忽然，在门口的摊位上看见了那本醒目的杂志。红色封皮，总是血淋淋的。吕贝卡说：原来这里还有《中国摇滚》呀。书店老板头也没抬地说：我这里哪国摇滚都有。

扫码分享电子版

杂／志／第／五

没错，《中国摇滚》，若干年前是一本民刊，艰苦奋斗了很多年才争取到了刊号。初现于市面时，是粗糙的新闻纸印刷的 32 开本杂志，实际印刷面积 195×135mm，实际纸张大小 196×136mm，一本 30 来页。每本定价 3.50 元。主要介绍国外摇滚乐队的活动和推介唱片。每期奉送一本小册子，上面印着一些在中国乐迷眼里挺稀奇的吉他谱。后来，也不知是热爱摇滚乐的人越来越多，还是歧视摇滚乐的人越来越少，反正这本杂志一夜之间莫名其妙地火了起来。两日不见就改头换面成了 8 开本铜版纸，印刷，多了很多彩色照片。照片里的人表情越来越愤怒，色彩对比越来越强烈，文章作者挂着乐评人头衔的越来越多，文章里的感叹号越来越多，文章里的 × 号越来越多，后来干脆直接把 × 号代表的字眼直接换成了名词，动词还有英文字母。定价翻一番到 7 块不过瘾，还另加了 5 毛。说是用这 5 毛钱给中国摇滚事业建立一个什么基金。

没错，《中国摇滚》就是这样的一本杂志，改变了父亲的一生。

那天，在另外两个商场中间的舞台上，在演出之前，父亲正与一个业余音响师争执不休。父亲说："你能不能把中音放到最小？"

音响师说:“你高音太刺耳,低音太哑,我给你点中音补一补。”父亲说:“给你爸补去吧，我肾又不亏。”音响师说:“看看你火气大的，还说不亏，这叫阴虚阳亢。你们搞摇滚的，差不多都这样。”父亲说:“别闲扯淡！要高就高，要低就低。中音算什么？不咸不淡的，没有立场你懂不懂？”音响师说:“什么立场不立场的，我们的立场就是站在中间。不然我们为什么叫中国？”父亲说:“你到底有没有学过调音？”调音师说:“兄弟，我们有五千年深厚的文化底蕴，我们都是一个个被这么熏出来陶出来的，不是你一句话就能改得了的。还是戒骄戒躁，我老老实实调我的有中国特色的音响，你也老老实实吼你那有中国特色的摇滚乐吧！”

“谁跟你是兄弟！”眼看挥起拳头，就要打起来了。这时候耿叔叔出现了。兴高采烈啰里啰嗦地说:我带来了一个坏消息和一个好消息，你想先听哪个？父亲还没开口，他就兴致勃勃地说:坏消息是他自作主张把这场演出推掉了;好消息是我们找到了自己的根据地，以后再也不用打游击了。听到这个消息，父亲二话没说，抄起家伙就走。他们一行二人，先是在另外一条小吃街的另外一间餐馆吃了四盘爆炒西施舌，喝了一斤白酒。晚上，他们打了一辆黄色面包车，将鼓、吉他、效果器、琴谱、琴架、谱架一并运到了根据地。并与根据地的领导人胜利会师。头一天没有演出，所谓接风洗尘，又是一通白酒猛吞。

这个根据地就是“另外一间酒吧”，又名“红房子”。根据地的领导人就是这间酒吧的老板“另外一位吉他手”。当客人喊“老板，来一打啤酒”的时候，他会有条不紊地把十瓶啤酒摆上桌，之后正色说:“其实，我本身是一位吉他演奏员。虽然你们没有看过我演出，但这种事情是开不得玩笑的。”谁也不知道什么事情开不得玩笑。但也无人追问，无人计较。这间酒吧开在学院路对面的酒吧一条街，尽管铺面不大，倒也很好认。一间八十平米的包铁皮的砖瓦房，里里外外刷着鲜艳的红油漆，远远望去就像一户屠宰作坊，诗意一点形容，就是一座正在燃烧的城堡。这里每晚都有一群固定的大学生过来消磨时光，在父亲的歌声里大呼小叫，有狂躁症的同学还会号啕大哭。另外，还有一帮号称纯粹的铁杆摇滚乐迷，也是这里的常住民。所谓纯粹，就是他们每天除了吃饭睡觉，只做一件事，那就是爱摇滚乐。他们每天晚上观看父亲的演出之前，都要围着烛光念上一段固定的对白，就像基督徒的饭前祷告一样。“人最宝贵的是生命，生命对于每个人来说只有一次，这仅有的一次生命应该怎么度过呢？每当回忆往事时，不因碌碌无为而羞耻，不因虚度年华而悔恨。在他临终的时候，他能够自豪地说：我的整个生命和全部精力都献给了人类最伟大的事业——为支持中国摇滚而奋斗。”大学生像嬉皮士，他们却像雅皮士。因了这两张大“皮士”的支持，酒吧的收入还算可观，父亲的工钱也比平时多了一点。更重要的是，这间酒吧的消防设施齐备。

没有什么意外的事发生。这样平静却夜夜激情似火的生活持续了很久，父亲终于开始疑惑为何他轻而易举便拥有了这么一个牢靠的所谓根据地。后来的日子，酒吧老板加入父亲的乐队，顶替了从前那个弹吉他，总是弹着弹着就会睡着的小伙子。这样一来，酒吧老板看起来更不像老板，好像父亲才是这间酒吧的老板。无论是关于酒吧，还是乐队的大小事务，“另外一位吉他手”都会严肃地同父亲商议。父亲那些所谓建议的话，总会成为“另外一位吉他手”最终的决策。那些父亲曾经有意无意得罪过的人来砸场子，“另外一位吉他手”也义无反顾地和父亲一同挨打，即使每天都鼻青脸肿，也绝对无怨无悔。终于有一天，在酒桌上，父亲将这个疑问和盘托出。耿叔叔也傻呵呵地问:“对呀，究竟是为什么呀？”“另外一位吉他手”沉吟片刻，果断地站起身来，关了灯，举着一盏烛台，将他们引到吧台另一边的书架前,像一位负有使命的人。“秘密就在这里。”他说。

雨在这个时候下起来了。雨点密集地敲打在房顶的铁皮上，像一段冗长的爵士鼓独奏。父亲接过烛台，举近一些，才发现这布满整面墙壁的书架上清一色摆满了同一种东西，那就是《中国摇滚》。从创刊号，至最近的那一期，井然有序地排列着。现在你知道为什么我们拥有这么多支持者了吧？“另外一位吉他手”说，就是因为我有每一期的这个。父亲说:“可我关心的不是这个，我关心的是你为何收留了我？”“另外一位吉他手”马上就恼了:“你说的什么话？收留？这种事可是开不得玩笑的！我让你们来演出，不是为了你个人，是为中国的朋克音乐保留火种。不信你来看——”

说着，“另外一位吉他手”从书架上抄起一叠杂志摆在桌子上。背诵着页数让父亲翻开，只见头版头条用一种叫作霹雳体的广告字体醒目地写着:《日升之屋——中国朋克音乐的火种在海边顽强燃烧！》。文中翔实地记载了父亲如何在各种娱乐场所坚持自己，不屈不挠地与各种恶势力作斗争。譬如，那个“明天的明天的明天”强哥和飚琴的年轻人以及检察消防设施的同志们。还有很多父亲早已遗忘的事。除了陈述事实，文章作者还指出:“和京城那些由乐评人、唱片公司、包装公司捧起来的人前摆酷，拼命装另类装得自己都不知道自己在干什么的伪朋克们相比，吕勇才是中国比大熊猫、东北虎、白狐狸、黑天鹅还要珍稀的真正的朋克乐手。为体现我们中国人拥有丰厚文化底蕴的朋克音乐，吕勇同志不去盲从英美朋克乐手刚从吉他速成班里学会三个和弦就上台瞎吼，不去做无谓的素食主义者（众所周知他喜欢吃蛤蜊，尤其喜欢西施舌），而是用充分的音乐知识和音乐修养来完善自己，从而创作出更加独特、更加纯正的朋克音乐来。从新世纪群星，到第二维也纳乐派，从新古典主义，到巴托克和民间音乐，从保守的德国人，到英美主题，从俄罗斯大师，到整体序列主义，从黑人布鲁斯到白人爵士，从各种金属到黑暗民谣，从电子音乐到后现代式超越。当然，中国五十六个民族取之不尽用之不竭的民间音乐素材，也为吕勇同志的创作提供了丰富的给养。”文章作者还强调说：“一个人的力量毕竟是渺小的，一个如此优秀、如此潜力无限的朋克音乐人，若我们不给予必要的扶植与保护，任其在惊涛骇浪中独自忍受命运的毒箭，这将成为本世纪中国摇滚史上不可磨灭的悲哀与伤痛。火种一旦被海水扑灭，历史的长夜将漫漫无期，我们也将作为麻木不仁的旁观者成为千古的罪人。历史的长夜真的会过去吗？既然我们都面临这样的疑问，何不携起手来，一同去做点燃朝霞的人吧！另外，本杂志长期提供吕勇小样卡带邮购业务，样本有限，机不可失，失不再来，请快速拨打电话订购，368 8888 8888。”作者署名为“另外一位乐评人（女）”。

“另外一位吉他手”说：你不知道，你已经这么出名了吧？

父亲说：是挺意外。他们怎么知道我那么多？我可从来没见过他们。

“另外一位吉他手”说：你觉得这杂志写得怎么样？

父亲说：我不知道他们在说什么，我没什么文化，看不大明白。

“另外一位吉他手”说：怎么能看不明白呢？这种事情可是开不得玩笑的。你看看你看看，你再好好看看。这些真知灼见，多么的激动人心，多么的视野开阔，多么的一针见血，多么的……啊，多么的多么呀。

父亲说：每个事实被另外的人说出来，都产生另外的意义。但那些意义并不能代表事实本身。比如，他们的话，并不能代表我。

“另外一位吉他手”说：你再说一遍好吗？

父亲说：干吗？

“另外一位吉他手”说：我把它记下来。

父亲说：别扯淡。

“另外一位吉他手”说：我是说真的，这种事情可是开不得玩笑的。说着，他认真地在一个红色的小笔记本上写写画画，抬起头来问了一句：如果，我在“并不能”和“代表我”中间再加个逗号你看可以吗？

一天，父亲在大街上看到一个把脑袋伸进垃圾箱的拾荒者，就在晚上的另外一间酒吧里即兴写了一首歌，叫作《另外一座垃圾场》——

我们生活的世界，就是另外一座垃圾场
人们就像另外一些虫子一样，在里面你争我抢
吃的都是另外一些良心，拉的都是另外一些思想……

“另外一位吉他手”迅速把父亲的歌词记在一个小本子上，说是

要好好揣摩揣摩里面的思想和内涵。父亲说朋克本来就是直截了当的东西，不需要去揣摩。如果你没听懂，那是我的问题。“另外一位吉他手”赶紧把这句话记了下来。

父亲每写一首新歌，只要在酒吧里唱过，《中国摇滚》上很快就有了小样提供给歌迷邮购；父亲每说一句话，“另外一位吉他手”都要迅速地记录在他红色塑料封皮的小笔记本上。不久之后，新一期的《中国摇滚》上就会以这句话展开一个解析和讨论，依然总是发表在头版头条。作者署名仍旧是“另外一位乐评人（女）”。父亲翻着这本杂志纳闷了很久，终于开诚布公地说：“别藏着掖着了。这个什么‘另外一位乐评人’，括号女的，是不是就是你啊？”“另外一位吉他手”谈虎色变：“你说什么话！嘘！小声点儿！这种事可是开不得玩笑的。人家可是圈儿里响当当的人物。”

父亲佯装诧异地说：什么圈儿？

“另外一位吉他手”说：你装什么糊涂呢？摇滚圈儿啊。

父亲说：摇滚也有圈儿？

“另外一位吉他手”说：您怎么也说废话呢？什么玩意儿没圈儿啊？

父亲说：圈儿是什么样的你知道吗？

“另外一位吉他手”说：就跟呼啦圈儿一样，圆的呗。

父亲说：为什么圈儿是圆的呢？

“另外一位吉他手”说：因为圆是最完美的图形嘛。

父亲说：有棱有角的才好，那样才能刺出血来。

“另外一位吉他手”不再答话，慌忙埋头把这句话记下来。

父亲看着他歪歪扭扭地在笔记本上努力地写着每一个汉字，就饶有兴致地问："圈"字怎么写你知道吗？

"另外一位吉他手"不假思索地在笔记本上写下了一个"圈"字。

父亲指了指说：它读 quān？

另外一位吉他手说：对呀，摇滚圈、娱乐圈、文化圈的"圈"。

父亲说：不对。它读 juàn，猪圈、羊圈、狗圈的"圈"。

另一个淫雨霏霏的夜晚，在这间酒吧里，父亲接到一个陌生女人的电话。那边很轻地"喂"了一声之后，便是迟疑和恰到好处的沉默。听筒里嗞嗞的电流声，伴着窗外沙沙的雨。电话两端的人在沉默里共同聆听了一小会儿夜雨后，那女人终于用那种轻得像飘浮在空中的声音说：吕勇，我就是你要找的，另外一位乐评人，括号女。

父亲平静地说：我已经猜到了。你真厉害。

女人说：我本来不想给你打电话，但更不想因为我让你误会别人。我就是我，不可能是别人。所以，我让你听到我的声音。

父亲说：嗯，从此我不会再误会别人了。

女人说：嗯，从此你不会再误会别人了。

父亲说：嗯。

女人说：嗯。那就这样吧……我要收线了……

父亲说：等等！

女人说：嗯？

父亲说：我想问，你为什么要帮我？

女人轻巧地笑了起来，女人说：吕勇，你别傻了。我哪里帮了你？我是一个乐评人，这是我的工作。何况，对于一个天才而言，这都是你应得的，还有更多你应得的，作为乐评人，我做得还不够。

父亲说：你怎么会知道我那么多东西呢？就像我身边架满了摄像机，随时都在被偷拍一样。或者，你总是俯视着我，你究竟是上帝，还是天使呢？

女人用一种嗲声嗲气中掺杂着一丝狡黠的笑意，说：我是你的天使。不过，我是个坏天使。

父亲也笑着说：现在看起来，你还不坏。

女人也笑着说：那是时机还不到。

父亲认真地说：我想见你。

女人说：时机也不到。

父亲说：可是我很好奇，这好奇让我很难受。

女人说：好奇是人类原始的驱动力，有利于你的创作。

父亲说：别逗了。真的，让我见见你吧。

女人说：不行的，吕勇。你这样让我很为难。我现在，不能见你。

父亲说：为什么？

女人说：我现在的样子很丑，因为拼命吃药，我脸上过敏，有很多小痘痘，就像一块仙人掌一样。

父亲说：你得的什么病？

女人幽幽地说：很严重的抑郁症。

父亲说：这是个挺流行的病。在一片氤氲的雨水里，一个懒得撑伞的女子，充满了小资产阶级的哀伤和慵倦。

女人没有答话，只是平静地说：吕勇，你的《另外一座垃圾场》

真好。

一个陌生女人的声音在一个雨夜通过一根电话线从遥远的北方传来，让孤独中的父亲充满了无尽的遐想。父亲有些晕晕乎乎，骄傲且不假思索地口若悬河起来："那还用说？！好就是好。其实，我们本身就是最大的垃圾。要想解决别人,就先解决自己！"言语铿锵，掷地有声。"另外一位吉他手"慌慌张张差点打翻手里的酒瓶子，他迅速窜到吧台前，把手放在毛巾上抹干，翻开他那红色塑料封皮的小笔记本，抽出钢笔赶紧把这句话记下来。之后，如释重负地舒了一口气，捧在手心里不断地端详，不断地念叨。说什么一语惊醒梦中人啊！实在是让人茅塞顿开。

坠/落/第/六

吕贝卡拍床而起，穿起小拖鞋站在母亲的卧室门口揉揉眼睛说：“我茅厕顿开！”吓了母亲一跳。“你又睡迷糊了吧？深更半夜别这么一惊一乍的。厕所在那边。”被惊扰的母亲睡眼惺忪地从被窝里伸出一只手来，冲门外懒洋洋地指了指。吕贝卡小声嘀咕着转身去厕所，觉得母亲相当没文化。语文老师头天讲过这个成语，要求大家活学活用。语文老师翻开他的词典摇头晃脑地讲道：“《孟子·尽心下》：‘山径之蹊间，介然用之而成路；为间不用，则茅塞之矣。’原来心里好像有茅草堵塞着，现在忽然被打开了。形容顿时理解、领会。”语文老师讲完要求学生在课堂上造句。轮到吕贝卡时，吕贝卡站起来说：“刚看到这个成语的时候，我不知道什么意思，现在听老师讲了之后，我茅厕顿开。”语文老师先夸奖了吕贝卡句子造得很不错，接着又补充道：“记好，吕贝卡，是茅塞顿开。”吕贝卡说：“我知道了老师，是茅厕顿开。”语文老师摇摇头说：“人皆有所长，皆有所短呀。”

晚上睡觉之前，吕贝卡还在苦苦思索着那对赤身裸体的男女。直到睡去皆一无所获。从噩梦中惊醒，吕贝卡在橄榄石映照着的微弱光芒里，瞅见墙上似乎贴着一幅画，朦朦胧胧的，却也看不清楚。

在这种恍恍惚惚的境地里，他顿时感到自己的疑惑豁然开朗，“茅厕顿开”。他兴奋但不甚清楚地跑到母亲门前，希望获得某种他也说不上来的帮助。但现在他失望地明白，母亲是不会明白他的意思了。因为她竟然都没有因为儿子会恰当地运用“茅厕顿开”这样的成语而表现出哪怕一丁点的惊喜。对这样没文化的母亲而言，还能抱什么希望呢？吕贝卡在失望地回转身的一刹那，母亲穿着白色的睡衣，披散着头发推了一下门，在门和门框之间最后的缝隙里，吕贝卡看见母亲床上的被子里,有个凸起的东西蠕动了一下。吕贝卡大喊一声：“你床上有人！”接着，门阻挡了吕贝卡的视线，他什么也看不见了。吕贝卡呆呆地在门口站了很久，没有人接他的话，似乎他是在与门对话，与墙壁对话，与黑暗得没有一丝月光的夜晚对话。终于，隔壁的房间传来沉闷而厚重的一声叹息，不知这叹息是来自翻身的外婆，还是外婆豢养的那只一动不动的老猫。

吕贝卡回到自己的房间，躺在自己的小床上又继续想象自己是一只巨大的气球，从床上弹起，又落下来。搬进大房子后不久，吕贝卡就开始做噩梦了。他常常听到陌生的脚步声，凄惨的笑声，起床撒尿时看见有模糊的影子坐在自己的枕头上微笑。睡着了就会梦见自己在大火中奔跑，在倾斜的房檐上朝下滑落，在一条常年有水的小巷子里赤脚踩着泥泞的雨水，却永远走不到尽头。有时他还梦见厕所，自己想找个干净的地方撒尿，可总是踩在肆意流淌的屎尿上。有时梦见很多老井，像骄傲的爬虫一样在地上行走，排列着迷宫一样的方阵，无论他如何躲避，它们都能准确无误地出现在自己的脚下，使人坠落。坠落进无底的深渊，永远处在朝下坠的恐惧之中。

尽管父亲的橄榄石令吕贝卡不再惧怕黑暗，但却无法抵挡噩梦的侵扰。现在父亲不在身边，母亲将吕贝卡带到医院里。医生说这是因为孩子贫血、心脏不好。说着，医生皱起眉头又戴上听诊器在吕贝卡瘦小的身体上摸索了一会儿，冰凉的器械令吕贝卡下意识地哆嗦几下，像被人挠了痒痒一样笑了起来。医生叹口气说：这孩子身体怎么这么差？除了贫血和心脏不好之外，呼吸系统也有些问题，营养不良，还缺钙。

母亲略显歉疚地说：你不要觉得平常我不关心他。现在他吃得好，住得好。要是还这样，估计是因为生他的时候是个双胞胎吧。

医生说：另一个呢？

母亲说：另一个好像被人偷走了。据说双胞胎生下来不都是一个比较壮，一个比较弱吗？估计他们偷走了那个比较壮的，留下了这个比较弱的。所以这是先天原因……

医生打断她的话说：什么叫好像？什么叫估计？你为人父母的怎么能这么迷糊？丢了一个孩子也不去找？

母亲说：你有什么资格谴责我？你生过孩子吗？

医生说：我是医生！

母亲说：你是医生又怎么样？你没生过孩子你有什么发言权？你怎么会知道女人生孩子时的感觉？你医学院的课本上写的跟亲身体会可能一样吗？我又看不见摸不着，我感觉是生出来两个，可护士抱给我只有一个。你知不知道女人在没有掌握切实证据的时候也是不能采取任何行动的？你以为我不恼火吗？

医生像被一架机关枪连番扫射得千疮百孔体无完肤。医生垂头丧气地摆摆手说：好了好了，我是男人我当然不知道。你不要再说了。接下来，医生不再那么温文尔雅，迅速地开好药方打发走了我们这对母子。

在药房里抓出来的那些红红绿绿的小药片在某种程度上似乎治愈了吕贝卡的噩梦。但他却再也睡不着，开始了漫长的失眠。母亲觉得这儿子挺麻烦，就交代说：“你要用意志力，命令自己睡着，你就能睡着了。意志力的能量是惊人的，你能用它改变自己，你知道吗？”吕贝卡傻头傻脑地说：“我知道，你让自己死在爸爸心里了。”母亲说：“你懂个屁！反正我能做到的你也能做到，你必须命令自己！”于是，吕贝卡命令自己，睡觉！可还是睡不着。母亲总在深更半夜惊醒，看到瘦小的儿子像一只轻盈的幽灵出现在自己房间门口，抠着门框裂开的缝隙，要么说些没头没尾的话，要么就嘟嘟囔囔地说：我还是睡不着。母亲被烦得没办法，只好带儿子去复诊。

医生柔声细语地对吕贝卡说：“你需要对自己进行心理暗示。你在心里默默想象自己的身体就是一只轻盈的大气球，或者一只轻盈的天鹅羽毛。你呼出的气让自己飘起来，吸气的时候自己又落下来。记得哦，要想象得很轻柔，并在落下来的时候觉得自己已经很困了。嗯，很困了，我要睡着了，就像躺在妈妈的怀抱里一样。”

吕贝卡说：“妈妈的怀抱是什么滋味儿？”医生被问住了，尴尬地抬头望着母亲。母亲对医生哼了一声说：“我还以为你有什么办法呢。还不跟我说的一样，什么心理暗示，就是意志力嘛！”医生也轻蔑地哼了一声说：“这哪能相提并论？我的方式是柔和的，令人心满意足的，容易接受的。而你的方式是凶神恶煞的，强迫镇压的，惨无人道的。这就是区别！”母亲扯着儿子走出医院门口，恶狠狠地说：“再来这家医院，我就是猪！”没过几天，母亲不得已又来了这家医院。可能她已经忘记了自己的毒誓。吕贝卡却每想起母亲变成猪的样子，就捂着嘴偷偷笑得停不下来。

说者无心，听者有意。尽管母亲再也没有和这个一见面就横眉冷对千夫指的医生见面。但他们曾经的谈话却深深烙印在吕贝卡的心里。现在他知道了，他曾经、或许、大概、似乎，不是一个人的。他曾经与另外一个人搂抱在一起，安详地躺在母亲的子宫里。就像母亲的怀抱一样，他现在已经记不得那是什么滋味了。如果人生像一盘卡带，从蜷缩在母腹的那一刻就开始转动录音的话，那么胎儿的岁月就是那一段无磁的空白带，什么也没有录下，也就无从回放了。幸亏人生来有无穷的想象力，可以借此填充记忆的缺失，现实的匮乏。吕贝卡想象他曾经一点也不孤独地与一个人缠绕在一起，躺在一片温暖的水域里。像海滨浴场那些套在救生圈里的脑袋一样，他们迎着阳光，惬意地微闭双目，永远都不想睁开。母亲子宫里的黑暗当然迎不来阳光，但或许偶尔也有光线透进来。在这温暖潮湿的洞穴里，吕贝卡似乎真的感觉到自己曾经微闭双目时，有光影投射在水波上，在薄得近乎透明的眼帘前晃动。就像现在躺在床上，有树影在窗户外晃动一样。或许他们闭着眼睛太久了，也会张开小嘴来悉心交谈。说些出来之后的打算。这空间如此狭窄、阴暗、潮湿，如果只有一个人永远张不开手脚地蜷缩在里面十个月，那该是多么孤独可怕的事。就像这漫长的黑夜，睡也睡不着，连一丝月光都没有。可是，后来他们出来了，他们一起被一阵强烈的灯光刺得还没来得及睁开眼，还没来得及明白自己已经出来了，便真的出来了。还没来得及相互庆贺这欢乐的时刻，就被人生生分开：“像两盏灯火，我们分别落在两岸。”他现在在哪里？是否也生活在大海边，经常一个人在放学的人流中被挤出来，孤独地穿梭在车水马龙的道路之中，一个朋友都没有？他是否也经常一个人坐在海滨浴场的沙滩上，望着对面的一只小狗吐舌头？他是否也总是独自一人打开废弃的灯塔的门，想在里面找到什么神奇的宝藏？他吃得好吗？睡得好吗？他学习好吗？长得好看吗？他究竟是我的哥哥还是我的弟弟？要是她是个女孩，她是不是长得像郭晓敏一样？有时他又像个顾影自怜的女人那般劝慰自己：想他有什么用？还不是如此狠心离我而去？有时他这么想着。适逢听到外婆的收音机里传来一个女人甜蜜的歌声：他在轻叹，叹那无情郎，想到泪汪汪……便觉家里也只剩外婆一个有文化的人了。听的歌都那么忧伤，那么恰当，那么贴题，那么含情脉脉，那么温文尔雅。可惜，外婆是再也不说什么了。她就像一个活着的死人，豢养着一只活着的死猫。

吕贝卡从床上下来，没有穿拖鞋，蹑手蹑脚来到母亲的画室，从母亲的画夹里抽出一张素描纸。躺在床上继续想象自己的身体是一只大气球，飘上去，落下来。数着数着，终于睡着了。

第二天早上，吕贝卡捏着那张素描纸兴致勃勃地来到巷口，却发现那对赤裸的男女头天坐过的门槛上，此刻空空如也。吕贝卡怔了怔，揉揉眼睛，还是什么也没有。于是，他把素描纸折起来，塞进书包里，并攥紧拳头，并急遽奔跑，并穿过巷子。在巷子的尽头，他停下来，思忖了一会儿，接着，他略显迟疑地折回来，在那对男女坐过的门槛上，看见了一片半干的血迹。他再次感到害怕，准备跑开。但那片血迹的形状吸引着他的目光。尽管犹豫不决，可一旦决定，动作便非常迅捷——他打开书包，拿出素描纸，并从铅笔盒里取出一支 6B 型号的铅笔。

教室里，数学老师正在讲圆的基本概念和性质。数学老师说：在平面内，到一个定点的距离等于定长的点的集合叫作圆。这个定点叫作圆心，通常用字母 O 表示（说着他在黑板上写上一个 O）；定长叫作半径，通常用字母 r 表示（说完他在黑板上写上一个 r）。

通过圆心并且两个端点都在圆上的线段，叫作直径，常用字母 d 表示（说着他在黑板上写上一个 d）。圆的性质……

讲到这里，气喘吁吁的吕贝卡，站在门外喊了一声：报告！

数学老师走到讲台边缘，倾斜着身体，做了一个颇有难度的杂耍动作来开门。一部分学生张大了嘴巴，生怕老师会跌倒。但他没有，他像个悠闲的不倒翁一样将自己的身体摇摆到门上，抓住门把手，又以摇摆到另一边的动力拉开门，作为支点的双脚始终稳稳地立在讲台上。学生们个个惊叹不已。数学老师带着“这算不了什么”的得意神情，冲那些大张着的嘴巴微微一笑，俯视着吕贝卡说：知道今天要讲什么吗？

吕贝卡像只小狗一样吐着舌头上气不接下气地说：圆……讲圆。

数学老师说：你敢迟到，说明你早就不把圆放在眼里了。现在，我要你给同学们讲一讲圆的性质。刚才我已经给同学们讲过了……

郭晓敏忽然插话说：老师，您刚要讲，但还没……

数学老师摆了摆手，示意她闭嘴。她乖乖地把下半句话咽了下去。

数学老师说：你讲出来了，就进来。讲不出来，就在门口站着。

吕贝卡说：老师，性质是什么意思呀？

数学老师说：性质的意思就是本质。

吕贝卡说：老师，本质是什么意思呀？

数学老师说：本质，就是事物的根本性质。

吕贝卡说：老师，性质是什么意思呀？

数学老师说：你去问语文老师。

吕贝卡说：好。

接着，他跑到办公室门口，喊：报告。进去之后发现语文老师不在。另一位老师告诉他，语文老师在楼下的一个教室上课。于是，吕贝卡跑到楼下的那个教室，站在门口喊：报告。语文老师说：进来。吕贝卡说：我不进来。

语文老师说：你为什么不进来？

吕贝卡说：我不是这个班的。

于是，语文老师打开门，站在门口。

吕贝卡说：数学老师让我问问你，“性质”是什么意思？

语文老师笑了笑，从讲桌上拿起一本词典，翻了翻说：这是一个哲学名词。它的意思是指某类事物区别于其他事物的基本特质。换句话说，就是事物中常在的、基本的形态。譬如，你叫吕贝卡，如果你不改名字，吕贝卡这三个字就常在，就是你区别于其他人的性质之一。再比如，你个子很小，如果你一直不长高，“小个子”这个特征，就会成为你区别于其他人的性质之一。再再比如，你很瘦，如果你一直不长胖，“瘦子”两个字就会成为你区别于其他人的性质之一。总结说：一个个子很小的叫吕贝卡的瘦子，就是你的性质。

吕贝卡说：我明白了。

吕贝卡重新跑到楼上来，站在教室门口，喊了一声：报告。

数学老师打开门问：明白了吗？

吕贝卡说：明白了。

数学老师说：那你来讲，圆的性质。

吕贝卡说：比如，一个圆，它叫圆，如果它一直都很圆，圆这个字就常在，就是它区别于其他图形的性质之一；再比如，这个圆很矮，如果这个圆一直不长高，“小圆”这个特征，就会成为它区别于其他圆的性质之一；再再比如，这个圆很瘦，如果它一直不长胖，“瘦子”这两个字就会成为它区别于其他圆的性质之一。总结说：一个个子很小的叫圆的瘦子，就是它的性质。

洪小洋和张小滨先笑起来了。吕贝卡以为他们在笑自己，就偷偷抬起眼皮瞟过去一眼，却见他们分别从对方的脑袋上拔下一根头发，一个塞进自己的耳朵里，一个睁大眼睛戳向自己的眼白，然后他们浑身一哆嗦，边笑边小声说：好痒。

数学老师什么也没说，就把门关上了。清了清嗓子，继续讲课。

吕贝卡站在门外，大声喊：报告！

数学老师打开门说：你要干吗？

吕贝卡说：我已经讲完了圆的……圆的性质，我要进教室。

数学老师说：门儿都没有。你讲得不对，你讲得驴唇不对马嘴，你讲得乱七八糟！

吕贝卡说：你说我讲完了就可以进教室，你没说要我讲对。

数学老师说：那我现在要你讲对。

吕贝卡说：我已经讲完了，我要进教室。

数学老师盯了他两秒，重重地把门关上了。吕贝卡就走到第一个窗口，盯着黑板。数学老师正在黑板上画一个圆形。吕贝卡忽然喊了一声：不好看！

这一声喊叫，让数学老师的手抖了一下，致使黑板上那根绕了一圈，正要回到起点的线，在中途分了一个叉。数学老师立刻生气了。他呼啦一下拉开门说：你嚷什么嚷？

吕贝卡说：你画的图不好看，我画的比你好看，你应该让我进教室。

数学老师冷笑了一下说：你能画什么？

吕贝卡说：如果我画得比你好看，你得让我进教室。

数学老师咬着牙说：可以，我的孩子。

吕贝卡不慌不忙地从数学老师的手臂下钻过去，站到讲台上。不慌不忙地打开书包，并小心翼翼地把那张素描纸贴到黑板上。这不是件容易的事。为此，他用牙齿咬断了两次透明胶布。数学老师疑惑地走过来看了看，说：这是什么？

吕贝卡忽然得意起来。他在教室的过道里开始行走，像语文老师讲课那样走来走去，并娓娓道来：本来想画那两个人，可没画到。可是这个形状很好看。本来想用铅笔画，可铅笔怎么能画出红色呢？你们怎么都想不到，我是用什么把它画出来的。如果用手摸一下，你会发现，它还是湿的。这种持续的得意使吕贝卡眩晕。他在教室当中行走，仿佛一个伟大人物，正受着万民景仰。

数学老师果真在画纸上摸了一下，却摸到一点湿漉漉、黏糊糊的红色。他再次问了一遍：这是什么？

吕贝卡头也没回地说：血。

数学老师说：什么血？

吕贝卡说：一个男人和女人留下的。

数学老师说：一个男人和女人留下的？

吕贝卡说：他们没穿衣服。

教室里沉寂了有十秒钟。忽然，数学老师冲向吕贝卡，他像疯子一样叫喊着：下流痞子灵魂都败坏了，简直是变态，你个不要脸的东西！说着，他揪起吕贝卡的衣领，把他揪到了门外去。在讲台边上，他还没忘记撕掉那张画，揉成一团，扔进吕贝卡的怀里。

眩晕感和悬空感瞬间被打断，吕贝卡站在门口，却一动不动。他在想那对男女。他们究竟去了哪里呢？

数学老师匆匆讲了几句，就开始让学生做习题。接着，他走出教室，顺手带上了门。他站在吕贝卡面前，独自点上了一根烟。抽两口，瞥一眼吕贝卡。烟抽到一半的时候，他说：你连哭都没哭，真是没救了。吕贝卡还在思考自己的问题，对数学老师的话置若罔闻。大概是这种不应该出现在七八岁孩子脸上的平静，引起了数学老师的兴趣。他把烟头丢到水泥地板上，踩了踩。说：吕贝卡，我准备到你家做个家访，你怕不怕？吕贝卡依然没作声。数学老师又重复了一遍。他方才缓过神，但只听到了下半句。他仰起脸说：什么？

数学老师说：家访。

吕贝卡说：不怕。

数学老师说：你不怕爸爸妈妈教训你？

吕贝卡说：他们不会有时间理睬你的。

数学老师说：是吗？

吕贝卡说：是的。

数学老师觉得很没趣，准备转身进教室，但又回头问了一句：吕贝卡，你父母是做什么的？

吕贝卡说：画家。

数学老师若有所悟地“哦”了很长一声。数学老师问：都是？

吕贝卡说：妈妈。

数学老师说：那你爸爸呢？

吕贝卡说：音乐家。

数学老师说：哦？弹钢琴么？得过什么奖？

吕贝卡说：吉他。见数学老师没反应，他又补充说：摇滚乐。没等数学老师回答，又补充说：真正的。

数学老师从鼻子里发出一声嗤笑。说：那也能叫家？你妈妈是什么画派？也画不穿衣服的男女流出来的血？哈哈。说到这里数学老师忍不住笑了起来。

吕贝卡说：我妈妈画过不穿衣服的男人，画过不穿衣服的女人，也画过血。但她没有画过不穿衣服的男人和女人留下来的血。

数学老师说：难怪……难怪……真是上梁不正下梁歪呀。呵呵。说着他推开门，一脚踏进了教室里。

吕贝卡忽然说：老师，你侮辱了我。

这个始料未及的陈述句显然超出了数学老师的预料。数学老师显得很惊讶。他就那么惊讶地盯着吕贝卡，过了好一会儿才说：请问，侮辱是什么意思？

吕贝卡说：老师，你应该向我道歉。

数学老师乜斜了他一眼，毫不理睬地走入教室。

下课后，数学老师走出教室，吕贝卡跟着他嗵嗵嗵的脚步下楼又上楼。数学老师走进办公室之前，吕贝卡提醒说：老师，你侮辱了我。数学老师哼出一口痰，吐在办公室门口的痰盂里。接着，他走进办公室，并顺手把门关上。

下午放学，数学老师从抽屉里拿出餐具向食堂走去。他和那个穿长丝袜的音乐老师开着玩笑。在办公室门口看见吕贝卡，他显得有点意外。但也只是有点意外而已。

吕贝卡低着头站在数学老师的餐桌前。音乐老师说：你是哪个班的？干吗看着老师吃饭？吕贝卡听见这句话，就哭了起来。数学老师说：别理他。这个孩子很不要脸的。吕贝卡不哭了，他又往前站了一步，说：老师，你再次侮辱了我。音乐老师很惊讶地望着数学老师，接着，扑嗤一声笑了出来。她对数学老师说：这孩子真逗。数学老师也笑了说：可不是嘛。花样可多了。

吕贝卡又往前靠了一步，说：老师，你应该向我道歉！

音乐老师笑得连饭都喷出来了。数学老师却用很扫兴的表情继续吃着饭，什么话也不说。吃完饭，他往吕贝卡的脚边吐了一口痰。吕贝卡也朝他的脚边吐了一口。他有点意外，但仍旧只是显得有点意外而已。

晚自习吕贝卡没有去教室，仍然守候在办公室门口。语文老师，也就是班主任，在走廊里巡视了一番，分别立在一些窗口外面，伸进手去敲了敲一些交头接耳或者走神的人的脑壳。接着，他带着充实满意的微笑迈着八字步，晃悠到办公室门口，看到了吕贝卡。他说：吕贝卡，你怎么不去上自习？

吕贝卡说：我在等数学老师。

班主任说：你等他做什么？

吕贝卡说：我不说。我说了你会嘲笑我。

班主任说：我是你的班主任。我不会嘲笑你的，吕贝卡。

吕贝卡说：数学老师侮辱了我。我在等他向我道歉。

班主任说：啊？

还没等吕贝卡说什么，他很快又说：哦。

接着，他走进办公室。透过脏兮兮的玻璃窗，吕贝卡看见班主任凑到数学老师耳边嘀咕了一会儿。接着，两个人放声大笑起来。语文老师笑够了，就端起桌上的茶杯喝了口水。接着，他换了一副严肃的表情走出办公室。吕贝卡说：老师，你嘲笑我了。

语文老师说：我是你的班主任。我不会嘲笑你的，吕贝卡。

他的表情很真诚。

晚自习放学后，吕贝卡终于被饥饿打败了。空虚的肠胃不再为他的坚持供给任何燃料。除了饥饿之外，他甚至感觉有点累、有点冷。那一会儿他想家了。他想回家吃顿饭，好好睡一觉。想起饭的香味，床铺的柔软，他眼眶湿润了。他心怀忧伤，亦步亦趋地跟随着放学的人流，向大门口走去。

学校门口常年支着一个煎饼摊子。橡胶轮的板车上架着黑乎乎的炉子和平底锅。热乎乎的煎饼包裹着韭菜墨鱼仔的味道在空气中弥散开来，吕贝卡使劲咽了口唾沫。他走过去，从口袋里摸出一块钱，要了一套煎饼，在门口大口大口地吃完了。于是，很迅速地，之前的某些东西又开始在他的体内燃烧起来。他不再需要家，不再需要更多的食物，也不再需要睡眠。现在，他精神百倍，他坚定地走进学校里，重新回到办公室门口。

办公室黑着灯，像是已没了人。吕贝卡在门口站了一会儿，觉得很懊丧。他准备下楼，却忽然听到里面传来细微的声响。他把耳朵贴到窗户上。听到里面一个声音嗫嗫嚅嚅地说：老师，还是把灯打开吧，我害怕。这句话之后是一片沉寂。紧接着，灯亮了。他听见里面那个声音仍然用嗫嚅的语调说：老师，我还是很怕……接着，听到的嗓音立刻令吕贝卡愤怒起来，那是数学老师。他声音轻柔地一如沙滩上的月光。他说：别怕，乖。

那个胆怯的女声听来很是耳熟，却忽然想不起究竟是谁。对吕贝卡而言，窗台实在太高了。踮起脚尖跳两下也什么都看不到。他忽然有些疑惑：既然是同一所学校，为何教室的窗台就要比办公室的低呢？晚自习的时候，老师个个像大黑鬼潜伏在教室窗外。一不留神，窗户就伸进一只手来，对准某个瞌睡的脑壳就是一凿栗。他们本就极高，窗台却极低、极大。整面墙壁似乎没几块砖头，全是玻璃。老师每天命令值日生将窗户擦得晶莹透亮，像空气一般透明。一切都被窥得一清二楚，甚至都不必窥，只消瞟一眼。而他们的办公室的窗户，却踮起脚尖来都看不见。

好奇心撺掇着，愤懑之情怂恿着，使吕贝卡更勇敢、更激昂。他把脚放在铁条焊接的栏杆上，登上了水泥台子。如果是在白天，他可能只消朝楼下望一眼便双腿发软。现在他觉得自己不是自己。此刻他以为自己是一个幽灵，一个密探，一个特工。为了获取敌人的情报，他对深渊毫无畏惧。他朝楼下望了一眼：果然极黑。就像动画片里的悬崖，还冒来阴森的风。他仿佛听到动画片里某个老者在用低沉地声音对他发布着警告：“人类属于白天，夜晚属于魔鬼。”而我们才刚刚上过晚自习，我们究竟是人类，还是魔鬼呢？他胡思乱想着，抠紧办公室的墙壁，倾斜起身子，把脑袋探到了窗户上。

办公室里开着一盏台灯，是数学老师桌上的。台灯似乎表明数学老师总是在深夜办公。那暗淡的光线和映照在墙壁上的模糊的身影，使吕贝卡想起音乐老师教的那首歌："静静的深夜群星在闪耀，老师的窗前彻夜明亮，每当我轻轻走过您窗前，高大的身影映在您窗上……"吕贝卡甚至下意识地哼了起来。等他意识到这可能被发现时，又赶紧捂住了鼻子。

办公室里只有两个人。除了数学老师，那个耳熟的声音，来自一个姑娘，她叫郭晓敏。吕贝卡看到，郭晓敏像只鹌鹑一样坐在数学老师的对面。她低着头，像犯了严重错误。这只是猜测，吕贝卡看不到她的表情。数学老师就坐在她的对面，面部表情和蔼。他们膝对膝，像一对父女。接着，意想不到的事发生了。数学老师放下手里的书，忽然把手伸进了郭晓敏的裙子里。吕贝卡认为数学老师的动作娴熟，就像他在教室里转过身来板书一样自然。

郭晓敏说：老师，我很害怕。

数学老师的手在裙子里并没有拿出来，他说：别怕，乖。

这时，吕贝卡的右手在窗台上触到一个毛茸茸的东西。他别过脸，看到一双幽邃的眼睛正灼灼地盯着他，像两团神秘的火光。那是一只猫。在黑夜里，它的低嗥更像另外一种庞大的野兽，老虎。吕贝卡忽然感到前所未有的恐惧，他不知道在这狭窄而漆黑的空间里，他是该前进，还是后退。像又回到了母亲的子宫：他根本不是这个世界的主人，无法伸展拳脚。他只有目不转睛地盯着那只猫，猫也弓起身子，目不转睛地盯着他。只要不采取任何行动，似乎可以永远这么盯下去，一直盯到月亮升起来，月亮落下去，太阳升起来，太阳落下去。他忽然奇怪地想到，或许在母腹中，在那些浸泡在水中的岁月里，他与他那个大概存在过的兄弟或是姐妹，就是这么日复一日睁着眼睛对视的。他们不需要说任何话，那会惊动这个空间以外的人。他们只是目不转睛地对视，在彼此的瞳仁里看到了自己。因此，又像是在注视自己。那究竟是在注视别人还是注视自己呢？想着想着，都快要睡着了。

月亮升起来了。办公室里的人忽然警觉起来，并“啪”的一声关了台灯，说：“谁在外面？”郭晓敏说：“老师，我很害怕。”接着是犹疑的脚步声，马上就要走到门前，马上就要把手放在门把手上，马上就要拉开门了。吕贝卡终于要行动了，他要逃走。尽管不知道为什么要逃走，但他本能地感觉到，倘若不逃脱，将会有更大的恐惧降临在自己身上。他顾不得那只蓄势待发的猫。他开始挪动脚步沿着水泥的栏杆台子远离办公室。猫并没有什么行动。这让人有点庆幸，有点后悔，有点失落，有点沮丧。就在这时，办公室的门吱呀一声开了。猫就像一台声控的机器，以惊人的弹跳力扑到吕贝卡的背上，爪子凶残地在吕贝卡的右臂上一挥。吕贝卡大叫一声，身体在惊吓中陡然失衡。还未来得及感觉到猫的爪子究竟是冰凉的还是火辣的，他的身体已向下坠落。那不过是跌落两米的距离，多年之后吕贝卡回想起来，就如同第一次与那个他以为叫戈雅的姑娘坐滑梯。那种坠落的恐惧巨大而持久。又像是在梦里，在风和日丽的天空中飞翔，陡然坠落。不停往下坠，往下坠，似乎永无止境。

首／都／第／七

一年前，在一列通往首都的列车上，父亲也梦到了同样的坠落。从睡梦中惊醒，在他大汗淋漓地盯着火车厢顶，感受着车轮在铁轨上滚动的节律时，那种余悸未消的恐惧，丝毫不亚于儿子从窗台上跌落时的感受。在夜晚急速的奔跑中，车厢微微震动着，像一艘日夜兼程的战船，开往特洛伊，为了一个女人，开始一场冗长却毫无意义的战争。他忽然感觉自己像奥德赛用了二十年的时间寻找归家的路途，却仍旧在大海中漂泊。这是在回家呢，还是在去另一个遥远而陌生的地方？哦，这是在开往首都的特快列车上。继而他又嘲笑自己，一切还未开始，怎就显得如此疲惫？逐渐清醒一些，父亲开始回想那个梦。在梦里，他跟随被邀请的父亲来到一座小岛上。父亲的父亲为岛上的国王费尽心思建造了一座迷宫，用来囚禁一只牛头人身的怪兽。父亲花费了很多年的时间设计并修建起来的迷宫迂回曲折，使进入里面的任何人都被迷惑得眼花缭乱，找不到东南西北。无数的房间和通道连在一起，如同迈安德洛斯河迂回的河水一样，像是在倒流，又返回到它的源头。当迷宫建成以后，就连这迷宫的建造者——父亲的父亲走进去也几乎走不出来。牛头人身的怪兽住进迷宫后，就再也没有走出来惹是生非。

父亲的父亲帮助岛上的国王囚禁了他的心腹大患。尽管父亲的父亲受到了应得的赞美和礼遇，但长久背井离乡的苦楚惹起他的乡愁。他多次向国王提出回国的申请，却被国王以种种委婉但不失威严的方式拒绝了。父亲的父亲逐渐明白，他和自己的儿子，被软禁在这里了。这像是一个无情的反讽，一个替别人建造迷宫用来囚禁怪兽的人，却也被别人不用迷宫便轻而易举地囚禁了起来。父亲的父亲在极度的沮丧和痛苦之后，决定逃脱。经过长久的预谋，他高兴地对自己的儿子叫嚷着：让国王尽管去封锁海路和陆路吧！即使像他这样伟大而有权力的人，恐怕对天空也无能为力！儿子，我们要从空中逃出去。

父亲的父亲开始行动。他想要运用他无穷的想象力来征服看起来似乎让人无可奈何的自然。他把采集而来的各种鸟类的羽毛按照一定的次序排列：最初是最短的，其次是长的，依次而下如同自然生长的一般。接着用麻线将这些排列好的羽毛束紧，在末端用蜡密封。最后把它们弯成弧形，看起来如同鸟翼一样。父亲也非常专注地投入了这项工作之中。

当一切工作都完成之后，父亲的父亲把这羽翼缚在自己的身上，振翅飞到空中，轻捷地如同鸟雀。父亲的父亲降落在地，又为年幼的父亲制作了一对较小的翅膀，并教给他驾驭翅膀的方法。父亲的父亲告诫父亲说：你一定要在半空中飞行。倘若飞得太低，翅膀会沾上海水，那样你就会被过重的翅膀坠到海里；如果飞得太高，翅膀上的羽毛会因接近太阳而着火。因此，你必须在太阳和大海之间飞行，一定要紧紧跟在我的后面。父亲听了点头答应。

于是，父子二人张开翅膀开始飞翔。起初一切都很顺利，他们飞过萨马斯岛，又飞过提洛斯和培罗斯。父亲越飞越高兴，越飞胆子越大，渐渐地他飞出了父亲的父亲指定的轨道，忘乎所以地向高处飞去。出乎他意料的事情发生了，强烈的阳光融化了紧封羽毛的黄蜡，一片片羽毛从翅膀上脱落。等到父亲意识到这一点时，已经太晚了。他一头从空中坠落而下。他能听到自己的父亲在空中惊恐地呼喊自己的名字，但却无法再飞上去。他就那么听着无边无际的风声向下坠落着，坠落着。并未像他之前所以为的，很快就会被大海淹没。这坠落看起来如此漫无止境，看来天空原来竟是如此高远。倘若父亲告诉吕贝卡自己害怕坠落的感受，父子二人是否会抱头痛哭？可是父亲却从来没有提过他所恐惧的这种感觉。他只是独自承受着这种恐惧。那时他明白了，掉进大海里溺水而死并不可怕，可怕的是这种漫无止境的坠落过程。在这个无奈的过程里，自己已无法掌控自己，只能任由它坠落。

父亲坐起身来，盯着车窗外黑漆漆的田野。火车经过交叉轨道的时候，桌子上的水杯剧烈颤动，但总稳稳地不会溅出水来。父亲终于完全清醒了。现在他明白，他做的这个梦里的人不是自己，那是伊卡洛斯。伊卡洛斯的坠落不再是伊卡洛斯一个人的事情，因为每个人都渴望像鸟儿一样拥有翅膀，冲破牢笼自由自在地飞翔。伊卡洛斯尽管坠海而亡，他的精神却激励了一代又一代的人。不乏一些像伊卡洛斯一样天真的人继续尝试各种方法来制造翅膀。他们也都死了。最终，一些充满理性的人开始尝试制造飞行器。现在人类有了飞机，可以在天上飞。父亲想到自己，是否也在倡导某种精神？

因为很多人都很茫然，他们都不知道自己要的是什么。需要你来告诉他们。但父亲也不知道自己要的是什么。一个连自己都不知道要什么的人，他所倡导的精神是否会引领人们走向一个误区？或者产生一些不良的后果，以至于一发而不可收拾？但他却被推到风口浪尖，那些杂志上每个月都写着他在提倡的精神。那全是些他一时兴起脱口而出的话，如果当作精神来倡导，是否过于轻佻？或许，这本身就是一个轻佻的时代。也许，假若，或者，你现在胆怯了。面对你的胆怯，现在退缩还来得及。心里有个声音在这么说。可是火车在前进，我怎可退却？但做这个梦，是否存在某种不祥的预兆？父亲不是一个迷信的人，他只相信自己，只相信他所爱的东西。一时兴起，他便拉开车窗在扑面而来的风中高声叫喊起来：

我爱光，我爱于是便有了光！
我爱你，我爱于是便有了你！
我爱我自己，我爱于是便有了我自己！
我爱摇滚乐，我爱于是便有了摇滚乐！
我爱脏，我爱于是我们便有那么脏！
我爱干净，我爱有那么多的清道夫，可世界从来不干净。

一位乘客掀开被子不耐烦地嚷起来："喊什么喊，喊什么喊？还让不让人睡觉了？"另外一位吉他手翻身而起，指着那个乘客就骂起来："你懂不懂摇滚乐？我告诉你这种事可是开不得玩笑的。这么牛逼的句子让你听到算你有福气。"说着拿起随身的红色塑料封皮的小笔记本唰唰地记录着。耿叔叔也坐起身来说：再嚷嚷就打你！过两天你再想听这句子就得掏钱买票了。那人看着人多势众，嘟嘟囔囔，似乎跃跃欲试又心存顾虑。父亲摆摆手，对那人说了句对不起。那乘客立即笑成一朵菊花，连连说没关系没关系。有台阶下就是好。

父亲十分疲倦地倒头睡去。那一夜，他安睡得像一个无忧无虑的孩童。

签约是容易的。这是父亲来到首都必须要做的第一件事。但却不是他认为最重要的。那厚厚的几页 A4 纸上面写着甲方乙方以及必须遵守的各项条款。在这家叫作“另外一家唱片公司”的唱片公司的接待室里，负责人用狡黠的目光盯着父亲。似乎生怕这个眉头紧锁的男人忽然改变主意，或者提出什么伤感情的要求来。但父亲翻了两页看得糊里糊涂，觉得头有点疼，就迅速在最后一页上签上了自己的名字。负责人的笑容舒展开来。抢过那一份，又丢过来两份，让父亲都签上自己的名字。父亲签完之后，负责人说，合同要一式三份，父亲也需要留一份。于是，父亲把三份比较来比较去，挑了一份自己认为签名最漂亮的塞进了琴箱里。鼓手从吉他手那里索取一根断掉的琴弦无所事事地剔着指甲。“另外一位吉他手”正襟危坐，红色塑料封皮的小本本和英雄牌钢笔摆在玻璃钢桌面上，时刻准备着记录父亲的豪言壮语。但父亲几乎没说什么。他只问了两个问题。父亲问的第一个问题是：签了这个，是否就等于卖给你们了？在这两年时间里，还有没有我的自由？

负责人想了想说：这个问题很简单。我们会出一张唱片看一看销量，如果你给我们挣的钱多，那么这两年你基本就不会有什么自由。

如果第一张唱片挣不到什么钱，或者亏本了，那恭喜你，这两年你属于你自己，你想有多自由就多自由。

父亲的第二个问题是在已经走到接待室门口的时候，转过身问的。这个问题在父亲的心里梗塞着，似乎迟疑了很久。父亲终于说：请问，你们能帮我找到一个叫作“另外一位乐评人括号女”的人吗？

负责人刚刚握过的手显得有些僵直。他面无表情，甚至有些冷峻地说：对不起，我们不认识这个人。

首都总是堵车。耿叔叔说：我们去天安门转转吧。在毛主席像下面照张像怎么样？告诉他老人家我们中国人也有自己的摇滚也有自己的朋克了。父亲说：我没时间。他们沮丧地在“另外一家酒店”里住了一个星期。之后，唱片公司的人打电话来，在“另外一间录音棚”，和另外两个素不相识的录音乐手，开始录音。十首歌录了差不多一个月。中间除了与素不相识的乐手在缺乏默契上的磨合之外，还存在一些歌词需要修改的问题。他们常常发生争执，相持不下。由于父亲总是习惯在录音过程中加入一些即兴成分，尽管“另外一位吉他手”和耿叔叔已经习惯了父亲的行径，但那两位素不相识的贝司手和键盘手却认为这是胡闹。父亲说：这他妈是在录我的歌，不爱干，老子两把吉他一架鼓也就够了。但他们要挣钱养家糊口，于是对父亲霸道的言词也就忍气吞声了；在歌词的问题上，唱片公司的理由是：父亲的歌词所用的某些词语太过于直接、暴烈。父亲的理由是：出版法上有规定不能用这些词吗？唱片公司的人笑了笑说：我们没有出版法，只有知识版权法。原来没有出版法。这就难办了。父亲想了想说：那你凭什么认定我这歌词不行？唱片公司的人说：凭多年经营而没有倒闭的经验。我们知道哪些词能用，哪些词不能用。最后，经过长久的讨价还价，他们换了一些柔和一些，但勉强还能保留原意的同义词。还好朋克音乐的歌词不需要押韵。

录完唱片就是一系列需要为宣传做的准备。设计者把父亲的长发剪掉，用发胶塑起了一个波浪一样朝上翻卷的发型，他们说这叫朋克头；拍照的时候他们让父亲穿上一些怪异的服装（这其中还用到了女人的裘皮大衣和超短裙）摆各种奇怪的造型。譬如号叫的表情，譬如对一切漠不关心的表情，譬如乜斜的眼神，譬如蔑视、俯视、张开双臂、仰天长啸……父亲说：我在生活里不是这样的。设计者说：我们不要你生活里的表情，我们要的是你在歌迷前的姿态。他们说：在大众的心目中，朋克就应该是这样的，所以你也要这样。设计者说：这叫唱片工业，我们要把你做成一个品牌，就像雅马哈一样，你懂不懂？父亲说：我不懂。那我们花很多钱在你身上，如果我们捞不回来会很生气，你懂不懂？父亲说：我懂了。那就请你配合一点。

接下来是正式进行宣传。父亲的身影出现在各个电台电视台的录制现场，出现在各个新闻发布会的现场。用着合同上规定的，必须按照唱片公司要求的表情和姿态。除了不许讲粗口之外，必须在任何场合都表现出心不在焉，这才像一个不把任何人都放在眼里的人；语速不能太快，要显得有点迟钝，这样才像一个每天都在忧国忧民进行思考的人；嗓音不能太亮，要尽量低沉、沙哑、像有痰卡在喉咙里一样，这样才像一个抽烟很凶或者还抽大麻并不断号叫的人；要不断表现出疲倦，睡眼惺忪，四肢乏力，腰膝酸软，脸色苍白，眼圈发黑（这是化妆师的功劳），这样才像一个每天都在失眠，都在酗酒，都在吸白面儿来捕捉灵感寻找超验空间的人；要在媒体面前制造一些身世，譬如从小就跟随父亲捡垃圾，经常受人歧视，所以他的歌词才写得那么脏，所以他的愤怒才能让人找见理由并理解他，并接受他，并爱他。尽管他的父亲乃至他的祖父世代都是喜欢没事儿拨拉拨拉三弦的渔民。

唱片发行的签售活动上，父亲按照唱片公司要求的标准，把名字签得张牙舞爪，为了力透纸背，父亲把签名笔的笔尖签断了好几个。所有得到父亲亲笔签名的歌迷，都能在回到家后感觉自己的卡带盒子、CD 盒子有重压的裂痕。墨水从正面渗透进塑料里，像要从背面滴落出来。

一个流程下来，父亲真的疲倦了。整天睡眼惺忪，四肢乏力，腰膝酸软，脸色苍白，眼圈发黑。“首都是个荒谬的城市，里面住着一群荒谬的人”。这是他得出的最终结论。或许在短短的时间内，他经历了浓缩的人生精华，真的厌倦了。于是，当他在那个姓牛的面前做出让众人以为是惊世骇俗的行径，便也不足为奇了。

那似乎是每个搞摇滚乐的人必须要进入的地方。它的名字叫“另外一个三里屯”或者叫另外一个四里屯、五里屯、六里屯、七里屯、八里屯，这又有什么关系？名字都是不重要的，重要的是那个带着一个多音字的词——“圈子”。很多人想进去。很多人为了能够进去不惜付出在另外一些人看来毋宁死都不能付出的代价。譬如“另外一位吉他手”想起来就兴奋不已。“另外一位吉他手”跟在父亲身后，看着那条街上的打着灯光的招牌画上，姓牛的照片按偶数排列着。上面分别写着他不同的名言。譬如：雄鸡一唱天下白。这除了说明他是属鸡的之外，还代表他是中国第一个搞摇滚乐的。很多人认为他是摇滚乐的祖师爷，尽管他也是跟外国人学的。但有几个人真正认识外国人呢？另外一位吉他手说：终于可以见识见识老牛了。就像他跟姓牛的很熟似的。

姓牛的坐在一个饭店包厢里的正坐。他脑袋上的头发越来越少了。看看围坐在他左右的两个姑娘，便不难猜出谢顶的缘由。两个浓妆艳抹的姑娘：那个穿黄风衣的很胖，另外一个穿黑短裙的更胖。她们唯一的相似之处就是满嘴操他妈的操他妈的。也不知道她们究竟能操谁的妈。后来才知道那是两个写下半身诗歌的女诗人。

一个大圆桌，从黄风衣的姑娘排过来依次是一个唱起歌来就像杀猪一样的胖子，他是因为模仿美国另外一个胖子摇滚歌手的台风而出名的。很容易在舞台上嗨起来，一嗨起来就要往台下跳。每次歌迷们都冒着胳膊可能骨折的风险，一起搭架子接他的肉身，有次实在忍无可忍，愣是没人接，于是胖子差点没把自己摔死。

挨着那个胖子的是一个不苟言笑冷眼旁观的爆炸头。爆炸头以前不是爆炸头，是小平头。那时候他跟另外一个爆炸头是一个唱情歌的组合，叫作“深情兄弟”。小平头是深情兄，爆炸头是深情弟。他们发行过几张主题为罪孽、脆弱、悲剧和诱惑的情歌专辑，卖得很好，至今世间仍有隐约的耳语跟随他俩的传说。可是深情弟的自毁倾向借给了他们锐利的刀锋。深情兄为人沉稳，可深情弟却是个酒徒、花心汉，容易发泄狂暴的愤怒。虽然深情弟曾经幸运地从他第三任妻子的枪击中逃生，但最终还是没逃脱与最后一任妻子车毁人亡的宿命。深情弟死后，深情兄蓄了一个爆炸头，仿佛是把弟弟顶在了脑袋上，除此外的改变就是：不再写情歌，开始混老牛的圈子，搞摇滚。他的作品特点是：讽刺一切、挖苦一切、嘲笑一切。

挨着这个爆炸头的是一个结巴斗鸡眼。结巴斗鸡眼很有才华，写的歌词都很有文化。当记者问他怎么能写出那么有文化的歌词时，他总是左眼盯着右眼，结结巴巴地说不清楚。那时候他还不认识姓牛的。后来，姓牛的在记者面前说其实他歌词儿都是另外一位诗人写的，你瞅他又结巴又斗鸡眼的，怎么可能写出那么有文化的词儿。另外一位诗人是结巴斗鸡眼的朋友，听了老牛的话很生气，就告老牛。在法庭上，不知道为什么结巴斗鸡眼又替老牛说话。另外一位诗人彻底伤了心，写了好多首骂自己遇人不淑交友不善的诗。再后来就干脆在媒体面前说结巴斗鸡眼人品极差。但结巴斗鸡眼天天和老牛在一起喝酒，也就没计较过诗人朋友的话。但无论如何，结巴斗鸡眼再也没有写出一首歌来。

挨着结巴斗鸡眼的是一个相声说不好，快板也打不利索，后来改行唱摇滚的天津人。他的成名曲是：竹板儿这么一打啊，别的咱不夸，夸一夸，中国摇滚，顶呱呱……

挨着这个天津人的是一个长得很漂亮的长头发男人，他已经三十多岁了，看起来还像十八岁那么年轻。挨着漂亮男人的是一个戴大框眼镜的男人，他曾经自称是学院派摇滚第一人。父亲曾认为他写的歌不错，嗓子也挺好。现在他也唱流行歌曲，在MTV里淋着雨，把一个男人被女人抛弃的怨愤唱得肝肠寸断。

挨着这个学院派，是三个空位置。父亲，"另外一位吉他手"，耿叔叔依次坐下来。

挨个握手、点头、捶肩膀，挨个说：操，终于见到你了！听歌儿的时候还在想，能唱成这样的究竟是个什么种儿啊！这是圈子里的人愿意接纳你时必要的仪式。接着，一桌人围成一个圈子抽烟，等着上菜。很快房间里就云雾缭绕起来，敲门进来的服务员呛得直咳嗽。在等菜的间歇，姓牛的对父亲说：勇子，歌儿写得不错。

父亲说：还好。

姓牛的接着又说：但就是歌词太直接啊，这点我可不大喜欢。

还未等父亲开口，耿叔叔就谄媚地接上话茬说：老牛您放心，这一点我们已经考虑到了，准备改改风格。父亲瞪了耿叔叔一眼，对姓牛的说：你喜不喜欢跟我有什么关系？歌儿是我写的，我喜欢就行了。老实说我也不喜欢你写的歌儿含沙射影指桑骂槐，又是隐喻又是象征又是影射有什么用？跟想撒尿又尿不出来似的。

空气里瞬间凝固起一股紧张的气氛。在座众人皆讳莫如深地望望父亲，又望望姓牛的。姓牛的脸上掠过一丝不悦，但很快哈哈大笑起来。拍拍桌子说：够愤怒，像我年轻的时候。我喜欢！于是，在座也都跟着哈哈大笑起来。只有“另外一位吉他手”，进来的时候他也像耿叔叔一样虔诚地与姓牛的握了手，现在他却埋头专注地记录父亲所说的话。

酒上来了，是清一色的二锅头。大家在拧瓶盖的时候，父亲忽然回头对服务员说：给我来一瓶尧王醇。所有人都诧异地盯着父亲。姓牛的也饶有兴致地望着他。胖子说：到首都来不喝二锅头不是有病嘛。父亲悻悻地笑了笑说：我是有病。我就是不喜欢喝二锅头。胖子想说什么，但被姓牛的抬手制止了。姓牛的对服务员说：给他来瓶尧王醇。于是，大家喝着自己的二锅头，父亲喝着自己的尧王醇。一瞬间包厢里鸦雀无声。

姓牛的忽然抓了下黑短裙的屁股。室内发出惊骇而又淫荡的尖叫。姓牛的说：璇子，来首诗活跃活跃气氛。黑短裙就站起身来，嘴角还挂着未抹干净的酒水。清了清嗓子，乜斜着父亲说：即兴写首诗，送给新来的朋友。诗的题目叫：理想。接着，她伸展开肥嫩的双臂，开始朗诵：

一个男人用久了
就想找一个陌生的男人
也许世界上的男人差别不大
但我永远热爱陌生的男人

如果有一天
地球上的男人都熟悉了
我会找最软的一个娘炮
把他改造成一个坚挺的爷们儿！

俨然这是豪放型。让父亲想起了“两岸猿声啼不住，疑是银河落九天”的诗句。黑短裙在拥挤的包厢里，绕到父亲身后，用她叠成褶皱的小腹磨蹭着父亲的大腿。黄风衣也来了。她带来了一首唯美派的下半身诗歌。她戚戚地念叨，像是在自言自语地吟诵起来：

我已经三个礼拜没有见过老牛
还是四个礼拜？谁知道呢。
见了也是白见。我连绵不绝的月经
像裤子里塞条湿毛巾，过了这么久。

来了一个年轻人，不喝二锅头

喝家乡的酒。尽管他们心里都在骂他土或者别的
但我挺感兴趣。我们就这么，装作心不在焉地对视了很久。

抽完了老牛的半包中南海。
又抽完了胖子的半包红河。
口腔的干燥使得二锅头格外苦涩。
刚要的茉莉花茶又太腻。
菜还没有上来。我们的话题，
不得不一次次转到别处。

这时窗外飞过一只灰翅膀的鸟。
又飞过一只灰翅膀的鸟。
当第三只鸟正朝烟袋斜街飞过去时
我忽然一阵痉挛、走过来面对年轻人。

我对他说：
为什么不掏出你的 ××，我们一起写首诗呢？
假如它不是软的。

“好诗好诗！”小小的包厢里也可以掌声雷动。耿叔叔也跟着叫好。“另外一位吉他手”始终盯着父亲，等待记录他将要说出的话。父亲却沉闷地喝着酒，一语不发。黄风衣和黑短裙一起在父亲的身边挑衅似的蹭来蹭去，蹭得父亲出了一身的痱子。胖子一脸淫荡的笑容：嘿，勇子，把你那玩意儿掏出来给她们见识见识。不会就是条

水气球吧？说着，喷出一口酒。在座的也都喷了酒，似乎那句话要多好笑就有多好笑似的。这像在看娱乐节目，主持人自娱自乐的台词，配着莫名其妙的背景笑声。父亲抿了一口酒说：我怕掏出来你们都哭出了声，我就不好交代了。

“另外一位吉他手”迅速记录下来。

菜终于上来了：第一盘，第二盘，第三盘，第四盘，第五盘，第六盘，第七盘，第八盘。父亲目不转睛地望过来，清一色都是同一个菜。他认识这个菜，它叫京酱肉丝。大家忙忙碌碌地放下杯中酒，抄起豆腐皮儿来，把肉丝和葱丝夹进去，包严实，塞进口中，咀嚼得十分畅快。父亲等了很久，也没见其他菜上来，就对服务员说：给我来盘西施舌。听到这句话的时候，所有正在咀嚼的嘴全都停住了。

房间里忽然显得十分安静，能听到对面街上传来的歌声：One night in Beijing，你可别喝太多酒。不管是爱与不爱，都是历史的尘埃……

服务员说：对不起，我们这里没有西施舌。

父亲说：那就给我随便炒盘蛤蜊吧。

服务员说：对不起，我们这里没有蛤蜊。

父亲说：韭菜墨鱼仔有吧？

服务员说：有。

父亲说：那就给我炒这个。

服务员刚点过头。胖子似乎忍无可忍，噌的一下站了起来。指着父亲的鼻子骂道：还蹬鼻子上脸了你？又是不喝二锅头，又是不吃京酱肉丝的，你以为你是谁啊？老子们看得起你了，你就是个腕儿，看不起你了，你就是一孙子。

父亲也站了起来。父亲说：我不喜欢的东西，你有本事让我喜欢吗？

双方撸起袖子，露出各自认为最凶的表情，挺着腰板对峙着。包厢里充满了火药味。眼看就要打起来了,姓牛的拍了拍胖子的肩膀。姓牛的胳膊真长，他竟然不用站起身来，就可以越过两个座位，把手拍到胖子的肩膀上。姓牛的说：胖子，最近是不是没地儿泻火啊？我看你是虚火太旺啊。胖子气哼哼地坐下来喝闷酒。黄风衣和黑短裙围绕着胖子作起诗来。包厢里的气氛一瞬间缓和许多，尽管还有人在交头接耳窃窃私语，但姓牛的发话说:他想喝什么就让他喝什么，他想吃什么就让他吃什么。嚼完一口京酱肉丝，他又接着说:他选择，他喜欢。

一顿算不得愉快的晚餐结束后，他们一大帮子人打着饱嗝挺着大肚子浩浩荡荡来到一个叫作摇滚之夜的酒吧。叫了十打啤酒，继续喝。这是个沙龙性质的酒吧，看起来像是这帮人长久的聚集地。后来，又来了一帮人。他们看起来和姓牛的常在一起喝酒。其中，那个高个子的光头，左右各搂着两个女人招摇过市。据说这就是那个所谓下半身诗歌的发起人。跟姓牛的一样，他是那个圈子里的祖师爷。现在两位祖师爷各搂着俩姑娘坐在一起。尽管姑娘都不漂亮或者还应该说各有丑态，但毕竟也是姑娘，总比搂着两个男人好。但下半身的祖师爷说：你还别以为男人我不敢搂。现在我们下半身的运动搞得轰轰烈烈，大有“文化大革命”的阵势。反正年轻孩子们你说什么他们就信什么，随便蒙他们，蒙死他们也不犯法。现在我们已经有了同志诗歌了。其实俩小子长得挺帅，写的诗也很过瘾。

但就是现在爱写下半身的姑娘太多了，而且都跑首都来了。不瞒你说，他把嘴放到姓牛的耳边低声说，现在我每天都喝肾宝吃伟哥还忙活不过来呢，哪有闲工夫忙活那些小男孩儿啊。说完两人放声大笑。

姓牛的正色说：我也不赞同你去让他们写什么同志诗歌。就像你以前倡导的宗旨一样，就让大伙儿的性观念解放了就行了。这样咱打炮也不用花钱。

光头祖师爷摆摆手说：哎，老牛我说你目光怎么那么短浅呢？我们这搞的是运动，就得一步一步地正经来。一丝都马虎不得……

姓牛的敞怀大笑起来，频频感叹光头祖师爷真有创意。光头祖师爷灌了两口酒，谦虚地笑了笑说：生下来那天，我就知道这辈子我注定是要做一大师。

没错，下半身大师也是大师。姓牛的说。

这过程里不断地有人上台唱歌。这些圈里的人，唱着他们陈年的旧曲，竟然也能唱得那么从容，那么动感情。他们这么多年吃饱了睡，睡醒了喝酒，喝完酒操来操去。他们这么多年再也没有写过歌。他们混在圈子里，他们混在首都，他们混在天安门地安门，混在首都人民的眼皮底下，竟然也混得俨然自得，竟然也从来不曾羞愧过，竟然也从来不曾讨厌过自己，还爱着自己，爱得那么深沉，那么真切，那么痛，并快乐着。在这夜静阑珊的酒吧里，上台唱歌，不过是另一种形式的卡拉OK。没有谁关心台上的人在唱什么，大家都在喝酒，随便说起明天要下雨，后天要出嫁的事。随便聊聊粮食、股票、电视、交通和日子，当然，还有音乐和诗歌。但重要的不在这里，重要的是偷偷在谁的屁股上摸了一把，大家还心照不宣。

胖子喝醉了，把手搭在父亲肩膀上，带着二锅头和京酱肉丝的腐败味道含混不清地说：勇子，亲爱的勇子。我的乖朋克，我的好朋克，我来自海边的新朋克。锋利无比，像一把刀子。跟我们一起你多不爽，哈哈，别以为哥哥我看不出来。没关系，上台露一手，让哥哥看看你有多朋克，也好跟你的歌迷一样崇拜你。接着他像是什么也没说过，把脸转向一边，手里拎着一只啤酒瓶子像是要砸到谁的脑袋上去。他自言自语嘟嘟囔囔地说：老子被人崇拜的时候儿你还是液体呢。接着，轰隆一声倒在沙发上，打起了鼾。

尽管挑衅的人已经睡去，但父亲还是来到了台上。他捡了一把木吉，他擦了擦琴颈上滑溜溜的手汗，对着麦克风说：那就送给你们一首歌吧。像那两位姑娘送给我的两首诗一样，这也是即兴写的。按照你们首都方言说：刺儿没刺儿着，伤没伤着的也就甭较真儿。我这儿开始表演了。姓牛的和光头一干人等饶有兴致地盯着舞台。父亲用大鼓奏法在木吉他上敲出鼓点与和声，在这欢快的伴奏里，他用他的海滨方言唱道：

中间坐着一个人，他问我想要吃什么
根本没有选择，那是他们爱吃的
中间坐着一个人，他问我想要喝什么
根本没有选择，那是他们爱喝的
人人用傻来形容我，完全不去顾后果
偏偏选择墨鱼，难道墨鱼有毒么？

酒吧坐满了敌人，带着摇滚和诗歌
根本没有选择，除了胖的就是更胖的

这个穿着黄风衣，那个穿着黑短裙
不是刚来月经，就是没完没了的XX
根本不是同一伙，还要装作挺美的
不喜欢你们喜欢的，难道我就是怪物吗？

别人喜欢的，并没什么吸引我
看老牛，已经很堕落
别人看不过，费尽心机感化我
喝二锅头，让尧王醇远离我

别人喜欢的，并没什么吸引我
看胖子，好像更堕落
别人看不过，费尽心机感化我
喝尧王醇，让老牛，远离我……

姓牛的用他多年不曾再有过的耐心听完了这首歌。坐在身边的耿叔叔自始至终都在默默观察着姓牛的表情，似乎在担心倘若这头公牛发怒了，是否会用犄角刺穿自己的胸膛。可他始终没有发怒。或许这么多年在首都平静安稳的生活，早已使他忘记了愤怒。忘记了愤怒时，该使用什么样的表情，什么样的语气，什么样的姿势。他只是像平常的每一天不高兴的时候一样拖着笨重的身体站起来。作为一个各种聚会和活动的组织者，他像个大哥一样来到吧台付了账。接着，他来到小舞台上，站到父亲的麦克风前。

“在我们这个自由民主的，人人热爱和平的国度；在我们经济科技文化的中心，在我们的首都……”

这是他的开场白，不知他为何先说出这么一番令人百思不得其解的话。接着，他脸憋得通红，酒劲儿终于上来了，弯下身子来“哇哇”呕得满地都是。冲过来两个人给他拍了拍肩膀。他们抬头望向父亲时，都带着责难和厌恶的表情。姓牛的摆摆手，直起腰来。从口袋里摸出一块脏兮兮的旧手绢，擦了擦嘴。他希望自己可以稳稳地屹立，尽管他站得并不稳。但从正面看，还算可以忽略被人搀扶的事实。姓牛的对父亲说：不知道你为什么喜欢搞这一套。尽管，我已经尽最大的努力来接受你的存在，希望皆大欢喜着你的存在。可是我并不知道你其实是真把朋克当回事儿的。于是，你这么做了。就像你的开场白：刺儿没刺儿着，伤没伤着的也甭较真儿。你的北京话真标准。要知道我来到这个城市时，学习了很久才像跳脱衣舞一样脱去我的外地口音。可你似乎不用学习，就可以使用。但你没有用，你用你的外地口音直接表达你的看法。除了我们见识过的暴烈，还让我们看到了你的讽刺、挖苦、嘲笑。这是你的武器吗？我年轻的时候，也想过很多种方式作为自己的武器。你明知道我不喜欢，你还是这么做了。这在某种程度上说明，我们不是同一种人。所以……他蹲下身子更加剧烈地呕了一通，用手绢擦擦嘴。所以，今天我们没有见过面，以后也没有必要再见。

父亲放下吉他说：我也是这么想的。

尽管老牛的天地在旋转，但他仍然尽最大的努力伸出手来说：那么，永别了。你姓你的吕。

父亲也伸出手来，他们蜻蜓点水地握了一下。那么，永别了。你姓你的牛。

老牛重新将两个姑娘搂在怀中，或者，老牛被两个姑娘架起来走到门口的时候，老牛，我们的老牛骄傲地回过头来说：记住，你选择，你喜欢。

一股酒劲涌上来。酒吧在眼中跳起了圆舞曲。在模糊的重影里，父亲看到两个耿叔叔尾随着老牛来到门外。他们在门口交头接耳，两个耿叔叔都在打躬作揖。还对着酒吧里的父亲瞟过来，指指点点。他们嘀嘀咕咕，用衣领遮挡嘴唇，似乎说了很多话。又似乎什么也没说。似乎在点烟，似乎在接吻，似乎在干别的。后来，他们握了握手，用最后一抹微笑拉开了距离。接着，耿叔叔的重影走进来。“另外一位吉他手”有些疲倦地把红色塑料封皮的小笔记本塞进口袋。他们搀起父亲，向门外走去。一股腥热的夏夜晚风令父亲的胃里犯起难忍的恶心。在呕吐之前，父亲问耿叔叔：你们刚才在说什么？耿叔叔说：我们刚才在说：“西西里的葡萄该熟了吧？”父亲终于呕吐了出来。

京城的雨就在这个时候淅淅沥沥地来临了。前些天市民们还在抱怨沙尘暴迷蒙了他们的双眼；现在满街湿漉漉的雨水，他们又开始抱怨水气太重，久了怕是身体要发霉了。有些怕湿怕冷的人，已经提前穿上了秋装。打开窗你就看得到，于是，父亲打开了窗。不小心碰掉一只易拉罐里栽种着的花草，探出脑袋时，却什么也看不到。父亲说，这肯定是某位旅客留下来的。他来首都还忘记带走自己的草，他来首都究竟是为什么？有太多说不清楚的问题。有太多无关紧要的问题。在这雨季里，父亲与“另外一位乐评人（女）”在电话中漫无目的地闲散地聊着。似乎是在打发时间，似乎又是为了别的什么。

这个女人的电话总在深夜两点打来。她说她又失眠了。像天气一样，她感觉自己正在逐渐发霉。伴随着这种潮湿氤氲的语调，父亲的心里也似乎爬满了菌丝，像遍布全身的血管和神经，迅速蔓延成一幅杂乱的图案。这个女人说她现在的抑郁症越来越严重，尽管现在换了一种据说对皮肤不过敏的药，叫作百忧解，但她却越来越忧郁。她脸上的红点点越来越多，多到已经不能用仙人掌来形容。照镜子的时候她发现，除了红点，甚至还长出了小黑点，小黄点，小绿点，小蓝点，小白点……这一切看起来就像一部错综复杂的小说。她甚至怀疑自己还得了疑病症、焦虑症、失眠症、恐怖症、狂躁症、强迫症以及恋爱失败症、心理老化症等一系列乱七八糟的病症。为了能在电话里给父亲一个贴切的形容，她不得不强迫自己站在三元桥上逢人就问，你看我的脸像什么。有人说像一台劣质音箱，有人说像一扇破窗户，有人说像一艘破船，有人说像发了芽的大蒜，有人说像一件掉絮的棉衣，有人说像一面基里巴斯国旗，有人说像一本第 10 版双色本的《新华字典》。最终她听到了她认为最恰当的形容：那个乞丐说，她的脸像一幅世界全图，上面什么都有，有食物，有人、动物、植物，河流、山脉、海和永恒……

这些奇怪的言语从电话里传来。伴着雨滴滞缓地滴落在窗伞上，手机信号时断时续。现在父亲相信了，一个能说出这样奇思妙语的人，只能是一个有病的女人。但这种病样的句子和语调，在这样特定的天气和情绪里，却对父亲产生了一种奇异的吸引力。

他不知不觉想起了还是在读大学的某个夏日午后，他看到对面楼上一个穿红色连衣裙的女人。她的头发像一个风尘女子一般在脑后挽着髻，两缕刘海遮盖住两侧面颊，一直垂到下巴上。她每天早上涂鲜艳的口红，穿着红色的高跟鞋“咔嗒咔嗒”走在街上。上台阶时她会提起裙子，似乎她感觉自己是行走在水中一般。她长得很美，却总显得那么疲倦。

她总是在深夜里拉开窗帘，在一盏昏暗的灯光里对着楼顶的月亮孤芳自赏。有时她读书，吟诵宋词与朦胧诗；有时她像一个老妇人一样发出冗长的叹息；有时她索性像匹母狼一样号啕大哭，捶胸顿足。

逐渐地父亲在一种瞬间降临的虚幻境界里，爱上了这种病恹恹的美，并逐渐学会了观察，逐渐学会了窥视。有一天，他趴在楼顶上倒挂金钩偷看了那个女人自慰。她是如何优雅地撩起自己红色的裙子，抚摸自己的大腿，推挤自己的乳房，把染着红指甲的纤长手指探进自己的身体里。在她制造的潮湿而温暖的空间里，她发出可怜的叹息和呻吟。显得那么没人爱，显得那么懒洋洋不想去爱别人。

那天，父亲勃起得像个贼一样捂着下身穿越街道和人流。一直到他回到那个面对面的窗户里一泻千里之后，他才意识到这其中存在某种他还无法了解的预谋。这样一个满身红色的女人，像来自另外一个世界。怎么一切就轻而易举地被另外一个无关的男人窥视呢？那么就是说，有些关系。究竟有什么关系呢？

那天，她仍然穿着那件似乎从来就没有换洗过却永远那么崭新那么亮丽的红色连衣裙，推开了窗。她跳下来的时候，父亲甚至以为自己是在做一个梦。他惊醒过来，看到女人躺在长街上，红色的高跟鞋甩落在很远的地方。人群是以非常合理的姿态哗啦啦围拢过来，从他们的脚边逐渐流淌出红色的液体……

很多年父亲都不相信自己经历的这件事。他用幻象、梦境来搪塞自己。这样才可以心安理得面对那女人跳楼前，明明是对他投过来的，意味深长的一笑。那一笑起码证明了：我们都是英雄。在我们的世界里，我们都是我们的主人公，唯有我们自己最重要。

现在他不去想这件事有什么特别的意味、意义、暗示，根本没有时间去想。他只想听到这个女人的声音。倘若在连绵不尽的雨夜里没有这个声音的侵扰，简直无法睡去。床单被褥，天气一样黏糊糊的。睡梦中看见蜗牛们拖着闪亮的银线在天花板上缓慢爬行。一根根等待充血的神经萎靡成一团乱麻，奇痒无比。脸上胡须越来越多，像一层厚厚的苔藓等待收割却又懒得打理。

在终日哈欠连天的宾馆里，蛰居的男人忽然在某天一觉醒来发现其实你并不在身边。你的声音，你的语气，你在暗夜里呢喃着所讲述的故事，都像一个在阳光灿烂的午后，不明不白坠楼而去的红衣女子，都只是幻影。你已经知道他在什么时候会需要这些幻影，倘若不给他就会哈欠连天、骨瘦如柴。他上了瘾。你是否在幕布背后微笑呢？你投射出来的永远也看不见的丝线牵制着一个自认为勇猛无比的男人，在京城的雨夜里，上演着一出荒谬的傀儡戏。

不要以为没有观众。“另外一位吉他手”就是忠实的观众，兼一丝不苟的会议记录员。他每天晚上像只大虾一样弓在被子里，开始以为那是在练什么独门气功，后来拖着长长的电话线走过去哗啦一声掀开被子，看见的一个穿着内裤的密探，嘴巴里含着手电筒，正用他勤劳的英雄牌钢笔，在红色塑料封皮的小本本上唰唰写着，发出老蚕吞噬桑叶的声响。一个月的聊天记录摊满了厚厚的笔记本。

父亲愤怒地过来抢夺。你以为你什么都能记吗？

“另外一位吉他手”迅捷地将笔记本护在怀中。还振振有词：我告诉你，这种事可是开不得玩笑的。你有你讲话的自由，我有我记录的自由。倘若你想剥夺我的自由，除非你一言不发。父亲想了想，觉得挺有道理。于是，他决定不再说话，以沉默来消极抵抗。但这并没有坚持多久，甚至没有坚持到一天，父亲憋不住便对吉他手骂了一句：我操。因为，他看见“另外一位吉他手”正在描写他沉默的仪态，用赞美的语气助词和感叹号。“另外一位吉他手”认真地说：你还是继续讲你的话，我继续记我的录吧。因为世界需要你讲话，尽管现在看来没什么用，可是历史会记住这一切。

父亲只好继续陈述他的苦恼。并对电话里的女人说，希望她可以换个时间打来。譬如“另外一位吉他手”每天下午按时拉肚子的时候，那样他可以趁机把他锁在卫生间里。但女人说这不行，因为她白天在做事，没有时间打电话。父亲说：你能有什么事做呢？不就是写几篇乐评么？又不用天天写。父亲说这话的时候用着调侃的语调。但女人却很严肃地说：吕勇，要知道有很多事情你并不了解。父亲悻悻地说：有什么事我不了解呢？女人说：全是你不需要了解，也无法了解到的事。父亲听了这话，觉得自尊心很受挫，一下子沉默不语。一只蚂蚁爬到一根水泥管子上，很好奇管子里有些什么。却爬来爬去都只能在管子的表面兜圈子。它永远也看不到管子里面的世界。尽管如此，女人还是给父亲留下了她的手机号码，愿意在父亲感到自由的时刻，自由地打给她。

在一个雨过天晴的下午，父亲懒洋洋地斜躺在沙发上，给那个女人打了一个电话。这真是一个适合见面的下午。倘若在一个有着整面落地玻璃窗的咖啡屋里，我们选择各自喜欢的姿势坐着。喝茶、喝酒，或者喝咖啡；或者什么也不喝，只是聊天；或者什么也不聊，只是对望。恐怕再也没有比这更亲密温暖的事了。窗外的海面上远航的轮船发出沉闷的叹息。我们面朝大海，春暖花开……女人幽幽地笑了起来。女人说：吕勇，你不是一个摇滚歌手，你是一个诗人。父亲说：所有真正的摇滚歌手，都是诗人。所以，放下你的电话，走到街上，和诗人见面吧。女人发出冗长和消沉的叹息。女人说：吕勇，我何尝不想马上见到你呢？你可知道每次与你通过电话之后，漫漫长夜中，我都是如何艰难睡去的？我的心里想着你，满脑袋都是你。我多希望站在你的面前，哪怕什么话也不说，只是冲你微微一笑。可我那该死的病让我那该死的脸像一幅该死的世界全图……父亲说：我喜欢世界全图。

女人凄惨地笑了笑，说：男人都喜欢说他们并不在乎女人的脸蛋儿。他们这么说，都只代表他们此刻的勇气。而女人不会那么傻。所以，吕勇，无论你如何诱惑我，我现在都要坚持自己。为了你，我也要好好吃药，好好养病，谨遵医嘱。当我脸上的这些符号组成的世界一点点洗练殆尽之后，我会把自己最美的样子拿给你看。但是现在，还不行。而且……而且现在我还没有勇气能够将自己真实的生活和内心赤裸裸地展现在你的目光之下。我只希望你能够用心来感受我，而不是用眼睛。因为一旦你用眼睛来看，你看到的一切，都会令你惊讶不已。人们都太在乎事物的表象，或许你也不能例外，吕勇。因为你也是一个人，一个普普通通的男人。

父亲像他的名字一样骁勇善战。面对一个女人的打击，他看似平平静静，实则用一种不露声色的恶毒反唇相讥道：你也不过是个普普通通的女人。或许在每天都出门去的时候，我已经在街上见到过你很多次。那些提着菜篮子刚从菜场走出的，那些匆匆忙忙过马路的，那些来来回回挤公交车的，里面都是你，只是你没有亲口告诉过我而已。

女人像一个大人面对一个赌气地孩子一样笑了起来。似乎并不当真地接着孩子的话朝下说：你每天都看到了我。你看到穿红色连衣裙的我，看到穿红色高跟鞋的我，看到染红色指甲油的我，看到涂红色润唇膏的我，看到头发在脑后挽髻的我，看着刘海一直垂过下巴的我……可是，我不告诉你那就是我，于是，你只能看到我的背影。你有什么办法呢？在我同意见你之前，你只能这么无奈地接受现实。而至于我究竟普不普通，也只有你见了我才知道。而在此之前，你永远都不能下定论，并会因此而痛苦不已。

这时，电话里忽然传来一阵急促的脚步声。皮鞋的铁掌敲击在地板上。接着是奔跑，追赶，抢夺，喊叫。父亲在女人声音之外，听到了一个男人。他的声音非常粗鲁，却又显得有些耳熟。那究竟是谁？电话瞬间被切断了，只剩忙音。父亲有些茫然地握着听筒，望向窗外。已经不知何时又开始下起的大雨声，直到此刻，方才传入他的耳际。

从此之后，那个女人的电话再也没有来过。她究竟出了什么事？难道就此消失得无踪无迹？就算是死了，也有个消息。或许人最害怕的就是消失吧。父亲每天都在拨打这个已经烂熟于心的手机号码，却永远都是一个苍老的声音面无表情地通告说：对不起，您拨打的用户暂时无法接通，请稍候再拨。对不起有什么用。父亲越是打不通就越是好奇。从此，他每天起床之后什么事也不做，只专注地拨打这个电话号码。一直到累得一点气力都没有，便又昏昏睡去。周而复始，父亲发现自己病了。他发现自己开始陷入长久的失眠、焦虑、怀疑、恐惧、神经衰弱；他发现自己坐立不安，控制不住其实并没有明确的对象和内容的恐惧，他只是恐惧。他每天都感到自己处在提心吊胆的生活之中。每天情绪低落、沮丧、忧伤，甚至开始自卑。他不断地回忆着那最后一次通话里女人对他说的话，继而开始怀疑自己。或者，自己真的只是一个普普通通的人，根本不是一个什么摇滚歌手，摇滚乐手。他对日常活动兴趣显著减退，甚至丧失。唱片公司的通告，什么样的活动他也不想参加。他就终日那么枯坐着。他还开始多疑，总怀疑“另外一位吉他手”和耿叔叔都在说自己的坏话。他有时候会清醒过来，对这种状况很烦恼却无法自控。最重要的是，他发现他在强迫自己每天的工作就是拨打那个俨然已经无法再拨通的手机号码。他赫然发现自己也患上了那可怕的强迫症。想到这里，他凄凉地笑了笑。他知道，接踵而来的就是疑病症、焦虑症、失眠症、恐怖症、狂躁症、抑郁症以及恋爱失败症、心理老化症等一系列乱七八糟的病症。他感到，他终于成功地被人控制了。仿佛能够从窗玻璃模糊的反光中，看到一个胜利者狰狞的笑脸。两只灰色翅膀的鸟停在窗台上一动不动。他由此奇怪地想到，或许，那就是每天安置在我身边的摄像机吧。父亲毫无力气地丢下电话，感到身体里已经结满一整个冬天的冰雪。父亲对那两只鸟说：告诉你们的主人，她赢了。

一天耿叔叔拿来了报纸；耿叔叔打开了收音机；耿叔叔打开了电视机。里面传来一些神情疲倦却又似曾相识的声音。父亲想起，他跟这些人已经很多天没有见过面了。胖子的话在报纸上掷地有声，似乎能看见他那凶狠的表情：吕勇在我眼里就是一垃圾！你们不要再在我面前提他。骂他我都不屑，那简直是侮辱我。再说了，骂他还帮他出名了呢。

接着，收音机里传来爆炸头深情兄整齐有序的排比句：他矛盾、虚伪、贪婪、欺骗；他幻想、疑惑、简单、善变；他好强、无奈、孤独、脆弱；他忍让、气忿、复杂、讨厌；他嫉妒、阴险、争夺、埋怨；他自私、无聊、变态、冒险；他好色、善良、博爱、诡辩；他能说、空虚、真诚、金钱；他伟大、渺小、中庸、可怜；他欢乐、痛苦、战争、平安；他辉煌、黯淡、得意、伤感；他怀恨、报复、专横、责难。哦，我的天！他这只不合群的高级动物。有了他的存在，地狱天堂皆在人间；有了他的存在……说到这里，深情兄深吸一口气，用藏经的调子唱起来：幸福在哪里？幸福在哪里？……

电视里那个结巴斗鸡眼像个做错事的孩子一样左眼盯着右眼，不敢面对镜头。他小声对记者说：听吕勇歌儿的时候，我总觉得，总觉得，有一种……有一种十分荒谬的感觉。记者说：那你觉得他这个人是不是不适合搞摇滚乐呢？结巴斗鸡眼说：我不知道怎么说。我看见他站在摇滚圈里，总觉得，有一种……有一种十分荒谬的感觉。记者说：那你觉得就单纯作为一个男人来说，他怎么样呢？结巴斗鸡眼说：我不知道怎么说。我面对他是一个男人这个事实，总觉得，有一种……有一种十分荒谬的感觉。耿叔叔不无忧虑地说：勇子，我们是不是应该找老牛去认个错儿？

父亲说：我有什么错？

耿叔叔说：我没说你错。但我们可以随便找出个错，认一下。长此以往，舆论恐怕对你没好处。

父亲想了想，忽然灵机一动。他说：或许这样，她才会出现。接着他跑到街上，买了一本《中国摇滚》，翻到另外一位乐评人的专栏。只见上面写着几个血淋淋的大字：因主持人意外事件，暂停该专栏。父亲在杂志上找到杂志社的电话号码，打过去劈头盖脸就问："另外一位乐评人（女）"究竟出了什么事？里面的人什么话都没说就挂了电话。再打，就没有人接听。父亲愤怒地将杂志撕了个粉碎，放在脚下使劲踩了踩，还猛吸一鼻子痰，吐在上面。

经过乱糟糟的东直门西斜街，一个年老的三轮车夫忽然跳起来说：谁占了我的车位？一个相貌猥琐的男人向前面指了指。被指的男人赶紧把三轮车推到后面，脑袋缩进领子里。年老的三轮车夫跳到被指的男人面前，破口大骂：你敢占我车位。这地儿是你停的吗？撒泡尿照照你那熊样！那男人忽然从车上下来，站在年老的三轮车夫面前，挺起腰板说：你别再骂了，人这么多你也不嫌丢人！年老的三轮车夫照他脑袋就是一巴掌：我不但骂你，我还打你呢我！男人很丧气坐在三轮车里，抄起袖筒不吭气。老头儿越骂越凶，边骂还边尥蹶子。最后尥到男人的跟前，唾沫星子都溅到他的脸上，还一个劲儿地嚷：我操过你妈，我操过你妈，我操过你妈……最后男人实在受不了了。他伸出手一把捂住老头儿的嘴，朝人少的地方拖去。嘴里还念叨着：爸，你今儿是不是喝多了？

顺着肮脏的街道向地铁站走去。在人潮汹涌的十字路口，看见一个女人的背影。那是多么熟悉的装束：红色的连衣裙，红色的高跟鞋，拎着塑料袋子的手指上若隐若现的红色指甲油。头发像心早已累得步入暮年的老妇人，挽着发髻。两缕刘海顺着耳垂低落下来，发尖在微风里轻扫着下巴。倘若转过脸来会否就是一张世界全图？父亲朝地上丢了一枚硬币，大喊一声：哎呀，谁的钱掉啦？所有的人都转过脸来。唯独那个女人，宛若一具行走的雕塑。父亲弯腰捡起自己的硬币。这时候，那红衣女人，已从容地穿过了马路。父亲忙不迭地追过去，这时候，红灯亮了。各种牌子各种型号的汽车在父亲的面前疾驰而过。斜刺里还不时地冲出摩托车。于是，他就那么无奈而又伤感地看着女人在她的视线中逐渐远去，远去，在一个拐角，陡然消失。

往日的东直门地铁站的过道里，每天都有新的流浪歌手抱着吉他抢占地盘。似乎在比赛谁能起得更早。往日他们都在唱着：大漠的落日下，那吹箫的人是谁，任岁月剥去红装，无奈伤痕累累。而今天，父亲看到了一个老头。他黯然地坐在那里，持一把二胡。他微闭着双眼，他在唱歌。但他似乎是个很蹩脚的二胡演奏者和演唱者。他努力地摸音，却总是摸不准。他努力地唱歌，歌声与二胡声也总无法契合，但还不能算作跑调。他的歌声与二胡声，根本无法用十二平均律来计算，仿佛离调也只离了那么四分之一度。他喑哑的嗓音和离调的二胡声，竟然营造出了一种特殊的伤感味道。这不用什么混音器械，空旷的地铁过道就是最好的混响器。父亲不知怎的有点难以挪动脚步，他安静地矗立在穿梭的人流中，听着那老头唱着：

一条大——河，波、浪、宽……风、吹、稻、花、香、两、岸……

我家就——在，岸、上、住……听惯了、艄公的、号——子……

看、惯了船——上的白——帆……

姑娘好——像，花儿、一、样……小、伙儿、心、胸、多、宽、广……

为了开——辟，新、天、地……唤醒了、沉睡的、高——山……

让那河流改——变了模——样……

好山好——水，好、地、方……条、条、大、路、都、宽、畅……

朋友来——了，有、好、酒……若是那、豺狼来——了……

迎接它的有——猎——枪……

这是……这是什么？“这是”后面是一个高音C。老头每唱到这里就扯起喉咙来，绷直身子，可就是唱不上去。但即便如此，父亲意识到自己已然站在这里很久的时候，发现自己的眼眶里含满了泪水。布鲁斯调式中有一个音，它很不和谐。有它存在的段落，听起来总像有点跑调的感觉。不和谐象征着矛盾。出现矛盾的音乐，听众会渴望得到解决。矛盾越尖锐，等旋律回到主音的时候，那种解决的畅快会越令人感到舒服。现在老人用它的嗓子和二胡把这种矛盾制造得很尖锐，却放任它们的存在而不去解决。父亲想起了一个自称是China Blues的乐队，他们只会玩五声调式，父亲不屑地撇撇嘴。他把刚刚拿来耍宝的那枚硬币，郑重地放进老人的纸盒子里。他站起身来说：这才是真正的中国蓝调。他想应该有人把这句话记录下来。可他茫然四顾，“另外一位吉他手”并不在身边。

在拥挤的地铁里，一个带孩子的乡下女人上了车。车厢中只有两个空位。女人让两个孩子一人坐了一个，自己则艰难地拉住扶手，并腾出一只手来擦汗。一个男人站起来指了指自己的座位，请她坐下。女人很不好意思地推让了一番，最后还是坐下了。过了一会儿，女人站起来对男人说：还是你来坐吧。你看我可以坐在这里，把孩子抱在我腿上，这样就空出一个座位了。男人微笑着摆摆手说：不用不用，我马上就要下车了。女人歉意地笑笑说：你看这……真不好意思，真谢谢你啊，真是个好人。男人微笑着摆摆手，把脑袋转向一边。再过了一会儿，女人又站起来说：还是你来坐吧。你看我可以坐在这里，把孩子抱在我腿上，这样就空出一个座位了。男人有点不自然地笑了笑说：不用不用，我马上就要下车了。女人歉意地笑笑说：你看这……真不好意思，真谢谢你啊，北京就是好人多。男人摆摆手，再次把脑袋转向一边。车到东四十条站，女人再次站起来说：还是你来坐吧。你看我可以坐在这里，把孩子抱在我腿上，这样就空出一个座位了。男人勉强笑了笑说：不用不用，我马上就要下车了。女人歉意地笑笑说：你看这……真不好意思，真谢谢你啊，我们中国这么多好人。男人把脑袋转向一边。车到朝阳门站，女人再再次站起来说：还是你来坐吧。你看我可以坐在这里，把孩子抱在我腿上，这样就空出一个座位了。男人不耐烦地笑了笑说：不用，我马上就要下车了。女人说：真的没关系，你来坐吧。男人说：真的不用。女人说：真的没关系的。男人说：真的不用。女人歉意地笑笑说：你看这……真不好意思，真谢谢你啊。女人看着三个刚上车的日本人幸福地微笑着说：全世界就像一个温暖的大家庭一样。车到建国门站，女人再再再次站起来说：还是你来坐吧。你看我可以坐在这里……男人的脸忽然憋得通红，像一个正在吹起的气球，忽然男人张大嘴巴吼起来：你有完没完哪？！

在建国门换乘1号线，一个高个子男人从另一节车厢走过来。他边走边高声念叨着一些奇形怪状的句子。接着，他站在父亲面前，可能这里的位置比较空闲，又处于车厢的中央，可以使他游刃有余地使用肢体语言。男人饱含热泪地朗诵起来：

经过这个批发生产的城市，经过建国门几百万只霓虹灯；
经过自动取款机股票端机，经过城东路旁天使般的少女；
经过冰冻的电和分裂的月光，经过放着响屁的高级轿车；
经过千军万马似的乌合之众，经过我们将被投入金钱搅拌机的二十世纪末。

经过超级市场、游乐场和广场，经过电脑芯片和流言组成的机器网；
经过欲望风景线映照的天空，经过狂乱的空空如也的一无所有；
经过一直冻到脚心底的自暴自弃，经过欺骗、获取、失去和忘却，
经过无数次高潮后痛彻心扉的莫名伤感。

经过灵魂跳着空虚舞蹈的星期六晚上，经过完美的机器梦里轻声的抽泣；
经过镶着金边儿的、发着光的，打折的自由，
经过跳过起后飞行，可永远不能再落地的失重感觉。

经过报纸、电话、广告牌儿和高架桥，经过香烟、屏幕、网络和暴风雨；

经过街道、山脉、海和永恒，经过爱和生活，经过许多年许多幻想。

我们这一代用青春购买的梦和灵魂，残酷的变化将大脑洗练殆尽！

价格昂贵的虚无，日复一日的眼泪，填满了这世界上最优秀的心脏！

父亲说：你在干吗？男人仍然用着那种朗诵的语调慷慨激昂地陈辞。父亲恍然以为自己置身于古希腊的雅典城邦，正在观摩某位雄辩家的演讲。男人伸手一指：你没看到那些相貌猥琐的人，那些卑贱的人，那些善良的人，那些恭顺的人，那些软弱的人。他们拖着自残的胳膊，他们拖着受伤的腿脚，他们在车厢中爬行，他们唱着难听的曲调。他们说那是在卖艺。你们给了钱，那绝然不是由于他们的歌声。他们声音干涩，他们喉咙紧绷，他们曲不成调，甚至五音不全。你们捂起耳朵难以忍受，但是你们给了他们钱……

父亲不耐烦地打断他说：我问你是在干吗？

男人说：我不缺胳膊少腿，我身体健康，我高大魁梧，我相貌英俊，我没有任何疾病，没有任何值得你们可以可怜的地方。倘若非要说我有病的话，那就说我爱诗吧。说到这里，他的热泪夺眶而出。我爱诗！我爱到没有诗歌就无法入睡，爱到没有诗歌就茶饭不思，爱到把它当作世间最美的追求。

父亲没好气地推了他一把说：我问你究竟在干吗？

男人趔趄一下，又稳稳地站立住说：朋友，我在卖诗。倘若你觉得我的诗好，你就给我点钱。我好吃饱了饭，继续写诗。他们说这是个饿死诗人的年代。他们说用上半身写诗就吃不到饭了。但我要告诉你，朋友，肉体是条狗，常常咬到它的主人！我不信用上半身写诗就会饿死。我要让他们看到我饿不死！你看我活得多结实。

父亲摆摆手说：行啦行啦，别没完没了的。男人却还继续说个不停。于是，父亲从口袋里掏出十块钱递给了他。男人怔了怔说：我不缺胳膊少腿，我身体健康，我高大魁梧，我相貌英俊，我没有任何疾病。倘若你是因为可怜我，或者不耐烦就打发我，我是不会收你钱的。你若不喜欢听我说，我就不说了。父亲一言不发，手伸得长长的，并不打算收回。于是，男人接着说：那只有一个原因，我的诗打动了你。父亲说：对，你的诗打动了我。于是，男人高兴地接过钱，转身向另一节车厢走去。父亲忽然一把又把他拽了回来，很迅速地从他绿色的军用书包里扯出一本书来。那是一本泛黄的老书。封面上只写着两个大字：风琴。父亲随手翻了翻说：把这本书卖我吧。

男人说：你以为这书是可以用钱买来的吗？

父亲说：你不是在卖诗吗？

男人说：我卖我的诗，但不卖它的。

父亲说：我想要它。

男人沉吟了一下说：送给你吧，我把它送给你，或许某一天，你会用得着。但你必须答应我，好好珍藏。

父亲说：我会的。但是，你为什么要送给我呢？

男人说：因为你是我的朋友。你没听到吗？刚才我说：朋友，我在卖诗。你以为我是个跑江湖卖艺的，逢人就喊朋友的吗？你不要搞错了，我对朋友的要求是极其苛刻的。

父亲说：谢谢你，朋友。

男人微微一笑。父亲也微微一笑。

男人说：朋友，再见。

父亲说：再见，朋友。

车到天安门，父亲本是不准备下车的，却不期望见车窗外一个熟悉的背影一闪而过。那红色的背影像一道亮丽的闪电击中了他。于是，他不假思索便“噌”一下蹿到门口。列车正在缓缓启动，车门哗啦一声关闭，正好夹住衬衫的摆尾，父亲拽了拽，却拽不出来。那女子正消失在茫茫的人流之中。情急之下，父亲从腰间摸出一把刀来，恶狠狠地划破了衬衫。好多人转过身来。有人嘀咕道：怎可以在天安门随身携带管制刀具？父亲没好气地说：我是少数民族不行啊？那人说：那就没问题了。父亲看着自己的衣襟夹在车门里飘摇而去，像一面蓝色的旗帜。他把刀收回腰间，从人群中瞅准那个红色的身影，飞奔而去。天安门地铁站的过道里没有一个卖艺者，可能是人太多的缘故。如果谁胆敢蹲在街角怀抱吉他，在这下班的时刻，准会被急匆匆赶路的人群踩成肉饼。一个肉饼抱着一堆破木片，他还能唱“大漠的落日下,那吹箫的人是谁”吗？在这蚁群般的人流中，想单纯通过发饰与装束认出一个人来，那显然是很不容易的。他现在才发现，原来我们人，竟是那么相似。那三个刚才还在地铁中用咔嘻哒哇的语言交谈的日本人，现在混在人流中，恐怕没人觉得那是什么外国友人了。一次次地锁定目标，却一次次认错。不知道为什么现在女人都喜欢穿红裙子。不知道为什么，现在女人都喜欢穿红色高跟鞋。不知道为什么，现在年轻的女人都感到自己未老先衰，为了证明这个她们挽起了发髻。不知道为什么，那么多安分守己的女人骨子里都向往自己是一个风尘女子，于是她们留着盖过下巴的刘海，留长长的指甲还染成红色……抓住她们，转过脸来的，不是大妈，就是孕妇。

人流从狭窄的通道里挤上电梯，他们急不可耐地上升，上升，到在出口，便匆匆分开。似乎一天当中，和那么多互不相识的人碰胳膊碰腿是最不愉快的事。他们在长安街的两边分流而去。有的坐上出租车，有的坐上电动三轮车、人力三轮车，更多的徒步而行。然而，太阳准时落山了。在夕阳里，他们无奈地被困在隔离栏的两边，等待着庄严的降旗仪式快快结束。当然，这其中更多的是游客。他们举着旅行社的小旗子，排着整齐的队列。当他们摆好最庄重的仪态，当他们脸上显露出最幸福安详的神情准备拍照时，总被来往的人群打断。但他们并不生气，他们的眼中闪烁着激动和喜悦。喇嘛们穿着红黄两色的袈裟鱼贯而过。不时走来穿制服和不穿制服的警察。有三个民工蹲在天安门前的“中华人民共和国万岁”和“世界人民大团结万岁”的中间照相。其中一个对拍照的人说：能把毛主席照进去吗？照相的人说：能。于是，他就显得很高兴。不知从哪里冒出来一台摄像机，一只话筒戳到父亲的身边。记者说：请问您觉得北京的风大吗？那个被采访的人用外地口音回答道：我这是第一次来到天安门，我站在了长安街上，看到了降旗仪式。现在我真的感觉到了我们伟大的祖国繁荣昌盛，人民幸福安康。说着他就哭了起来。持话筒和摄像机的人也感动得眼眶湿润。

降旗仪式结束后，仪仗队排着整齐的队列向故宫走去。街道和广场开放，人群终于可以疏散开来了。父亲也终于在对面的栏杆后面，看见了那个女人。父亲从出口飞奔而出，穿过长安大街就跑到了广场。女人在匆忙行走。父亲想到，这次再也不能让你跑掉了。于是他边跑边大声喊着：仙人掌！第 10 版《新华字典》！世界全图！行人一个个转过身来，露出惊诧的神色，谁也不知道这个男人究竟是怎么了。父亲终于追上了，他一把把女人反转过来，看到的却是一张干干净净的脸。女人尽管受到惊吓，但仍然目不转睛地盯着父亲说：吃错药了吧你？咬字发音多么清楚。现在父亲明白了，这是个陌生人。

鬼使神差地，在这种特殊的情况下，父亲从怀里抽出了刀。女人说：难不成你还想杀了我？父亲说：我……

女人说：我什么我？

父亲说：我只是想告诉你，这是把好刀。

女人说：英三嘛。好什么好。别以为就你玩儿过刀。

父亲很丧气地把刀收回腰间，转身欲走。却被女人拉了回来。女人把父亲拉到一个稍微偏僻点的地方，打开随身的口袋。父亲看到，清一色全是刀、匕首还有其余的各种武器。女人说：你是新来了吧？我告诉你，在天安门卖刀，你可是没好果子吃的。看你是同行，我才告诉你的。说完，女人拍拍父亲的肩，丢下一句话：年轻人，你要学的还很多呀。说完，就转身离去了。

在回程的火车上，父亲回顾着这两个月来自己在首都的经历。尽管女人依然音讯皆无，但他更多地回想起了别的东西。那个歌唱的卖艺老人，那个卖诗的汉子，那个卖刀的女人。大家都出来卖了。不知怎么，他又想起了伊卡洛斯。他想起曾经读到过的一首写给伊卡洛斯的诗。他在心里回想着，并默默念叨起来：当我舒展开我的翅膀，风势强劲而浩荡，将我抛扬向上方，我不怕深渊，一心向上……伊卡洛斯的坠落并非堕落，我也凌空翱翔。我宁愿坠落，像他一样；我不需要其他的下场。但在高空听见心儿在低诉：“疯子，我们飞向何方？大胆只能给我们带来痛苦……”我说：“上了天便不怕跌落低处！我飞过阴云，安详地死去，既然——”当他吟诵到这里时，他忽然诧异地发现平日里他每说一句什么无关紧要的话都迅速记录的那个人，竟然麻木不仁地盯着窗外。而今他嘴里念叨的，可是他认为至关重要的话。他问“另外一位吉他手”为什么不记这句话？“另外一位吉他手”说：像诗歌一样，软绵绵的，没意思，不记。父亲就很奇怪地望着他，他也丝毫不躲避父亲的目光。他们就那么对视了很久。车窗外一片片小沙洲里，一个赤身裸体的男孩睁大了眼睛，奇怪地望着天空。

圈／套／第／八

靠得太近，只看到了五官的重影。试着把脑袋朝后仰，却是硬挺挺的枕头。现在清楚了：一片白色的背景里，那是一张母亲的脸。母亲的表情有几分焦灼，几分关切。接着，她把手伸过来，摸到吕贝卡的脸上。这使他满意而内心富足，于是他微笑起来。

声音也就在这个时候才像潮水一样突然灌进他的耳朵里：走廊里急促的脚步声，玻璃器皿的破碎声，金属器械冰凉的碰撞声，大声的吵闹和窃窃的私语。接着，气味也突然钻进了鼻子里，真难闻，那是来苏水和一些黄色药粉的苦味。呵，吕贝卡像做了一个梦，这是在医院里。

吕贝卡想起了电影里的侠客，于是他对守候在身边的女人说：我睡了多少年？他的表情很急切，似乎江湖上还有诸多要事急需他去解决。他这么问着，甚至要撑起身子来。母亲淡淡地说：一个小时而已。接着，她喊来了医生。

第二天黄昏，吕贝卡坐在沙发上看动画片，左手扶着右手的纱布。从这天开始，他学习用左手捏筷子，左手穿衣服，左手做一切事。伤愈之后，他发现自己成了左撇子。

这是部日本动画片，《圣斗士星矢》。讲述的是一帮少年一边同恶势力做斗争，一边磨炼自己的故事。片中充满了辉煌的暴力场面。这天播放到少年被狗咬了。这一集让吕贝卡获得了新的知识——狂犬病。他从没想到被狗咬过的人会变成这样：半年之内，那少年身上没发生任何变化。突然有一天，他的行动出现了异常：一会儿把整张脸都浸到河里大口大口地喝水，一会儿四肢着地到处乱爬，忽而发冷，忽而发热，接着，他终于疯了。片中解说员平静地述说着少年的症状。他死于经过六个月潜伏期后发病的狂犬症。紧接着解说员补充说：被任何动物咬伤，都可能染上狂犬症，包括猫在内。

吕贝卡几乎从沙发上跳了起来。他记起了那两只眼睛，记起了那凶残的爪子在幽邃的黑暗中挥出的闪电。他记起了那只猫，在他摔下之前，它的爪子使皮肤感到毒辣的疼痛。这恐怖的记忆令人不寒而栗。他想着想着便开始解纱布。母亲看到忙过来制止。吕贝卡说：我被猫咬了，我会得狂猫症的。母亲笑了笑说：不碍事。吕贝卡说：真的，你看电视里。

电视里的解说员说：各位小朋友，如果不慎被狗或猫或其他动物咬到，请赶紧到医院就医，注射狂犬疫苗。

吕贝卡说：我要去注册狂猫疫苗。

母亲说：是注射。

吕贝卡说：那就去注射。

母亲说：你昏迷不醒的时候，医生在给你包扎之前，已经注射过了。

吕贝卡说：是狂猫疫苗么？

母亲说：没有狂猫疫苗，只有狂犬疫苗。

吕贝卡说：可是我没有看见。我们再去注射一遍吧。

母亲说：不行。

吕贝卡说：我会死的。言罢他就哭了起来。

华灯初上时，母亲牵着吕贝卡的左手从防疫站走出。相比较二十分钟之前，吕贝卡表情释然，心中那块沉重的巨石终于落了地。给他打针的老伯伯笑眯眯地告诉他说：那边打过了一针，这边再打一针，双保险！就是被老虎咬了，咱也不怕！说着，他呵呵笑了起来。吕贝卡也笑了。在吕贝卡看来，老伯伯的笑容是真挚的，慈祥的，可亲的，可信的。尽管狂犬疫苗要持续打两个礼拜，但他依然很开心。他一蹦一跳地唱着歌：我们的祖国是花园，花园的花儿真鲜艳，娃哈哈呀娃哈哈呀，每个人脸上都笑开颜……

接下来的日子匆促地过去了半个月。有时候母亲在家画画，有时候母亲不在。吕贝卡始终躺在沙发上，捧着一本语文书用唱读的腔调念：突然，一名战士倒下了，接着另一个战士也负伤了，只剩下黄继光一个人了。黄继光更加顽强地向前爬去。敌人的机枪一齐对准黄继光，子弹像冰雹一样射过来。黄继光肩上腿上都负了伤。他用尽全力艰难地挪动着身体。前进，前进！还有20米，10米……近了，更近了。

啊！黄继光站起来了！在暴风雨一样的子弹中站起来了！他举起右臂，手雷在探照灯的光亮中闪闪发光。

“轰！”敌人的火力点塌下了半边，黄继光也晕倒了。同志们飞一般地冲上去。不料敌人的机枪又叫起来，冲到半路的战士被压在山坡上。黄继光睁开了眼睛。他身负七处重伤，已经没有一件武器。天快亮了，规定的时间马上到了。他感到指导员在望着他，战友们在望着他，祖国人民在望着他，朝鲜人民在望着他！黄继光又站起来了！他张开双臂，向喷射着火舌的火力点猛扑上去，用自己的胸膛堵住了敌人的枪口。

“冲啊！为黄继光报仇！”战场上爆发出惊天动地的喊声，战士们像海涛一样冲向敌人，占领了阵地……

读着读着，又是一个黄昏。窗外的海是太阳升起的地方。现在太阳隐落在房子的背面。收音机说：现在预报天气，明天阴转多云，海水温度……接着调谐旋钮被人拨动：呲呲的电流声后，一个小孩儿说：小喇叭开始广播了！接着是海湾战争，接着是《夜幕下的哈尔滨》，接着又是电流声，最后频率停在一个幽幽的女唱腔里。伴奏是父亲讨厌的胡琴与梆子。吕贝卡不懂那个女人在收音机里唱什么，他甚至都听不明白歌词。尽管女人声音亮丽欢快，却隐隐感到她似乎很不开心。记忆中似乎永远是那个女人，要么就是吕贝卡没有能力分辨她们声音之间的不同，以至于把外婆听的很多女人，当成了一个女人。这个女人的声音已并非随处都可以听到了。外面街上的店铺里假若还在播放着邓丽君，老板当属怀旧的人。现在流行《水手》《未婚爸爸》，还有“我对你爱爱爱不完……”因此吕贝卡对外婆收音机里的女人有一种说不清道不明的感受，带点新鲜，似乎又潜藏着什么秘密。只听见她在唱：天呀呀……海爱爱叫……

吕贝卡每听到这句，就被歌词逗乐了。他却永远不会知晓外婆在听这样的声音时，内心究竟有着何样的感受。是欢喜悲伤？还是一点点不知名的愁？一定都不是。从她偶尔唤母亲去买包大前门的语气或冷不丁在母亲的谈话中插句嘴，都可以知道她的心情似乎根本不受收音机的干扰。但是，她却极需那个声音。她那么准时地把收音机调谐到 167.3 兆赫，就如同她睡觉需要那个硬邦邦的枕头一样，什么东西也无法替代它们。外婆手上戴着一个纤细的金戒指，已经长到了肉里。手腕上戴一只翠绿的玉镯，天晴时呈淡白色，天阴时却极绿，似要溢出绿色的汁液来。外婆着偏大襟上衣底襟圆摆，齐肘中袖短衫，黑色绸裙。她总是每天清晨一大早起来梳理她的头发，盘成一个髻。

外婆一动不动。躺在她脚边的那只老猫也总是昏昏欲睡，较少活动。吕贝卡不禁又想起了那对赤裸着身体坐在门槛上的男女。还有他拓下来的血迹。难道他们死了吗?

吕贝卡对外婆说：人流过血就不见了。是不是死了?

外婆仍然一动不动。猫似乎被声音惊扰，欠起脑袋打了个哈欠，朝吕贝卡望了望，再度睡去。

吕贝卡对外婆说：妈妈怎么还不回来？天就要黑了……

说完这句话，天便真的黑了下来。吕贝卡沮丧地耷拉下脑袋。他想起了学校，这个时候同学们都在门口买各种各样的小吃，有的吃自带的饭盒。之后，他们在学校后操场的跑道上转悠一圈，就开始上晚自习了。而他已经一个礼拜无所事事的一个人。他感到自己被抛弃了。

这时候，外婆忽然坐起身，对吕贝卡说：我在国立女子学堂读书的时候……

说完这没头没尾的半句话，外婆停下来，脸上的皱纹在昏黄的夜色里紧紧蹙着。像在思索后半句话的内容。吕贝卡被吓了一跳。他惊惧于外婆跟他谈起了学校。难道她能看透人的心灵，能看透她的外孙正在怀念学校吗？接着，外婆不声不响地躺了下去。依然背对着吕贝卡，就像她根本没有坐起身，也没有说过话一样。吕贝卡等了很久，外婆再也没有动过身子。只有收音机依然在呜呜哇哇地唱着：

狼呀，咱们俩吃一条嫩嫩嫩心……呀。哎呀，呀、呀。

数学老师走进教室的第一眼，就瞟见了吕贝卡。吕贝卡看到数学老师的目光，便心惊肉跳，慌忙低下头来。尽管他也不清楚自己为何会心惊肉跳，为何会慌张。他坐在自己的座位上，甚至连书都放颠倒了。数学老师微微皱了皱眉，放下教科书，急匆匆走出教室，拐进了办公室。不一会儿，数学老师重新站在讲台上，清了清嗓子，开始讲课。

吕贝卡终于安下心来，把书本正过来，翻到了第100页，标题是：《统计的初步知识》。这时一个头发乱糟糟的男人从后门悄悄溜了进来，他不声不响地走到吕贝卡身后，在他肩膀上用食指捣了捣，低声说：吕贝卡，你出来一下。

吕贝卡回过头，是班主任。于是，他老老实实地跟着他从后门出来，进了办公室。整个过程神不知鬼不觉，最大胆估计，被打扰人数不超过七个。

语文老师让吕贝卡坐在他对面的一把椅子上。自己则拿来一沓过期的报纸翻起来。他脏兮兮的脸和乱糟糟的头发躲在一张四开的报纸后面，偶尔哧哧地窃笑，那可能是因为副版的劣质漫画和不好笑的滑稽段子。这样的氛围让吕贝卡身心放松。他便坐在椅子上，不自觉地抠起了脚丫子上的泥垢。他抠一块偷偷放在鼻子上闻一闻，很臭，就抹在椅子的底板上。有一次进办公室交作业时，他看见一个老师曾把很大一块鼻屎抹在那上面。吕贝卡曾担心那鼻屎会掉下来,因为自然课的老师说地球有引力。地球引力不是自然老师发现的，而是一个姓牛的外国人。自然老师说，有一天这个姓牛的外国人坐在苹果树下沉思，一颗苹果落下来砸在他的脑袋上，于是他发现了地球有引力。现在吕贝卡把手伸到椅子底板上摸了摸，底板上没有油漆，很粗糙。于是他相信无论是鼻屎还是脚上的泥垢，粘在上面都会非常妥帖。于是，他放心地笑了起来。

语文老师把眼睛从报纸上面露出来，说：你笑什么？

吕贝卡说：没什么。但他说这句话的时候，还在笑。接着，他低下头，忽然发现自己坐的椅子，就是那天晚上郭晓敏坐过的椅子，于是他陡然不笑了。

语文老师撇了撇嘴，把右脚从革制的鞋里伸出来，搭在了办公桌上，接着是左脚。左脚上的袜子破了一个洞，这个洞里伸出来的蜡色的指甲颇长，这使吕贝卡莫名产生了一种修剪的冲动。于是，他更不安分地抠起了自己的脚丫子。语文老师的脚臭很快在办公室里弥散开来。很快那些安坐的老师们，不知是真的有事，还是借故纷纷走出门去，很久不再回来。剩下最后一位漂亮的女老师不停地撇嘴，似乎希望语文老师可以看见她的表情而采取某种措施。但很遗憾，只有吕贝卡看了她两眼，也很快低下头来。最后，这位漂亮的女老师从抽屉里偷偷摸摸地捏出一个软软的小方块，塞进口袋里，出去了。

在此之后，语文老师异常迅速地放下报纸并端正坐姿。这突如其来的变化吓了吕贝卡一跳，他的手指从某个脚缝中滑落，致使他差一点因惊吓而失去平衡，跌倒在地。语文老师似笑非笑，神神秘秘地从抽屉里拿出一叠稿纸、一支圆珠笔摆在吕贝卡面前。说:写吧。

吕贝卡傻傻地说：写什么？

语文老师说：开头顶满格，可以写：尊敬的各位领导、各位老师、亲爱的各位同学们,然后是冒号。接下来另起一行,空两格,交代事实。这部分可以用一自然段，两自然段，三自然段或者随便多少。但尽量要力求简洁明了。要用第一人称写，不能用第三人称更不能用第二人称。以上的为第一部分,简而言之,就是叙述。第二部分是检讨,简而言之就是发表对这件事的看法，一定要诚恳、真挚、感人肺腑。你是否可以留下来继续读书，就主要看这第二部分了。好了，我不多说，你写吧。

语文老师说着点上一根香烟，蹙紧了眉头，以一副悲怆的表情盯着天花板。吕贝卡看着他的样子，像一个因噎将死之人，还翻着白眼。

吕贝卡拿起笔，摆好了端正的写字姿势，在稿纸上歪七扭八但非常认真地写下了:尊敬的各位领导、各位老师、亲爱的各位同学们,冒号。

而后他放下笔，说：老师，我还是不知道写什么。

语文老师说：就是你从阳台上摔下来那天晚上的犯罪事实。

吕贝卡吓得笔都掉在了地上。他想起了电视里与“犯罪”二字有关的一系列场景，手铐，反剪手臂，推推搡搡，垂头丧气，审判大会，监狱，枪毙……想到枪毙，吕贝卡哆嗦了一下。然后他说：

老师，什么是犯罪呀？

语文老师很耐心地从桌子上立着的书籍里抽出他的《高级汉语词典》，翻了翻，念到：犯罪，就是指做出了触犯法律应受刑法处罚的事。然后，他望向吕贝卡，吕贝卡则依然茫然地看着他，甚至像个弱智儿童一样半张着嘴巴。他摇了摇头，说：举例说明，譬如杀人，放火（这两个字让吕贝卡的眼睛里腾起火光，在那一瞬间，他想到那条小巷子，想到被烧毁的房屋，想到警车哀号着在夜色中由远及近，甚至想到了周先生恐怖的表情，他又哆嗦了一下）抢劫，强奸，偷盗，叛国，反人类……你的犯罪事实就是我列举的倒数第二条。

吕贝卡掰着手指头算了算说：老师，我没有叛国……

语文老师抢上话说：倒数第三条。接着，他自嘲地笑了一下，又赶紧换回严肃的表情。

吕贝卡说：老师，我也没有偷盗。我真的没有。你讲过“老鼠过街，人人喊打”，我恨小偷，我真的没有。

语文老师说：吕贝卡，不要再为自己辩护了，现在承认错误还有机会。冥顽不化不会有好下场的。

吕贝卡说：我没有偷，我什么也没有偷。

语文老师说：那你晚上站到窗台上干什么？

吕贝卡说：我听见里面有人说话。

语文老师说：是啊，你本来想像以前一样从窗户溜进办公室，偷东西。因为以前里面都没人。而这天晚上你就要打开窗户之前，听见里面有人说话，于是你吓坏了，一不小心就摔了下来。吕贝卡呀，吕贝卡，要不是你从窗台上摔下来，我们真不知道多久才能抓到这个小偷呢。

吕贝卡说：我以前没偷过东西。

语文老师说：所以，你这是第一次偷东西。

吕贝卡说：我这不是第一次偷东西。

语文老师说：那就是第二次，第三次，第四次，还是第五次？

吕贝卡说：都，都不是。

语文老师说：那就是，第无数次？

吕贝卡哭了起来。

语文老师说：哭不能解决问题，吕贝卡，承认吧，你是个小偷。

吕贝卡继续哭。

语文老师说：首先要诚实地交代犯罪事实，接着要诚恳地认识到自己的错误，争取组织上对你宽大处理。犯罪事实很重要啊，吕贝卡！你首先得承认自己是个小偷。为什么呢？因为敢于承认自己是个小偷，这需要莫大的勇气。你只有先付出这种勇气，组织上才会明白你的态度。态度很重要啊，吕贝卡！为什么呢？因为态度表明了一个人的立场。只有立场坚定，组织上才能知道你是个什么样的人，你站在哪一边，这样组织上才知道是否有必要对你继续培养，继续教育。教育很重要啊，吕贝卡！为什么呢？因为教育为人之本。有道是十年树木，百年树人……

吕贝卡不知道语文老师在说什么，只是不停地哭。后来，语文老师说着说着便停了下来，重新把脚跷到桌子上，重新用报纸挡起了脸。再后来，那些出去过的老师们都回来了，都坐在自己的座位上。他们对吕贝卡的哭泣无动于衷。只有那个很漂亮的女老师像做贼一样坐在椅子上，问了一句：你哭什么？没等回答便埋下头来读一本杂志，并不停地咬着指甲。

下课后，数学老师把吕贝卡叫到一个楼梯拐角，这里空无一人。数学老师抽了一会儿烟，意味深长地盯着吕贝卡。低着头的吕贝卡仍在抽泣，肩膀一上一下地耸动着。

数学老师说：这半个月，反省得怎么样了？

吕贝卡抽噎着说：反，反省什么？

数学老师说：你偷了我的随身听，还那么死不悔改！

吕贝卡说：我没偷你的随身听。

数学老师说：我有证人，从你的课桌里翻出了我的随身听，是你上一次偷的。这次你爬窗台，还想偷考卷，没想到我关着灯候着你呢，就吓得摔了下来，对不对？

吕贝卡听着这些话，停止了哭泣。他在那一刻竟然想到了父亲。想到父亲在四万人的演唱会上奔跑，在耿叔叔敲痛耳膜的鼓点中奔跑，在键盘手勒紧心脏的弦乐中奔跑，在吉他手令人癫狂的吉他风暴中奔跑。父亲跑得越来越快，父亲对观众吼道：你们愤怒吗？父亲得到了满意的回答，原来四万人中的大多数都是愤怒的。父亲很满意，仿佛那四万份愤怒都汇集于一身，使得父亲的愤怒上升到顶点，于是他把吉他越弹越快。像斗牛场上插满箭翎的困兽，像监狱中抓挠自己的罪犯，像高速公路上疾驶的卡车，它正奔向悬崖……在最紧急的关头，父亲从腰间抽出一把斧头，就是那把后来砸摩托车用的斧头。父亲在血红的舞台上，用那把血红的斧头，砸碎了那把血红的吉他。琴弦抖落的时候，吕贝卡似乎真的看见了血。现在他想到这些，是因为愤怒。面对数学老师的话，他感到无以复加的愤怒。倘若再多读几年书，再年长几岁，他可能会说：你诬蔑我。可此刻他还与“诬蔑”这个词素不相识，于是只有愤怒，却一句话也说不出。

这种积郁的愤怒在胸膛里翻滚，使他希望自己也能有一把斧头可以神奇地从腰间抽出，或是抽出别的什么东西来。此刻的吕贝卡，他多么需要武器啊。

吕贝卡呼哧呼哧喘着气，喘了很久，徒然抬起头说：我操你妈！

数学老师俨然没有料到这目光竟可以毫不回避地直视他，就连在骂完脏话之后，也那么勇敢地直视着他，毫不羞愧，目不转睛。这意外令他稍稍有些发愣，但少顷，一记响亮的耳光落在吕贝卡的脸上。数学老师说：你妈操我，吕贝卡。

数学老师拎着吕贝卡，一路拎到校门口，把他丢到门外。数学老师对传达室说：这是个小偷，别让他进来。传达室探出一张快掉光头发的脑袋，朝吕贝卡意味深长地望了又望，把门牢牢地锁上了。吕贝卡伫立在校门口，无法停止大口大口的喘息。体内的愤怒像高压锅里的蒸汽愈积愈强，憋闷的感觉令他想要爆炸。他开始跺脚，对着墙根吐口水，但这并不能解决问题。于是他奔跑起来，像父亲在舞台上奔跑一样。他边跑边挥舞着手臂，歇斯底里地喊叫。喊叫的内容大概是：愤怒！愤怒！没偷东西！我操你妈！诸如此类。他总共沿着学校门口的那条石子路跑了五六个来回，引得路边那些不明就里的小贩们交头接耳、议论纷纷。最后，他跑得浑身是汗，没有一点力气，嗓子也冒出干涩的烟火。他重新靠着学校的围墙站着，站着，就一屁股滑坐在地上。

这样坐了半个小时的时间，吕贝卡不再喘气。尽管传达室里不时探出的那个脑袋仍然令他气愤。但他不再愤怒，倒是忽然被一种自暴自弃的古怪感觉所替代。他学电视剧里被打入冷宫的妃子，用一种凄惨的冷笑装扮着自己的脸。他晕晕乎乎地站起身来，拖着脚步漫无目的地沿着围墙行走，像具行走的尸体。经过学校后院的厕所后，他在一排房子前驻足。他认出了，那是教职工宿舍楼。二楼那扇贴着一张电影海报的窗户就是数学老师的。一种恶毒的念头袭上心头。他弯下腰来，捡起一块尖尖的砖块，奋力扔到那扇窗户上——清脆的碎裂声如约而至，他高兴地笑了起来。回转身时才发现，一个小男孩儿正立在不远处直勾勾地盯着他。他没好气地嚷道：滚开！才发现嗓子里只冒出来了气，并没发出他期待的具有威慑力的声响。他喊哑了嗓子。这个事实令他更加生气。吕贝卡环顾四处无人，便弯下腰来，捡起一块圆圆的砖砾，朝那小男孩儿扔去。石头打中了小男孩儿弯曲的膝部，于是他捂着膝盖痛苦地呻吟着，但却依然站在那里。吕贝卡又捡起一块砖砾扬在空中，小男孩儿才委屈地扭转身，摇摇摆摆地走开了。走了几步后，他终于像个婴儿一样咧开嘴巴大哭起来。

下午，母亲扯着吕贝卡来到了学校。母亲比吕贝卡更加愤怒。她走到办公室便问哪位是不要脸的数学老师，哪位是不要脸的语文老师。对号入座后，母亲便对着他们叫嚷起来：你们这些祖国的园丁！怎么能这样对待孩子？你们在诬蔑他，扼杀他，你们明白吗？真不知道你们都是受的什么教育。语文老师笑了笑，有点悻悻然，却心不在焉。他低着头在补袜子。他说：很不好意思，我现在不能跟你说话，就着身体补衣服跟人说话容易被人冤枉。母亲撇了撇嘴，对这个头发脏兮兮的男人表示鄙夷。数学老师则一副真诚的表情，他说：你们搞艺术的容易激动，我很理解。我是学理科的，笃信数字超越时间和空间，而生活里的一切事实则像图形，比如，圆。

母亲说：你别跟我绕弯子，图形我不比你差。

数学老师说：那是那是，您是画家嘛！尽管没看过您什么画展。

母亲说：你这是什么意思？

数学老师说：我没什么意思。我只是说，任何事都要讲证据。

母亲说：我忽然发现我很不喜欢你这个人。我要见你们校长。

他们便来到了校长室，见到了校长。校长给母亲倒了一杯茶。说他也是刚刚听说这件事，家长来得正好。这件事，在这所受社会各界人士赞誉的学校里实属罕见，所以校方对此很重视。

母亲严厉地说：的确实属罕见。这样的老师应该被除名！并且我要求在对其进行除名之前，公开向我儿子道歉！

校长在房间里踱着步子，听到母亲的话便回转过头，显得微微有些诧异：您说的是？

母亲说：吕贝卡摔坏胳膊那天晚上，看见这位道德沦丧的老师，竟然在猥亵女生！母亲说到这里，凌厉地瞥了数学老师一眼，眼神中充满厌恶、憎恨、鄙视。

数学老师微笑着，笑得大度，笑得胸有成竹。他说：人人都爱自己的孩子，所以你信他的话。这很容易理解，也值得原谅。但是，凡事一定要讲证据！没有证据就信口雌黄，只有儿童才这样。

校长摸着下巴想了想，忽然转过身来俯视着吕贝卡，用慈祥关切的神情问道：吕贝卡，你说你看到了数学老师猥亵女同学，是哪个？

吕贝卡说：什么是猥亵？

校长看了看母亲。母亲说：吕贝卡，你那天晚上看到了什么，直接告诉校长就好了。

吕贝卡说：我看到数学老师把手伸进郭晓敏的裙子里。

校长意味深长地“哦”了一声。他站到门口叫住一个玩耍的男生，说：到四年级二班把郭晓敏叫过来。

须臾，郭晓敏走进校长办公室，脸上仍挂着她惯常的怯懦。她站在三个成年人中间，像一只被狼群捕获的羔羊。校长俯下身子来，说:郭晓敏，我现在要问你的话，关系着一个人的尊严、人格和前途。你要老实回答校长，不要撒谎。你也什么都不用怕，一切校长都会为你做主。你只需要实事求是地说。

郭晓敏怯懦地点了点头。

校长说：吕贝卡说，他在晚自习放学后看到你和数学老师在办公室里，并且看到数学老师把手伸进了你的裙子里。那我现在问你，有没有这回事？

郭晓敏看了看校长，又看了看数学老师，又看了看吕贝卡的母亲，又看了一眼吕贝卡，她看见六只眼睛写满程度相当的期待。郭晓敏低着头，目光追随着地板上爬过的一只蚂蚁，一直目送那只蚂蚁爬进了墙缝，才终于小声说：没有。

母亲惊诧地蹲了下来，她扶着郭晓敏的肩摇了摇，说：郭晓敏你不要心不在焉，请你再想想，想清楚再说……母亲的话还没说完，郭晓敏就很痛苦地挣脱了她。她抬起眼睛，她眼眶里含满泪水，她望着数学老师说：老师，我很害怕……

数学老师的脊背稍稍离开了椅背，不温不火地对母亲说：您把孩子都捏疼了。

母亲木然地坐回椅子上，有些许尴尬，有些许无所适从。她下意识地扬起手理了理头发说：对不起，我有些失态了。

校长摆摆手说：郭晓敏你回去吧。郭晓敏迟疑地走到门口，并回头望了望。数学老师就在这时说：回教室去吧，顺便把洪小洋和张小滨叫过来。

很快，洪小洋和张小滨就欢天喜地地沿着走廊走来。到了门口，他们看见吕贝卡，就不笑了。校长示意他们站到中间来，然后俯下身子说：现在你们要提供的证词，关系着一个人的前途。你们要老实告诉校长，不要撒谎。当然，你们什么也不用怕，一切校长都会为你们做主。你们只需要实事求是地说。

张小滨看了看洪小洋，洪小洋看了看张小滨。吕贝卡知道，他们在用眼神递那七个字——我、吃、鹅、蛋、我、变、鹅——最终“鹅”字落在了洪小洋脸上。

洪小洋说：我在吕贝卡的课桌里发现了数学老师的随身听。

张小滨说：是用一个袋子缝起来的，不拆开认不出来。

洪小洋说：有一天晚自习放学，我走到半路上肚子疼，路上没有厕所，我回到学校拉肚子。

张小滨说：我陪着他回的学校。

洪小洋说：厕所灯坏了，我蹲的地方很黑。

张小滨说：所以他很害怕，我拿了一张纸在旁边等着他。

洪小洋说：我拉屎很臭。

张小滨说：所以我一直捏着鼻子。

洪小洋说：后来，我看见进来一个人。

张小滨说：他鬼鬼祟祟地在挨着女厕所的那面墙上捣鼓了一会儿。

洪小洋说：我吓得屎都拉不出来了。

张小滨说：我吓得都闻不见臭味儿了。

洪小洋说：太吓人了，像一个鬼。

张小滨说：后来，他走到厕所门口吹起了口哨。

洪小洋说：这时候我们才知道是吕贝卡。

张小滨说：全校只有他会吹口哨。

洪小洋说：全校也只有他吹得那么难听。

张小滨说：像鬼叫。

洪小洋说：第二天我们在那面墙壁上找了找，发现有块砖头可以抽出来。

张小滨说：里面就藏着数学老师的随身听。

洪小洋说：过了好几天，吕贝卡才把随身听拿走。

张小滨说：他上课的时候偷偷听。

洪小洋说：还学了里面的一首歌。

张小滨说：还在教室里唱过。

吕贝卡听着这些话，又开始呼哧呼哧喘气了。他想起了电视里那些被奸佞迫害，吐血而死的忠良。他悲愤、他厌恶、他无法忍受，于是他握紧拳头，他冲向他们，把洪小洋和张小滨撞翻在地上。数学老师冷冷地观望着母亲。校长则像一个不露声色的道长，面无表情，没有人知道他心里想些什么。是母亲一把把吕贝卡拎起来，吕贝卡挣扎着还要冲过去，脸上就猝不及防地挨了一耳光。他愣住了。吕贝卡抬头望着母亲，望着在这短短的一天当中，第二个送他一记耳光的人。不是别人，她是自己的母亲。母亲嘴唇哆嗦着说：吕贝卡，你太让我失望了。

吕贝卡没有低头。他仰着脸，目不转睛地盯着母亲，母亲也盯着他。他们那样对视了很久。脸上火辣辣的疼痛像水波，开始泛出一张手的轮廓。此刻的吕贝卡却没有了委屈的感受，有的只是寒冷。

他浑身发抖，牙齿打战。但他必须努力控制自己的牙齿，以便能够清楚地说话。他一字一顿，清清楚楚地说：妈妈，我，没、有、偷、东、西！说到这里，一股强烈的热流涌到眼眶，泪水滚落的时候，他已经看不清楚母亲的脸，但他依然仰着头，说了最后一句话：妈妈，你相信我。接着，他再也抑制不住眼泪，但却没有发出一点声响。他安静地站立着，默默地流着眼泪。

多年后回想起当年的情形，吕贝卡明白了，自己之所以流泪不是由于委屈，不是由于心寒，而是由于“妈妈”，由于这个温情的字眼。在喊出“妈妈”二字的那一刻，吕贝卡忽然意识到自己已经很久没有喊过妈妈了。这个中存在诸多缘由——过去发生的一些事，曾使他对这个称呼表示过怀疑，表示过不忠，表示过默默的反抗。但在校长办公室里，在一种特定的情绪之中，他喊出了“妈妈”，随着这二字而来的温情令他忍不住流泪。更确切地讲：那是在绝望中，对母性温情的最后一次缅怀。

母亲冷冷地说：吕贝卡，我实在没办法相信你。尽管这句话停顿了很久母亲才说出口，尽管吕贝卡的语气与目光似乎是震动了这个女人，因此那看来是经过了深思熟虑才终于说出的话，但结果还不是一样。

吕贝卡的眼泪稀薄到可以重新看见景象的时候，他发现洪小洋和张小滨哭得更厉害。他们的脸上淌满泪水，还哽咽着向吕贝卡走过来。洪小洋拉住了吕贝卡的左手，张小滨拉住吕贝卡的右手。

洪小洋说：吕贝卡，你再把我们推翻我们也不怪你。

张小滨说：吕贝卡，你承认错误吧。

洪小洋说：不要再偷东西了。

张小滨说：我们希望你变成一个乖学生。

洪小洋说：将来我们才可以一起为四化做贡献。

张小滨说：你变乖了我们都和你玩，真的。

洪小洋说：我们等着你，吕贝卡。

吕贝卡面无表情地甩开了他们的手。洪小洋和张小滨望着他，像两个成年人一样惋惜地摇着头，仍旧眼泪肆意横流。校长摆了摆手说：你们可以回去了。他们就立刻停止了哭泣，走出了门。

校长微笑了起来。看起来依旧那么和蔼可亲。校长摸着吕贝卡的脑袋，语重心长地说：我小时候很不乖。我觉得这不坏，呵呵，小贝，这不坏。但唯一不好的事情是，有天我忽然发现，学校里没有一个同学跟我玩了，老师也不喜欢我。我很生气，我觉得没有人可以理解我。身边所有的人都在说我的坏话，还编造谎言来诬陷我，冤枉我，连爸爸妈妈都不喜欢我。事实也是这样——我被孤立起来了。我一面装作满不在乎，一面内心当中又很苦恼。思来想去，我就写了一封信给毛主席，对他老人家发了一通牢骚。信封上写着："北京，毛主席收。"我把信投到一个绿色的信箱里，就不再去学校了。我一个人天天在外面玩，玩了一个月。忽然，有一天校长亲自到我家来，很客气地把我领到学校里，说是有封我的信。我来到学校，办公室里的老师和领导们都毕恭毕敬地等着我来拆桌上的那封信。我走过去，只见一个大牛皮纸的信封，寄件人写着："中华人民共和国中央人民政府办公厅"。打开信来，里面写着：李建国小朋友，毛主席很忙，但对你的问题也很重视，我们代笔替毛主席回信给你，毛主席希望你：好好学习，天天向上，做一个乖孩子。

吕贝卡并不明白校长的意思。所以，尽管校长满怀期待地望着他，他也什么都没说。这样顿了顿，校长继续说：再给你两个月的假，在家好好玩儿。玩耍会让你对很多事物产生新的看法。等你觉得自己可以来上学了，就来。

吕贝卡说：我现在就想上学。

校长微笑着摇了摇头。

母亲站起身来，在校长的微笑里羞愧地低着头，然后她粗鲁地扯起吕贝卡说：走！

数学老师的话从背后传来：吕贝卡，我给你布置的假期作业是圆形的概念和性质。接着，他笑了起来。那是一种嘲弄吗？

吕贝卡不声不响地跟在母亲身后，走出了学校大门。母亲边走边说：你简直把我的脸面都丢尽了。要知道你干出这种事，我真恨不得生下来就把你掐死！吕贝卡听着母亲低声却有力的骂声，一句话也不说。那一刻，他不知道自己心里究竟是什么样的感受，简直空空如也。但很快，他就不这么想了，他甚至感觉到一丝美好。那是由于他又陷入了遥远的回忆当中：他想起了在黑伯伯家里吃鸡肉的情形，想起了那个冰凉手臂的女人怜悯的目光，以及母亲当时的羞愧。离开那个地方后，在路上，母亲说：你简直把我的脸都丢尽了！语气与现在何其相似。唯一的区别是，当时父亲接话说：别骂我儿子！现在没有这样的喝斥，只有他一个人。

吕贝卡忽然感到自己的心硬了起来，像一块石头。从这一刻开始，他不再哭泣了。他赫然发现哭泣不能解决任何问题，却只能受到屈辱。想到这个，他有些释然。放学的铃声响了起来，吕贝卡对母亲说：我要回去拿我的课本。接着，他转过身，向学校走去。

他拿着课本站在大门口，恶狠狠盯着走出的每一个学生。接着，他看见了郭晓敏。他走过去，挡在她面前。郭晓敏说：你不要挡着我，我很害怕。

吕贝卡说：我看见数学老师把手伸进你裙子里了，这才是真的！

郭晓敏像只被点了遥控按钮的机器猫——哇一声哭起来。

吕贝卡厌烦地说：你不要哭了！

她还是哭。

吕贝卡说：你是真的还是假的？

她就不哭了。

吕贝卡说：你撒谎。

郭晓敏说：我很害怕。

吕贝卡说：你害怕，你撒谎，你个不要脸的东西！

郭晓敏又哭了起来。

吕贝卡听她哭了很久，也没有停下来的意思，就抛下她回家了。走了几步他又折回，对郭晓敏说：你，洪小洋，张小滨，还有数学老师，我操你们的妈！

演／出／第／九

当父亲接到那张邀请函的时候，耿叔叔“噌”的一下就从椅子上跳了起来。“多少？四万人？我操他们妈的！”接着他摩拳擦掌，不知该做点什么来表示他此刻激动不已的心情。最后，他蹿上那个他们每天演出的小舞台，打了一通心乱如麻的鼓点。也是由于激动，鼓槌先后从手中飞出两次，打烂一盏灯，砸碎一瓶挺贵的洋酒。“另外一位吉他手”说：这算不了什么。

为了解救殖民地同胞，他们放下各自玩世不恭、闲散度日的态度，开始夜以继日地练琴、写歌、编曲、排练。那帮大学生和那帮专业摇滚乐迷天天晚上守在这间红房子里。摇滚乐迷以他们颇具专业水准的技巧与态度观摩父亲的演出，并指手画脚，提出一些修改的建议。但更多的时候他们在喝酒，并且一喝就醉，并为这一振奋人心的消息终日以泪洗面。大学生们不知道说什么好，就开始在音乐里号叫诗歌：湖面的上水，无波无纹。我不要做这样的生活！要么，就卷入长江大海！要么，就无声地去，灌溉禾田……

而这一切，之所以会如此，父亲心里略知一二。无外乎，又是另外一位乐评人（女）。自从“您拨叫的用户暂时无法接通”之后，父亲再也没有联系上过这个女人。一如父亲所料，她之所以藏起来，更多的是在等待他离开首都。当父亲回到海滨小城的当晚，果然便在新一期的《中国摇滚》上再次看见这个熟悉得已经有些亲切的名字。尽管那亲切之余，不无苦涩的意味。关于媒体上摇滚圈内对父亲的恶意攻击，关于胖子、爆炸头、深情兄以及结巴斗鸡眼，另外一位乐评人括号女只用了三个形容词便简明扼要地一一回敬了。它们分别是：卑鄙、无耻、下流。摇滚圈与“另外一位乐评人（女）”关于父亲的论战持续了三个月之久。除了这三个形容词，“另外一位乐评人括号女”还悉心钻研了李小龙先生的“截拳道”，并将其运用到了评论中。尽管一个女人单枪匹马血战三个男人，包括后来出现的更多男人，甚至也有女人。但最终的胜利者仍然是这位不屈不挠的女战士。按照另外一个专业的术语那就是：每个包袱抖得都挺脆。尽管这场看起来毫无意义的论战最终也没有得出什么结论，但因为这场争论在媒体上的炒作，以至于父亲的名气在三个月内直线攀升，跃居中国摇滚排行榜之首，唱片销量甚至超过了那些唱情歌的星星们；以至于香港一家国际演出公司瞄准商机，为向香港同胞展现中国摇滚的真正实力，为发扬中国摇滚的真正精神，特诚挚地邀请吕勇先生赴港演出。胖子、爆炸头、深情兄以及结巴斗鸡眼，他们是这么表示的：大陆有个说法，红花当要绿叶衬。因此，他们也可以一起来。

首都之行以来，父亲常常独自呆着，常常莫名其妙地想起伊卡洛斯。想起飞翔，想起那种“跳起后飞行，可永远不能再落地的失重感觉”。排练的间隙，他又开始独自思索塔西佗的那首诗。不外乎又是“我宁愿坠落，像他一样”；不外乎又是“疯子，我们将飞向何方”；不外乎又是“大胆只能给我们带来痛苦”；不外乎又是“上了天使不怕跌落低处”……由于父亲颠过来倒过去地念叨这些句子，“另外一位吉他手”都会背了。但他对这些句子爱理不理，从来也不愿意去记。父亲却依然念叨着，他不过是想记起那被遗忘掉的最后一句——“我飞过阴云，安详地死去，既然……”，“既然”后面究竟是什么，怎么也想不起来。有一天晚上，他听见一个大学生骂一个专业摇滚乐迷说：你怎么不去死呢！父亲一拍脑壳就跳了起来。他站到舞台上大声朗诵道：既然，死亡才能完成光荣的道路！

这句话让在场的所有人都愣住了。但片刻，红房子里爆发了雷鸣般的掌声。有一个摇滚乐迷拿酒瓶子“啪”一下就砸在了自己脑袋上。他说他太感动了，不知该如何表达。大学生们喊：勇哥，到香港念吧！他们一准全哭趴下。“另外一位吉他手”飞快地记录了下来，边记边嚷：这句话，这句话真绝了！

父亲说：绝什么绝？

吉他手说：绝可绝，非常绝。

父亲说：为什么别的都不记，偏记这一句？

吉他手说：这种事可是开不得玩笑的。我需要你给我有力的。

父亲说：死亡是有力的？

吉他手说：起码这样的句子做歌词才像朋克。

父亲说：那什么是朋克？

吉他手说：这你说了算。你是写歌唱歌的，我只是一个吉他手。

父亲说：我说了算吗？

……

一个月的排演之后，稳操胜券的父亲、耿叔叔与“另外一位吉他手”，他们乘火车再次抵达首都，经过一系列的组织安排，譬如演唱会的标题。父亲想叫作“为人民服务”，开场曲用《国际歌》；但父亲的代理公司却偷偷地将名字改成了“中国摇滚势力”，开场曲是《排名不分前后左右忠奸》。尽管这都是小事，但后来听说，那是老牛的主意。这是抵达香港后父亲才知道的。在登机前的几分钟，父亲给另外一位乐评人（女）打了电话，他只想问一句：你会来看我的演唱会吗？但仍旧是“您所拨打的用户暂时无法接通，请稍候再拨。”父亲登机后，却在自己的座椅上背上发现一张便笺，上面写着：我会让你见到我的，就在不远的将来。落款是：另外一位乐评人（女）。

在这场前无古人、后无来者的演唱会上，吕贝卡看到了爷爷。这个总是不愿与他们住在一起的老男人坐在红磡体育馆的舞台上，不苟言笑。现代化的灯光与他对襟的中式衬衫呈现出一种别样的美。他不像自己的儿子那般愤怒。尽管这个老头看起来精神矍铄，但他总是面沉似水。什么样的幽默，什么样的玩笑，也别想逗他舒展开那些绷得紧紧的皱纹。这使吕贝卡搞不清楚这个老头究竟喜不喜欢他的孙子。偶尔见面，他也从不去逗吕贝卡。简而言之，他对任何人都是同一副面孔。爷爷坐在太师椅上，跷着二郎腿，“梆梆梆”地拨拉着枕在大腿上的乐器。父亲抱着吉他走过来，对爷爷深鞠一躬，尔后对着麦克风说：三弦演奏，吕玉民，我的父亲。台下无一例外地传来了尖叫。吕贝卡很迷惑，父亲就是放个屁，台下都可能会尖叫。在他幼小的年纪，他不明白这些人都是怎么了。

噢，这是怎么了？在他们眼中我们已经怎么了？

父亲吼到这一句的时候，一个泪流满面的男青年跑到台上，把父亲扑到在地。麦克风摔在地上，音箱传出刺耳的嗡鸣。母亲看到这里惊慌地欠起身子。有两个保安飞奔上台，却也于事无补。因为男青年狠狠地咬住父亲的耳朵不放，谁也不知道这是在干什么又是为了什么。终于跑上来一个聪明的保安，把手伸进男青年的胳肢窝不停地挠，那男青年踢腾着四肢，终于流着泪狂笑着被拖下了台。父亲站起来，无所谓地拍了拍耳朵。台下即刻又传来了尖叫。

所有死去的皇帝，他们离去
带着他们壮丽的地图集，不能单独留下地理
他们曾经统治过的玫瑰多么美丽

在每一个异国的黎明，升起他们道貌岸然的旗帜
我们巡视海洋，我们发掘矿井，我们创造他们的历史
他们说：你们工作，我们统治
他们愚弄人民，愚弄母亲与儿子

听。一个失业的学徒用一支
爱德华七世时代的长笛吹奏“拯救女王的上帝”
却不知道，一九九七，女王和上帝，就要降下丑陋的旗子

这首叫作《帝国》的歌，又令几个男青年冲上台来咬父亲的耳朵。他们说是因为爱，他们太爱了，因此不知道如何表达，只想把父亲吃掉。

第一场演出后就出现了一个意外，在酒店的房间里，一个女人闯了进来。保安追上来无奈地对父亲说：她力气太大了，我们拦也拦不住，拦也拦不住啊！面对这女人的装束，父亲意识到了什么。这

个女人穿一身红色连衣裙，红色高跟鞋，指甲上染着红色的指甲油，头发梳在脑后挽着髻，两绺刘海一直贴到下巴上……但尽管如此，这一切装饰都不能证明她是一个女人，准确来讲，这还是个小姑娘。那张稚嫩的脸出卖了她的真实年纪，恐怕也不过十六七岁而已。那张年轻的脸很白很净，根本不像什么仙人掌，第十版《新华字典》，抑或是世界全图。脸上也没有红点点、蓝点点、黑点点、绿点点，更没有动物植物，也就没有山脉、河流、海和永恒。

爷爷、母亲和吕贝卡都莫名其妙地望着这位不速之客，只有父亲，他似乎有点面露愧色。姑娘环顾一遍整个房间，饶有兴致地打量了一番爷爷、母亲以及吕贝卡。似乎他们都是些故人，多年不见，应该好好端详一番各自的脸上都有多添了几丝风霜的痕迹。她终于看够了，才把目光从这三个人身上移到父亲这边来。

姑娘说：吕勇，我把自己打扮得漂漂亮亮的，来见你了。

父亲不知该说点什么，只好木讷地“哦”了一声。

姑娘说：吕勇，你已经猜到了吧？我就是你一直在找的，另外一位乐评人（女）。

父亲依然不知该说点什么，便又“哦”了一声。

姑娘说：吕勇，你为什么只是“哦”呢？你不是很期待这个见面的时刻吗？你说，这真是一个适合见面的下午。倘若在一个有着整面落地玻璃窗的咖啡屋里，我们选择各自喜欢的姿势坐着。喝茶、喝酒，或者喝咖啡；或者什么也不喝，只是聊天；或者什么也不聊，只是对望。恐怕再也没有比这更亲密温暖的事了。窗外的海面上远航的轮船发出沉闷的叹息。我们面朝大海，春暖花开……吕勇，现在终于有海了，这真是一个适合见面的下午。

听到这里，父亲便连那声“哦”也说不出来了。只是望着窗外，像在看风景。姑娘便转过身来对爷爷、母亲和吕贝卡说：请你们出去一下好吗？我想和他单独待会儿。这真是一个适合见面的下午啊。姑娘用一种成年女人才有的微笑，冲三个人礼貌地点点头。显然父亲没有料到这些，他在惊愕之余，还发现自己的父亲、妻子甚至自己那年幼的儿子，都在用一副似笑非笑的表情盯着他。毫无疑问，这是在等待他做出什么决定来。父亲又看了一会儿窗外，咳嗽了一声说：有什么话就直接说吧。他们都是我的家人，没有必要回避。

姑娘脸上依然挂着那种成年女人才有的微笑。她说：我没有什么要说的了。在电话里，我们已经说了太多。现在我只想跟你做点什么。

父亲说：做？做什么呢？

姑娘说：我要和你做爱。你认为这可以当着你家人的面做吗？

父亲一下子开始坐立不安，抓耳挠腮。他的表情尴尬、哭笑不得，甚至不知所措。他目光闪烁地望了望母亲，又望了望爷爷。母亲从鼻子里哼出一声嗤笑。爷爷却面无表情。而此刻的吕贝卡则一手持冰淇淋，一手持铁板鱿鱼，边吃边嘟囔：嗯，好复杂的味道。

父亲终于说：对不起，我已经结婚了。父亲说完这句话竟然像一个做错的孩子一样低下了头。吕贝卡甚至看到，父亲的耳根子也红了起来。接着，父亲很小气地扬了扬手说：那是我老婆，那是我儿子。

姑娘听了哈哈大笑起来。姑娘说：吕勇，不要忘了我知道你的一切。你认为婚姻和家庭会成为我们之间的障碍吗？吕勇，你是个摇滚乐手，你是个朋克先锋，像你的名字一样勇敢一点吧！吕勇，你完全可以摆脱道德的束缚，因为那根本就不是问题。爱自己所爱，恨自己所恨，做自己想要做的，那才是你，吕勇。来吧，吕勇，勇敢一点，勇敢一点来告诉他们，你爱我，你想和我做爱，并且立刻就要实施这件事！

父亲像面对一个调皮捣蛋的小学生，依旧哭笑不得。父亲说：这不是我敢不敢的问题，而是我根本就不会那么做。尽管我们打过很多电话，尽管出于感激、好奇，以及别的一些原因，我一直想要见到你，可我一直以为你是一个成年人。我无论如何也不会想到，原来你只是一个小女孩儿……

姑娘打断父亲的话说：吕勇，你不要顾左右而言他，你不要回避问题。你爱我，只是你不敢承认。你真懦弱，吕勇。姑娘说到这里，神情显得有点悲愤。她本是自信满满地站在一个家庭面前，誓要征服一个家庭的男主人公，以至于说出了最赤裸裸的话。现在她被一个老头、一个女人和一个小孩儿盯着，他们的表情那么古怪，既像一种嘲弄，又如同在看一场滑稽剧。而那个男人，他已经低着头抽了好几根烟。

父亲终于抬起了头，这种紧要的时刻，沉默肯定是行不通的。父亲迎着那姑娘的目光说：我想，你一定是误会了我。爱自己所爱，恨自己所恨，做自己想要做的，那就是我，你说得没错。但我并不爱你，所以我也就不想和你做什么。

姑娘听到这里，她的手开始发抖。她的眼眶有些红红的。她可能感到气愤，感到这个男人始料未及的冷漠令人无法承受，或者感受到了别的什么。但终归，她大概是受到了伤害。但一向孤军奋战的她，始终都会坚持到底。她就那么木然地站在众目睽睽的房间里很久，最后，她挪动了脚步，她走到父亲面前，那张还带点童稚的脸就快要贴到父亲的鼻子上了，她盯着父亲的眼睛，一字一顿地问道：吕勇，你说你不爱我。或许这是真的，但那也只能代表你现在不爱我了。因为你发现，我不是个成年女人。但你曾经是爱过我的，对吗？在你和我的电话里，你爱过我，这是个事实，不容争辩。无论是曾经，还是现在，无论是一瞬间，还是很多天。总而言之，你爱过我。现在我要你承认这件事。我希望，你能诚实面对自己的内心。

这个看起来只有十六七岁的小姑娘站在父亲面前。她那么勇敢地直视着父亲，并破釜沉舟地只为获得一个答案。因此，她显得那么坚强，而父亲，沉默的父亲，抽烟的父亲，蹙眉的父亲，却显得那么柔弱。

再次经过漫长的沉默与寂静之后，父亲终于抬起头，也像自己名字一般勇敢地和那目光对视着。父亲也一字一顿地说：尽管我总是被别人制造的故事所迷惑，尽管我曾因自己的善良和担忧爱上过许多虚假的幻影……但我不爱你。曾经，现在和将来；一瞬间，很多年和永远。

姑娘安安静静地听完了父亲的陈述。接着，她缓缓向后退去，并努力挤出一个微笑来。她点点头来说：我明白了，吕勇。对于刚才我的失礼，以及因此可能对你家庭带来的小小波动，我向你们道歉，并希望你们谅解。我相信你说的话，吕勇，我相信你。

说完，姑娘低下头，落寞地走到门口。当她回转身把最后一抹微笑留给房间里的人时，她说：吕勇，你也要相信我，我会很快把你忘记的。父亲走到门口的时候，姑娘在走廊里奔跑起来。望着那拎在手里的高跟鞋和一耸一耸的肩膀，父亲心里百感交集。他知道她在哭。父亲没有叹息，只是面无表情地吟了一句诗：你疼，你像个女人那样的疼，可你是个小女孩儿。

第二场演出又发生了一件意想不到的事。演出到《另外一座垃圾场》那首歌时，父亲感到“另外一位吉他手”的前奏弹得太快了。鼓手竟然也跟着主音吉他的速度跑，于是父亲很无奈地跟着他们加快了速度，话赶话地吼：我们生活的世界，就是另外一座垃圾场 / 人们就像另外一些虫子一样，在里面你争我抢 / 吃的都是另外一些良心 / 拉的都是另外一些思想 /…… 你能看到你不知道 / 有没有希望 / 有没有希望 /

“另外一位吉他手”忽然把脸凑到父亲的脸上，对着麦吼：我们都是垃圾！台下就响起了一层波浪般的欢呼声。“另外一位吉他手”贴紧了父亲的脸，又连续吼了三次：我们都是垃圾！我们都是垃圾！我们就是最大的垃圾！父亲纳闷——这是即兴之作吗？因为这首歌里，没有这几句歌词。父亲盯着“另外一位吉他手”，“另外一位吉他手”却跑到了舞台的另一边，抬起右手作举杯状。接着，右手急遽落在琴弦上，随着鼓的轮奏，间奏 solo 在他的怀抱里号叫起来。尽管刚才他在抢麦，但父亲依然想靠他近一点，就像他们排练过的一样——背靠背弹奏。但他蛮横地推开了父亲。接着，父亲发现他的速度更快了，快得离谱，完全不再顾及其他的乐器，而且自作主张地把音量调得很大，几乎盖过了所有的声音。随着这翻江倒海的吉他声，“另外一位吉他手”躺在地上打起了滚。之后他爬起身，忽然停止弹奏抢过父亲的麦来大声吼了一声：来！让我们一起念一段吕勇语录！当作我们最后的告别。父亲发现“另外一位吉他手”满脸悲怆的神情，他还在不停地流泪。父亲不明白究竟发生了什么事，但“另外一位吉他手”并不给他多想的时间。“另外一位吉他手”说：我来念，大家和我一起念。全场瞬间肃静了下来。

吉他手捧着那本红色塑料封皮的小笔记本，庄严地念道：我爱光。

台下四万人声势浩大地念道：我爱光。

我爱光，
我爱光，
我爱于是便有了光；
我爱于是便有了光；
我爱你，
我爱你，
我爱于是便有了你，
我爱于是便有了你，
我爱我自己，
我爱我自己，
我爱于是便有了我自己，
我爱于是便有了我自己，
我爱干净，
我爱干净，
我爱有那么多的清道夫，可这世界从来不干净。
我爱有那么多的清道夫，可这世界从来不干净。
我爱垃圾，
我爱垃圾，
我爱于是我们便都是垃圾。

我爱于是我们便都是垃圾。

我爱清扫我自己，

我爱清扫我自己，

我爱于是便清扫了我自己。

我爱于是便清扫了我自己。

既然——

死亡才能完成光荣的道路！

说完最后这句话，未等台下的人跟读，他便不知从哪里抽出来一把小臂那么长的大音叉，在吉他上敲出极其刺耳的噪声，接着谁都没看清是怎么回事，他就把那音叉插进了自己脖子里。他的最后道白是：我爱你再见。由于他谁也没看，谁也没指，所以不知道这是说给谁听的。他应声倒在地上，在红色的灯光里谁也看不出他是否流出了热血，但他抽搐着的面部肌肉无比生动，扭曲的五官看起来异常痛苦。他就那么抽搐了一会儿，最后，就在舞台的最中央，就在父亲的脚边，终于一动不动了。

台下嘈杂的观众席安静了下来，台上也不再有任何声响。这样沉寂了大概有一分钟，紧接着，台下响起了海啸般的掌声。有人大哭不止，有人狂笑不已，有人在脱衣服，有人咬紧牙关满头是汗，有人昏厥了过去，也有人不知是在哭还是在笑，只不停地揪自己的头发，捶打自己的身体。更多的人手舞足蹈不知道该怎么样才能表达内心灿烂的情感，他们尖叫着：我爱你们，再来一个！再来一个，我爱你们！

父亲干笑着面对观众，并退到鼓手身边，压低声音问道：你们为什么背着我排练这种噱头？耿叔叔玩着鼓槌说：我不知道，没有人跟我说过有这个。嘻，真没意思！父亲说：那是公司的主意？怎么着也应该跟我们打个招呼才对。耿叔叔说：我说了我不知道，真没意思，你让他赶紧站起来，出什么风头？我烦死了！

父亲点点头，走到吉他手旁边，清了清嗓子，对着麦局促不安地笑笑，说：是番茄酱。说着，他弯下腰在吉他手的脖子上摸了一把，是黏糊糊的触感，还有点热度。手指还未放到嘴巴里，一股腥臭的气味便扑鼻而来。父亲的情绪一下子低落到极点。他生气了，他把吉他摔在地上，愤恨地踩了踩。他大喊大叫声嘶力竭：你们到底在搞什么？！

后台那些探头探脑的工作人员跑过来了，他们在触摸了吉他手的伤口后，都尽量不动声色地冲维持秩序的警察使眼色。但已经于事无补。一如他们所预料的，场内的情绪很快便失去控制，接着便是秩序的混乱，既而难以维持。五百名警察一千名保安如何抵挡四万人？开始只不过有人想爬到台上来看看究竟，后来就聚集成人流朝台上涌。警察在无奈之下动用了警棍，于是歌迷拆掉椅子朝警察的脑袋上砸去。在如此情形下，耿叔叔最先找到了藏身之所，后来他又差遣几个工作人员偷偷把父亲、爷爷、母亲、吕贝卡以及乐队的其他成员护送进来。其实这藏身之所就是舞台下的地下室。有升降机可以把人输送上去。但在舞台上，很难有人找到那个暗门。他们就满怀焦虑地躲在这样的一个防空洞里，头顶上的脚步声很快响成了一锅粥。有人在上面生气地跺脚，有人把架子鼓拆开砸在地上，希望可以找见那个入口。吕贝卡发现耿叔叔的腿忽然抖起来了。

吕贝卡说：耿叔叔，你不要怕，有我爸爸在呢，什么都不用怕。耿叔叔讪讪地说：笑话！我哪有怕？我是愤怒，他们砸了我的鼓你没听见吗？他们砸了我的鼓！

后来，警车的哀号声在那个混乱的夜里响成一片。机动部队来了，飞虎队也来了。他们动用了盾牌、警棍、催泪瓦斯以及喷水枪。在最无奈的情况下，他们竖起冲锋枪对着舞台上空扫射了一通，探照灯舞台布景灯的玻璃哗啦啦掉下来一大片。一个混乱到难以收拾的世界，终于安静了下来。

风／筝／第／十

世界终于安静了下来。外婆睡着了，老猫睡着了，大房子睡着了，连海风也睡着了。因为周先生来了。每当周先生到来时，所有与他无关的事物都会安安静静地睡去，只有母亲在微笑。母亲在周先生到来时所表现出来的异乎寻常的欢乐近乎可疑，每每使房间里充斥着一种极其复杂的味道。吕贝卡皱了皱眉头，尽量对周先生的到来持漠视态度。吕贝卡已经分不清，周先生究竟是父亲的朋友还是母亲的朋友。在有些时候,这是个挺重要的问题。每个礼拜有两次，他那辆老波罗乃茨轿车像拖拉机一样“嘟嘟嘟”地停在门口。吕贝卡已经确认，自己对周先生无半分好感。

吕贝卡说：这是什么呀？他指了指躺在脚边的袋子。

周先生斜着眼睛瞅着吕贝卡，笑了起来。他不慌不忙地打开那只袋子，把几根竹签和塑料接口拿出来，拼成了一个框架。接着，把一块像母亲的稠衣一样轻柔的布铺在框架上，用环扣扣了起来。最后，他取出袋子里仅剩的东西：一条长长的红丝带，挂在框架的尾部。

当这架奇异的装置在地板上现出原形时，吕贝卡便马上认出了它，但他仍然问：这是什么呀？

周先生说：大家都叫它风筝。如果你觉得有必要，也可以给它取个别的名字，要不叫筝风？

吕贝卡看到，母亲觉得这句话特别幽默。

吕贝卡说：可你为什么要给我一只风筝啊？

母亲说：这是件礼物。

吕贝卡哦了一声。

母亲说：你的胳膊已经好了，现在你可以到沙滩上和大家一起放风筝了。

吕贝卡哦了一声。

母亲说：还不快对周叔叔说谢谢。

吕贝卡说：可我不喜欢放风筝。

吕贝卡依然坐在窗前的椅子上，母亲把他扯起来，并把窗帘拉上。

母亲说：你真是被宠坏了。

吕贝卡嫌恶母亲关窗。对吕贝卡而言，关上窗，就等于关上了大海。手臂上的纱布取下来之前，他一直坐在窗前看海。

母亲说：快去吧，六月多好的光景，去和小朋友们放风筝吧。

吕贝卡坐在母亲与周先生之间的凳子上，不置可否。

母亲说：你老在这儿坐着，会影响周叔叔跟妈妈一起画画的。

周先生说：这是全城最好的风筝。

吕贝卡拖着风筝无精打采地走到门口。在平常的每一天，他看海看厌了，也出去跑一跑。但每当周先生到来时，出于某种本能，他想留在家里，也唯有这时候，家，给了他安全感。可他没有留在家里的借口，对于这点，他很沮丧。他只好执拗地重复：我不喜欢放风筝。

母亲用一种强硬的口吻说:放过了你才会知道是不是喜欢。快去!

说着,急切地把吕贝卡推到门外。

这时，外婆苍老的声音从那个幽暗的房间里传来：己所不欲，勿施于人。

吕贝卡不明白这八个字的意思。母亲似乎懂得，却什么也没说，只走过去,把外婆房间的门轻轻地关上了。吕贝卡站在门外的台阶上,他回过头不死心地问道：为什么要把窗关上？为什么不画画大海呢？母亲尽量和颜悦色地告诉他,关窗是因为周叔叔眼睛不好,害怕光线。而至于为何不画画大海，周先生说：大海已经被很多人画过了。我们应该画点新的东西。

吕贝卡不耐烦地举起风筝，这只风筝上画的是一只鹰。他大喊一声：飞呀飞！跑了出去。

吕贝卡跑起来，风就在耳边呼呼作响，有一种挣脱空气的畅快。空气是那么沉闷——以吕贝卡的知识而言，他还不知道风就是空气，流动的空气。他可以一口气跑到灯塔，再跑到那条像橡胶带一样围着房屋的水泥马路上，一直到回过头就再也看不到家门口的白色沙滩为止。沙子在脚丫下的触感，令他想起父亲的记谱纸。吕贝卡把风筝放在地上，一屁股坐在沙滩上。海鸟在空中盘旋，大片明亮的阳光使沙砾像珍珠一样反射着光芒，黄海是蓝的。吕贝卡不知道它为什么叫黄海。黄河也是蓝的？父亲说黄河是黄的。

吕贝卡像身边那只晒晕的小狗，吐着舌头。一个穿比基尼的姑娘游上来，滚到了小狗身上，小狗发出剧烈的叫声，痛苦中掺杂着惊惧。吕贝卡望着海平面，他很清楚自己不在时，母亲和周先生会做些什么——他们会一遍遍地亲吻。有一次，他发现他们的画板上空空如也，他望着他们稍微有些不安，但又似乎在强压着某种将要跳出来的东西一样，默默地亲吻，并像捞鱼一样在身上捕捞着什么，他很清楚地看到母亲的乳房被周先生的手捏扁，松开，再饱满起来。伴随着这种动作，母亲的咽喉里挤出沉闷的呻吟。他当时想起了一种捏一捏就会叫的塑胶洋娃娃，捏一捏就会叫的……当母亲发现他时，手像触电一样迅速松开了，周先生则故作镇定地抽烟。母亲的脸还红着，立即把他带到另外的房间，对他解释说，周叔叔一直不清楚女人身体各个部位的具体比例，还有硬度，你还小，你不明白，绘画是需要对实物有具体触感的。但你一定不能告诉爸爸，他会不高兴的。你知道，他总是不能很好地理解绘画这门艺术。你不想让爸爸不高兴，不是吗？

哦——理解与不理解。吕贝卡对理解这个词很迷惑，但却经常听到。他记得还是在那条巷子里住的时候，父亲有一天暴跳如雷地对母亲说：你根本就不理解摇滚乐！母亲也愤怒地高喊：你也根本就不理解印象派！父亲说：那你干吗要嫁给我？母亲说：那你干吗要娶我？说到这两句话的时候，他们的语气同时缓和了一些，都像是在自言自语。可接下来父亲又高声喊叫起来：因为我不理解你！母亲也高喊到（似乎高出父亲的声音就可以证明某种胜利）：对，因为我也不理解你！吕贝卡根本不理解他们的叫喊，这样的争执能得出什么结论，能有什么意义？倘若他可以理解"理解"这个词的话。

周先生是父亲的朋友。吕贝卡恍然大悟地想起来了，还住在那条巷子里时，在没有火光，在警车和精神病院的面包车到来之前的很多日子，周先生就早早出现了。再归根结底来说，周先生应是耿叔叔的朋友。通过耿叔叔，他和父亲成了朋友，再通过父亲，他和母亲成了朋友。记忆像一只堵塞的马桶，终于被吕贝卡搋通了。他想起了一个可怖的夜晚，他看见耿叔叔像木乃伊一样躺在医院的病房里，浑身打着石膏，缠满纱布。如果不是父亲一遍一遍向吕贝卡肯定这就是耿叔叔的话，他绝对不相信这个人能和自己有什么关联。他胆怯地站在病床前，连床上这个人的眼睛都看不到。那天站在旁边的就有周先生，还有母亲。

后来，他们从医院出来，周先生开着自己的波罗乃茨把父亲母亲和吕贝卡送到了那条巷子。夜很深的时候，周先生还坐在客厅的破沙发里。他和父亲抽了很多烟，不停地重复说：撞到树上的时候，他有一根骨头飞了出去，刺进了前面那棵树干上。真难以置信，他开得该有多快呀！骨头刺进了树里……我想起来就头皮发麻。

那是个停电的夜。那个巷子里总是停电，多少个夜晚他们点着蜡烛。在微弱的烛光里，周先生可怖的表情使吕贝卡睡意全无，他圆睁着眼睛，盯着沙发上的三个成年人。

第二天，父亲不知从什么地方把那辆雅马哈125推了回来。他取出一把斧头来，把那辆本来已经撞得不成样子的摩托车，劈成了碎片。他边劈边对吕贝卡说：就是它让你耿叔叔成了那个样子。你喜欢耿叔叔打鼓对不对？我看见你在旁边跳来跳去的，你肯定喜欢。虽然，他经常飞鼓槌砸到人，这次他飞了一根骨头。他是再也打不了鼓了，你懂不懂？于是，当父亲累了，吕贝卡也抬起斧头来欲向那些铁片表示自己的愤怒。但是，斧头的重量使他失去平衡，他一屁股坐在了地上。

也就是从那天开始，周先生和他的波罗乃茨成了家里的常客。他总在一遍一遍地向父亲讲述耿叔叔骨头飞出去的情形，用那种令吕贝卡可怖的表情。似乎讲了很多天，讲了很多月，讲了很多年。父亲却始终沉默不语，有时他说一句：我已经把那辆摩托车砸了。周先生会说：我知道，仍然用那种可怖的表情。也不知从哪天开始，周先生不再谈论这件事。也不知从哪天开始，周先生和母亲谈起了美术，谈起了印象派、野兽派和先锋这些字眼。尽管他们现在都画广告设计、装潢设计、装帧设计、装饰画与图书插图，但他们喜欢谈先锋，尽管只是谈谈而已——所谓聊胜于无。而在此之前的很多日子里，吕贝卡一直以为周先生是搞音乐的，现在他才知道，原来周先生是画家。

原来，也是画家。

你不想让爸爸不高兴，对吗？母亲期待着吕贝卡给出一个肯定的回答。

吕贝卡被这个不明所以的问题搅得头昏脑涨。显然，他不想让父亲不高兴。父亲给他取了一个很洋气的名字——吕贝卡，他很喜欢。因为学校里的孩子都羡慕他。尽管也有不怀好意的孩子诸如洪小样张小滨什么的喊他吕贝壳。他会掏出父亲的一盒卡带告诉他们——我叫吕贝卡，卡带的卡。你们懂音乐吗？他们说：不懂。你懂吗？他便会撇撇嘴，鄙视弱者一般趾高气扬地走开。吕贝卡想起父亲，他说，秋天才会回来。他开始企盼父亲的归来，他每天都在计算，还有多少天就到了秋天，还有多少天，父亲就回来了。

吕贝卡心烦意乱，便举起风筝，又跑起来。但他的风筝总飞两下，就掉下来。冷饮车的摊主问他：小孩儿，你怎么在六月里放风筝呢？

大家都不放了。

吕贝卡说：我妈妈让我放的。我放风筝，她才能画画。

摊主说：你真听话。并教他如何助跑、如何放线、如何拽线来维持平衡。他很快就学会了。吕贝卡的风筝飞了起来，他奔跑，在记谱纸一样的沙滩上,紧挨着清澈的海平面。当吕贝卡在黄海边奔跑时，除了瘦小，你并不会认出他和别的孩子有什么不同，但他有个洋气的名字，他叫吕贝卡，卡带的卡。

一个礼拜三，母亲一个上午都没有走出卧室。因为周先生有两个礼拜没有来了，母亲的情绪正在逐步恶化。她不时打开门对吕贝卡吼：把电视声音关小点！再重重地关上门。不久又打开门吼：不要在地上刺啦刺啦地走，你的脚步声烦死人了！外婆的老猫伸了一个懒腰，从房间里走出，在客厅里不声不响地转悠了一会儿，又折回外婆的脚边，躺了下来。母亲第七次冲吕贝卡吼的时候，外婆又说：己所不欲，勿施于人。母亲很生气地从房间里走出，她披头散发地站在外婆的门前，嚷道：他偷东西你知不知道？你知不知道！外婆什么话也没说。母亲嚷完了又重新回到房间，再次把门关得像耿叔叔的鼓声。

吕贝卡把拖鞋脱掉，像猫一样不声不响地在客厅里走动。电视机在播放着连续剧，却没有声音。外婆的收音机里，那个女人又在不开心地唱歌：天涯呀，海角，觅呀觅知音……这时候外婆忽然起身，到客厅里给自己倒了一杯水，接着，她若有所思地盯着吕贝卡。外婆的眼睛很浑浊，里面有些白色的东西，于是吕贝卡并不清楚外婆是否看得见自己。外婆突然说：我在国立女子学堂读书的时候……

说着她低下头，叹口气，端着杯子艰难地朝房间里走。她的房间昏暗，吕贝卡立在门口便能嗅到那陈旧的味道。那味道可能来自陈旧的床，陈旧的柜子，陈旧的桌椅板凳，陈旧的人，或是来自别的什么东西。尽管在同一座房子里，外婆的房间却是另外一个世界。那张镂花的红木老床收拾得很整洁，外婆却一直躺在铺在地面的凉席上，终日沉默不语，如同生活在另一个世纪。

外婆躺在那里，像她的老猫一样没有动作，可能睡去了，也可能醒着。她终日都是这个样子，所以她能活这么久？吕贝卡想，外婆不会有下半句的。于是，他在自己的房间里躺了一会儿，准备到父亲的房间里去。在经过外婆房间门口的时候，忽然听到外婆说：那一年，他死了。吕贝卡盯着那干瘪的躺在凉席上的身体，冷不丁哆嗦了一下。他有些恐惧，于是，径直走进父亲的房间，并把门关得严严实实。

这时，电话响了起来。从母亲接电话的语气里，吕贝卡得知那是周先生要来了。挂上电话，母亲在卧室与盥洗室之间飞快地穿行，她忽然变得活泼、激动，她换衣服、化妆，她收拾客厅、画室与卧室。她来回走动时，身上刺鼻的香水味像一条条响尾蛇，在房间里游来游去。浓烈的母爱也扑面而来，又是对吕贝卡嘘寒问暖，又是捧起吕贝卡的小黑脸亲来亲去。她似乎不再因为儿子是个小偷而心生厌恶了。所有人都在撒谎，吕贝卡想。吕贝卡认为，每当周先生要来，母亲之前的训练就是：举手投足一改往日的潦草，她会把随便乱丢的脏内衣一股脑塞进床板下。她还要把微笑与声调都调整到十八岁的样子，带点羞怯，又甜又嗲。吕贝卡忍受着母亲热乎乎的亲昵，想起沙滩上，一个游客对另一个游客说：你可真矫情！尽管没有翻词典去查这个词条的解释，但此刻他认为，“矫情”这两个字，可以用来形容眼前的这个女人。

当嘟嘟嘟的拖拉机声响起，吕贝卡站在父亲的房门口，冷冷盯着客厅大敞的房门。周先生和他的微笑进来了。周先生步态潇洒，周先生微笑优雅，周先生每个动作都得体含蓄，周先生的每句话都风趣幽默又不失内涵。中庸是一种美德。他们在用画板来歌颂美好生活的同时，也在嘲笑那些古板的老派艺术家和标新立异的新派画家。一种他们称作迂腐，一种他们称作幼稚。吕贝卡盯着这个人，同时松了口气——他得去放风筝了。于是他大喊一声：飞呀飞！拖起风筝，冲向门外。

扫码分享电子版

真／伪／第／十／一

在门外，吕贝卡看到了父亲肚子上的伤口。那真可怕。谁也不知道是在香港，还是在回来的路上弄破的。直至回到家门外，父亲才对自己粗糙包扎过的伤口表现出痛苦，但他拒绝去医院，拒绝让另外的人知道。

母亲从药店里买来消毒水、创伤药和干净的纱布。在揭开那条浸满汗水、血水混合物的脏兮兮的衬衣时，衬衣已经和血肉连接在一起。母亲咬咬牙说：我只能把它硬撕下来。躺在床上的父亲铁青着脸，一句话也不说，只是像马一样绷紧了身体。咀嚼肌呈现出清晰的轮廓，好像牙齿咬着一条牛筋。他闭上眼睛，便如死去一般。每次换药，父亲都是这个样子，对他平时酷爱的狂吼徒然失去了兴致。

爷爷依然什么话都没说，像他从来没有出现过一样回到了乡下。

吕贝卡说：爸爸，你疼吗？

父亲睁开眼，又闭上。尽管他并未流掉很多血，神情却比失血过多显得更为疲倦。平日的父亲多么喜欢吕贝卡，喜欢用他的胡子，用他的脏话，用他扬在半空中却总不落下的巴掌，用他轻轻的脚尖踢在吕贝卡瘦小的屁股上来逗他。尽管吕贝卡也很喜欢这种调戏，但多了，他会厌倦甚至躲起来不想看见父亲。可是此刻，他希望父亲对他笑一笑，就是坐起来骂两声，踹他两脚，只要看起来像以前生龙活虎的就好。哪怕多看他两眼也好哇。吕贝卡在父亲的床边把变形金刚在水泥地面敲得梆梆响，他黏在这里就是为了这个。但是父亲似乎忘记了吕贝卡的存在。

父亲再也没有给过儿子一张笑脸，于是，关于父亲的笑容，吕贝卡只能当作学过的功课来默默温习。那些开心畅怀的大笑，那些喜形于色的微笑，那些淡如云烟的苦笑，甚至有时像个坏人般恶狠狠的笑，像个恶作剧的孩子般奸诈的笑。那样的坦率，豪爽，勇敢，专横跋扈，无所畏惧的欢乐都曾在空气中肆意流动。然而，父亲再也没有笑过，他面色凝重，望着窗外。谁也不知道他紧锁的眉头里掖藏着什么。

谁来过？母亲每次走进父亲的房间，父亲就问这么一句。

没，谁也没来过。母亲总是这样淡淡地回答。

下午和上午一样，今天和昨天一样，明天和今天一样，没有人来看望父亲。那个被高楼遮挡住阳光的小院落似是落入了阒无人迹的山谷。几天后的一个上午，母亲不知去了哪里。父亲一个人慢悠悠地从床上爬起身，洗了洗脸，将缠在腰间的纱布藏在了衬衣里。他套上一件蓝色的夹克衫，像一个从未擦破过皮的人一样在客厅里走了两步，然后，他来到了院子外面。

沿着一望无际的海平面，红房子里的大学生和专业摇滚乐迷们，正在为“另外一位吉他手”举行隆重的葬礼。歌迷的队伍从滨海路排列到中央大街，他们举着各种款式的遗像缓步向前。他们悲痛欲绝，集体唱着“另外一位吉他手”生前写过的唯一的那首很长也不怎么好听的歌……

他们就这样不厌其烦地一遍遍重复："噢，如果想跳楼就到海边去……"并在无尽的哀思中无法停止泪流。

父亲终于追上了这条巨大的长龙，刚要开口说点什么，就被他们一把推倒在地。父亲努力爬起来，再度被推倒。父亲爬起又被推倒，推倒又爬起。和他一同遭受如此冷遇的，还有耿叔叔。父亲和耿叔叔艰难地挤到人群的最前端。父亲冲那个领头的歌迷喊道：你们到底在干吗？领头的歌迷依然只顾前行，他低着头，满面悲愤，沉默不语。他脑袋上系着一根白布条，父亲倒退着步子，方才看清白布条上的字：朋克精神永垂不朽！还是用红笔写的。父亲一把揪掉白布条，丢在地上狠命踩着，碾着，并大喊大叫：简直是胡闹！胡闹！胡闹！什么是朋克精神你们知道吗？

未等领头的歌迷有所表示，身后的那个歌迷便蹿出来一拳打在父亲的眼睛上，打完了左眼，还打了右眼。后面的歌迷挥舞着拳头，波浪般朝前涌动，并怒吼：打死他！打死他！只有领头的歌迷最为沉着冷静，他俯身捡起那条被踩脏的白布条，抖抖上面的泥沙，重新系到额上。接着，他不慌不忙地说：他根本就不配被我们打死。我们鄙视伪朋克！鄙视到根本就不愿用手去碰他！说完朝父亲脚上啐了一口唾沫。浩浩荡荡的送葬队伍继续前行，他们仍然唱着那首很长却不怎么好听的歌，每个人经过父亲和耿叔叔面前，都不忘朝这二人脚上啐一口唾沫。

父亲曾对母亲说：你有没有觉得不对劲儿？

母亲说：一切都很对劲儿。

父亲说：可为什么我总觉得不对劲儿？好像，好像有些东西变了。

母亲说：分子时刻在运动，一切都在变。去年买的新桌子，今年变旧了，不是吗？

父亲意味深长地哦了一声。

随着母亲的这句话，一些明显的变化在父亲的生活中纷至沓来。先是奶奶死了。这个住在乡下每天都在修补渔网的老女人，一天，她在补渔网时扎破了手，就对着爷爷絮叨了一整天，说这下她恐怕是要死了。晚上，她躺在床上仍旧絮叨不止，说：这下我恐怕是要死了。爷爷未曾理会。第二天早上醒来，爷爷发现身边躺着一具尸体。

接着，是醉熏熏的耿叔叔骑摩托车在树林飞奔，撞飞了一根骨头。那段时间，只有耿叔叔到吕贝卡家来。每个晚上耿叔叔都在喝酒，每个晚上喝醉的耿叔叔都在骂：早看出来这小子不正常。真有病！死吧，死吧，死他妈 × ！活着默默无闻，死倒成了的英雄，这是什么世道？父亲听着，胡子越来越长。他忽然对耿叔叔说：你觉得我们是真朋克吗？耿叔叔说：什么朋克不朋克，好好活着有鼓打有人喜欢有钱赚多好。朋克是不是就是有病的东西？真有病！他骂着骂着，摇头晃脑地跨上父亲的摩托车，说出去兜兜风。再次见到他，就是在医院的病房里了。耿叔叔出事后，父亲当着吕贝卡的面，砸了那辆摩托车。后来，收废品的来了好几趟，按照废铁的价格回收了。

在这些意外的悲伤之后，父亲感到越来越不对劲儿，似乎总有人躲在角落里窥视他，观察他，用一种古怪的表情。紧接着，他发现，当他一如既往情绪激昂地谈起摇滚乐，谈起朋克的时候，这些酒桌上的朋友却一改往日的态度。他们不再说吕勇的愤怒是点燃中国朋克的火种，不再说那些小毛孩儿都是垃圾，只有吕勇是真朋克。更多时候他们含糊其词，他们转移话题或干脆大呼小叫：“来来来，喝酒喝酒，谈感情不谈工作。”的确有一些不易察觉的变化，躲藏在那些似笑非笑的表情里。这种搪塞令父亲憋闷，有些喘不过气来，他吞吞吐吐地说：你们，你们是不是也觉得我不够朋克了？或者你们本来就认为我是伪朋克？他们又开始含糊其词地劝酒，说着：什么真伪有那么重要吗？当父亲无法忍受的时候，就掀翻桌子，他们也不过悻悻一笑，仍然保持着足够深邃的沉默。在另外一个夜晚，父亲抓起一只酒杯砸在自己脑袋上，他眨了眨淌到眼角的血说：它对我就那么重要，你们就老实回答我一句，有那么难吗？父亲极端的行为不但没有得到答复，且从此之后，再也没人和他一起喝酒了。

唱片公司没有通告，演出公司也无甚安排。天天闲赋在家的父亲写了几首新歌，唱片公司的人听了之后连连摇头。唱片公司的人说：吕勇，你现在让我们很难做你知道吗？你现在写的歌像诗，不像摇滚乐而且一点都不朋克，这样的东西没有人会买。而且，自打“另外一位吉他手”死后，你现在几乎没有什么支持者了，这点希望你能明白。

父亲说：我以前懵懵懂懂，自以为是，什么都没考虑清楚就信口开河。他们毫无理由地相信，毫无理由地崇拜。现如今，我一切都考虑得清清楚楚，并每一天都在修正自己，为什么就没人要听了呢？

唱片公司的人说：吕勇，聪明人别说傻话。马克思他老人家还一度怀疑过共产主义，你说他怎么不去修正呢？

父亲说：我认为，对我们而言，做任何事，都要找见正确的方法。

唱片公司的人说：那什么是正确的，什么又是错误的呢？

父亲说：就像摇滚，就像朋克。你说这样的歌不像摇滚，更不朋克，那你说什么是摇滚乐呢？

唱片公司的人说：摇滚乐嘛，扯淡的摇滚乐，有人说它是一种精神，有人说它是一种人生态度……嗐！反正，你说它是什么它就是什么。

父亲说：既然说它是什么就是什么，那为什么我不能用它来提出一些问题，解决一些问题呢？

唱片公司的人说：你疯了吧？提出问题？那是作家的事。解决问题？那是哲学家的事，即便如此，还得看政治家是不是愿意推广实施。你也这么大的人了，别再像个孩子似的天真无邪。记好咯，现在没有音乐，只有娱乐。我们都是玩具呀！亲爱的，我们的首要功能就是供大伙儿发泄。他们听着你的歌，跟你一起吼，一起跳，发泄舒坦了，他们回家好好工作，你好好挣钱，正所谓你好，他也好，大家好才是真的好嘛。你别整不痛快的事儿。记好咯，歌迷们要什么，我们就制造什么。歌迷是什么？财神爷，我们是商人，他们是顾客，歌迷就是我们的上帝呀！亲爱的，你怎么能去得罪上帝你想想？记好咯，一切为了歌迷，为了歌迷一切，为了一切歌迷！赶紧地，把这些没用的歌扔掉。他们现在要什么，你就做什么。

说完，唱片公司的人拍拍父亲的肩，走到门口。

父亲呆呆地盯着墙角说：现在，他们要我死。

紧接着，新一期《中国摇滚》的头版头条刊登了另外一位乐评人（女）的文章，文章题目是《真朋克与伪朋克》，文中点名抨击父亲利用他愤怒的外衣欺骗了全中国的摇滚乐迷，且长达一年零三个月外加八天之久，掐指算一算，刚好是另外一位乐评人（女），从发表第一篇吹捧父亲的文章至她说出“相信我很快便会忘记你”那句话的日子。接下来，便是大肆肯定并赞美“另外一位吉他手”的自杀行为。文章指出，若不是“另外一位吉他手”在一个最恰当的时机解决了自己，不知我们还要被这个虚伪的摇滚骗子蒙蔽到什么时候。文章作者还表示，吕勇归根结底是个伪朋克，无论是曾经，现在，和将来；无论是一瞬间，很多年，和永远。文章的最后，另外一位乐评人（女）用一连串省略号，对“另外一位吉他手”的死寄托了最深沉的哀思。

从唱片公司那里，父亲听到一些传闻，在这些传闻里他已获知另外一位乐评人就是老牛的女儿。在她还在读小学的时候，就已经在报纸上发表文章，称自己父亲是个废物。从读初中开始，她总在不停地爱上新一代的摇滚乐手，用她的乐评来表达爱，用她的神秘，她的抑郁，来获取爱。尽管父亲嘴上说他并不在乎这种荒唐的抨击，尽管父亲嘴上说一个小女孩儿因为失恋而进行的打击报复是完全可以理解，可以接受，可以原谅的，但他还是不断地在买新一期的《中国摇滚》，不断地在读署名为另外一位乐评人（女），题目叫作《真朋克与伪朋克》，续《真朋克与伪朋克》，再续《真朋克与伪朋克》再再续的文章。他总是把那几页折起来，把每篇后续评论读了又读，还用红笔画着波浪线，似乎希望从中能发现霍克船长的藏宝图一样。尽管每次读过之后都怒不可遏地将其撕得粉碎，丢到垃圾桶里，发誓再也不要看到这个小女孩儿的文字，但他总会鬼使神差地再去买。

“真朋克体现在行动上；伪朋克体现在口号上。”在《真朋克与伪朋克》写到再再再再续的时候，文章中插播了一个人物专访，主人公是因为酒醉驾驶摩托车而摔得七零八落的耿叔叔。文章中提到歌迷们都到医院里探望耿叔叔，他艰难地对造访者一遍遍重复着说：我很对不大家，我把自己消灭得还不够彻底。麻烦你们顺便把我抬出去，丢到海里喂鱼吧。众歌迷皆啧啧称赞，并囿于缺乏这样的勇气而惭愧不已。后来，耿叔叔和歌迷们一起合唱了“另外一位吉他手”那首很长也不太好听的歌。最后，当歌迷们依依不舍地向他道别时，他还挥舞起手臂高声喊道：要消灭掉世上的垃圾，就先消灭掉自己！看完这个消息，父亲飞奔到耿叔叔家里，几乎是虚弱地摇晃着那副七零八落的骨架：你不是意外吗？在医院里你醒来的第一句话不是在骂我不该把摩托车借给你吗？耿叔叔脸红脖子粗地说：放你的狗屁！我骂你是因为你没有一辆更快的车！

父亲都快要哭起来了，他不得不承认，世界在转眼间发生了翻天覆地的变化，让而立之年的他徒然感到困惑，感到不解，感到迷惘。

父亲多了一个习惯，他逢人就问：你觉得我是真朋克还是伪朋克？你一定要老实回答我。你是不是觉得我只会喊口号，没有行动？你觉得如果要行动的话应该怎么行动？父亲不厌其烦地把这个问题摆在客厅摆在门口，问母亲、问客人、问邻居、问经过的每一个陌生人，包括一条相貌猥琐的花斑狗，竟没有一个人，没有一条狗愿意回答他。良久，父亲仰天长叹了一声，他两只手，鹰爪一样抓进自己的头发里，像要撕下那层皮。两颗泪珠，吕贝卡还是第一次看到，两颗豆大的泪珠从父亲紧闭的眼皮里溢出来，在脸颊上流淌，像第一颗雨滴顺着玻璃窗滚落下来。

那是一个秋日午后，破旧的窗外落光叶子的柿子树上挂着几颗熟透的柿子。吕贝卡想，风再一吹，它们就要掉下来了。老唱片机播放着咿咿呀呀的工业时代。父亲示意吕贝卡把那把电吉他拿来。吕贝卡登上椅子，扶着CD架才够得着挂在墙壁上的吉他，摘下来，24品的电吉他几乎比吕贝卡高一头。吉他放在父亲胸前，吕贝卡歪在桌沿上，不知道父亲要干什么。

我教你使用吉他，父亲这样对吕贝卡说，除了这个，我们和其他人就没什么分别了。父亲说这话的时候，用“使用”而非“弹奏”，使吕贝卡以为父亲说的不是一件乐器，而是一把枪。

吕贝卡相信父亲的话，犹如相信父亲这个人。可父亲从来不让吕贝卡碰他的吉他。因为吉他比我高一个头，我还小，还不到时候。吕贝卡总是用这种想法来安慰自己。因此，尽管从来没有得到满足，但他执着地相信总有那么一天。

父亲说：摸摸这里。

吕贝卡欣喜若狂地摸了摸琴弦，摸了摸镶满银色贝壳的琴颈。他还想摸摸那暗红色的琴体，金黄色的金属弦桥，神秘的档位，灵巧的音量旋钮，以及闪烁着冰冷光辉的摇把：摇一摇，电吉他竟然能发出摩托车发动的声音，还能模拟马的嘶鸣，在很黑的夜里父亲还恶作剧地用它摇出鬼叫声，来吓母亲。更多的时候，父亲的摇把能摇出一颗颗手榴弹，从音箱里发出爆炸的轰响。可惜，我还小。吕贝卡想。

吕贝卡说：爸爸，让我来。

父亲吐着浓重的烟雾，呛得吕贝卡直咳嗽。父亲说：要这样挎起来，就像你把书包背到胸前来。琴颈朝上稍微倾斜，左手按好和弦，右手做好拨弦的准备，让摇把轻轻插在虎口里，这样你随时可以使用它。你当然可以像鬼子进村一样抱着它。注意：肩头、手臂、手指、眼睛。

吕贝卡说：还有什么，爸爸？

父亲说：设法感染他们，不要羞怯。

这很简单。吕贝卡撇了撇嘴。接着他模仿父亲在舞台上的奔跑，在屋子里“咚咚咚”地绕起了圈儿。

父亲说：面对他们失控的情绪，手指不要哆嗦，眼睛不要眨，直视着他们，这需要胆量。

吕贝卡的眼睛里闪出贪婪的光芒。他盯着父亲用擦琴布擦去琴弦上的汗渍，又抚摸那像被无数个细碎的爪子挠过的琴体，那是无数次扫弦被指甲刮伤的漆面。吕贝卡凑近吉他，就嗅到一股生涩的金属味。

父亲面色沉重地抽完了一包烟。他的目光始终停留在吉他上久久不挪动。最后，他命令吕贝卡把吉他挂回原来的位置。当吕贝卡站在椅子上踮起脚尖朝墙上挂的时候，父亲突然嗡嗡地迸出一句话，他说：应该死。

你说什么，爸爸？

父亲转过脸来盯着儿子，眼睛里闪过一丝痛苦的神情。这神情一来，便使父亲的委屈、激愤、茫然、自我抗争，统统纠集在一起。吕贝卡现在想来，一如他在校长室里面对数学老师和张小滨、洪小洋的证词一般痛苦。父亲说：吕贝卡，你觉得我是那种人吗？我是，我是伪朋克吗？

爸爸，什么是朋克？

父亲无奈地注视着吕贝卡，由于无从解释而显得更加痛苦。半晌，父亲摇了摇头。吕贝卡不知道什么是朋克，他还小，他不会知道。尽管吕贝卡由于不懂什么是朋克看起来羞愧至极，但父亲依然痛苦地摇了摇头。

过了一会儿，父亲又缓缓地伸出手来，和吕贝卡热乎乎的小手握在一起。吕贝卡感到手像伸进了冰箱里，父亲冰凉的手掌在颤抖。

父亲说：现在还有谁相信我？

吕贝卡说：我相信你，爸爸。

但父亲完全没有在意吕贝卡在说什么，他激动不已，自说自话：我没有死。说着他嚷起来：可是他们怎么去想？他们认为朋克就要去死！搞朋克的应该统统死掉，他们才可以心安理得地崇拜！竟然都在被形式所迷惑，好像真的没有人在乎内容了，是不是吕贝卡？

吕贝卡此刻忽然明白自己该说点什么了。他扯着父亲的衣角说：爸爸你是真的，爸爸你是真的。但父亲的脖颈上绽出了暴跳的青筋，父亲在昏暗的房间里撕心裂肺地号叫起来。

吕贝卡模糊地感到，父亲被一种庞大的东西压得透不过气来。对此，他毫无办法。对父亲的痛苦他感同身受，便在无形中，把许多不该属于他小小年纪的痛苦强加给自己的心灵。他不知道，他正在参与一件他还无力参与的事。此刻，他开始憎恨。这初次憎恨，还对象不明。吕贝卡，一个孩子，茅庐未出，不谙事理，但憎恨就此开始。他狠狠咬住嘴唇，良久，他把一口淡红的唾沫，啐到了水泥地上。

父亲腰上的纱布取下来后，根本不像伤势痊愈的人，更像又重重挨了一刀的人，他更依赖于一个昏暗的房间。窗外的柿子树上小红灯笼一样的柿子已经所剩无几，除了风雨，还有调皮的孩子爬上去用竹竿够下来。有时候他们在窗外玩累了就对着窗户撒尿，蹲在窗下拉屎，臊臭气透进房间里，父亲也不理不睬。后来，他唯一起身的动作便是关上门和窗，他似乎不想看见窗外的孩子，也不想看见小客厅里忙进忙出的母亲。那段时间母亲的客人很多，大多是某某广告公司的经理，某某画廊的老板，某某……母亲闲下来时，会推开门端详一阵父亲，死尸一样的父亲，她的目光透着焦虑。后来，母亲终于说：吕勇，你应该出去走走了。或者，坐到客厅来，陪陪朋友。

父亲稍稍把脸转过来一点，有气无力地说：我有什么朋友？

沉闷的气氛如暴雨将至，暗黑的乌云在吕贝卡的心里愈积愈厚。在莫名的不安中，他总感到有什么不好的事情就要发生。母亲再也没说过什么。狭小的客厅里，除了那些母亲工作上的伙伴，的确没有父亲的朋友，甚至家里从来就没来过朋友。以前耿叔叔来，现在他来不了，看来也不是什么朋友了。那些曾经偶尔来找父亲学琴的年轻人，也好像忽然之间全都一猛子扎进了大海里，一转眼消失得无影无踪，再也没有出现过。母亲对吕贝卡说：守着你爸爸，你要多对着他说话，说些好听的，他烦你，你也要说，不停地说。

吕贝卡似乎领会了母亲的意思。他感到自己已不再是个儿童，心里尽管说不出来，却似乎看得清清楚楚——某种威胁着父亲的庞然大物，正在父亲身边的空气里游荡，像一张渔网一样紧紧把父亲包裹起来，并越收越紧，这是一种死尸一样沉重的负担压在父亲心头。他感到自己太小了，握紧的拳头没有力量。但即使他的拳头像父亲一样有力，他也不知道该怎么办才好。但他认为父亲需要帮助，就像母亲说的一样。于是，他趴在父亲床头说今天看的电视节目，说收音机里小喇叭开始广播了，说自然课上老师讲的昆虫，背诵乘法口诀和语文教科书上的课文。他背诵完了黄继光，又背董存瑞，背完了董存瑞又背邱少云，背完了邱少云又背童第周……

父亲似乎是忍受着听完了这些。当吕贝卡正准备背诵《一件珍贵的衬衫》时，父亲摇了摇头，吕贝卡就闭了嘴。过了一会儿，父亲从枕头下抽出一本书来，对吕贝卡说：给爸爸读几首诗吧。这本在首都的地铁里，那位卖诗的朋友赠送的叫作《风琴》的诗集，原本在 CD 架上落满灰尘。吕贝卡愣了愣，义无反顾地翻开了那紫色果园的封面。

弹蓝色吉他的人

一

那人抱着吉他，调弦的时候，
那是青郁的一天。

他们说："你有一把蓝色吉他，
你却弹不出真实的事物。"

那人说："所有的事物，在蓝色吉他上，
多少都发生了一些变化。"

他们说："但你既然弹奏它，就必须，
弹出超越我们的旋律，又恰好是我们自己，

蓝色吉他上的旋律。
事物必须是其真实，又本原的面目。"

二

我无法弹出完整的世界，
尽管我用尽了力量。

我歌唱英雄的头颅，怒睁的圆目，
浓密的须髯，古铜色的脸。但并不是

一个人，虽然我尽力在拼凑
一个完整的人，并且几乎就做到了这点。

如果小夜曲
和人一样重要，那么

完全可以说是小夜曲
在弹奏蓝色的吉他。

三

但要弹奏一个人首先就要，
用匕首搅他的心脏，

把他的脑花涂在广告牌上，
还要挑出恶毒的颜色，

把他的思想钉在门板上，
看它们还如何在雨雪中翱翔，

那是在摧毁他的生活啊，
打击他，击打他，让它变得真实，

嘣嘣地拨出冰凉的蓝色音符，
从绷得快断了的金属琴弦上……

四

那么这就是生活，那么：事物的真实性？
在蓝色吉他上，它选择了它喜欢的形式。

有一百人被绑在一根琴弦上？
他们所有人对这件事的态度，

他们所有的态度，对与错，
他们所有的态度，强与弱？

那是疯狂的情感，狡诈的呼喊，
像秋天空气中苍蝇残喘的嗡鸣，

所以这就是生活，那么：事物的本来面目
就是这令人生厌的、蓝色吉他的嗡鸣。

五

不要给我们讲诗歌有多伟大，
讲火炬在地下是怎么晃动的，

讲墓穴拱顶上的光点结构。
我们的阳光下没有阴影，

白天是希望，夜晚是睡眠。
我们的任何地方都没有阴影。

这地球，对我们来说，是可耻的裸露。
太阳所照之处没有任何阴影。而诗歌

超越音乐之所及，必须取代
空荡荡的天堂里的颂歌，

我们自己必须在诗歌中安坐，
即使在你吉他的震颤声中。

六

旋律超越了我们，在蓝色吉他上，
却什么也没有改变；

沉沦在音乐中的我们仿若置身于
太虚之境，却什么也没有改变，除了

事物中那些原初又本真的事物，
当你在蓝色吉他上，弹奏它们，

置身于一种，超越了可被指引的变化
感知到一种，终极的氛围；

一时感觉到终极，仿佛指向了，
艺术思维的终极。

当神学思维不过是烟熏火燎的露珠，
音乐即是太虚。蓝色的吉他

成为事物本真的空谷，幻变出
意义交缠的赋格曲。

七

太阳分享我们的作品。
月亮什么也没分享，那是海洋。

我什么时候才能对太阳说，
那是海洋，它什么都不分享；

太阳不再分享我们的作品，
地球上贴满了爬虫般的人，

像永远不会变暖的机械甲壳虫。
那么我是否要站在阳光下，

就像现在我站在月光下，
连连称善，那大悲大慈的完善，

远离我们，从本真的事物中分离？
不再成为太阳的一部分，远远地

站在那里称念它的恩慈？
蓝色吉他上，一根根琴弦那么冰凉。

八

彤云密布的天空，
电光闪过，雷声滚滚，

清晨已被夜雨洗净，
汹涌的云层一片空明，

在冰冷的和弦中感到沉重，
奋力拨奏出激昂的和声，

在云中哭泣，愤怒于
空气中金色的对手——

我知道我那怠惰、迟钝的弦声
就像风雨降临的缘由；并且

的确是它引来了暴风雨。
我猛拨琴弦，戛然而止。

九

那颜色，那忧愁的蓝色
在空气中流动，在吉他上前行

是一种言而难尽的形式，
而我也不过是游弋在琴弦上的

一个弓着背的影子，
待造之物的创造者；

那颜色像某种心境中
产生的思绪，悲剧男主的长袍。

他的一半姿势，一半言语，
意味深长的罗衣

缓缓说出悲伤的词句，
舞台的气氛，他自己。

十

抬起血红的圆柱。鸣起丧钟
拍着罐头壳般锡制的空洞。

满街飞扬的旧报纸，
逝者的遗愿上，盖着庄严的印章。

还有那美丽的墓碑——且看
没有人相信的人在缓缓走来，

所有人都相信所有人相信的，
异教徒坐在漆色明亮的汽车里。

在蓝色吉他上奏出鼓声。
尖塔倾斜。哭喊着：

“我在这里，我的对手，
面对着你，吹出丝滑的号音，

然而，带着小小的凄楚，
心里，一个小小的凄楚，

永远是你终曲的前奏，
让男人和岩石顿时倾倒的一触。”

十一

慢慢地，石头上的常春藤
变成石头。女人们变成

一座座城，孩子们化作片片田野，

惊涛里翻滚的男人们，融为大海。

这是和弦的魔术。
大海把男人卷回，

田野捕捉到儿童，砖头
化作丛生的杂草。所有的萤火虫被捕获，

翅膀脱落，虫身枯萎，但还活着。
那是渐强的不和谐音程。

丹田里时光的黑暗深处，
时光在岩石上生长。

十二

咚、咚，就是我。那蓝色吉他
与我为一。管弦乐

高如大厅，充满大厅，
人群走动，人声嘈杂，

旋转，减弱，为他的夜晚而
苏醒着的呼吸声，一切都已说尽。

我了解那谨慎的呼吸声。
我从何处始，又在哪里终？

拨动琴弦时，我在哪里拾起
那宣称不是我

却又必须是我的东西？无论如何，
它不可能是别的什么。

十三

那不经意闯入蓝色的苍白
是衰败的苍白……

淡蓝的蓓蕾，漆黑的花朵。心甘情愿地——
蔓延，扩散——沉醉于

无瑕的痴人梦，
蓝色世界中央的信使，

光滑的蓝色，一百个下巴，
言情小说家的形容词无耻地燃烧着……

十四

光，一束，又一束，而后
有千束光从天而降。

每一束都既是星，又是体；
而白昼是大气的丰饶。

大海秀出浪花的斑斓。
海滩是迷雾的彼岸。

有人说德国的枝形吊灯——
一支蜡烛就足以照亮世界。

万象空明。即便在正午
它也在必不可少的黑暗中闪烁着。

夜里，它照亮美酒和甜果，
书籍和面包，照亮一切本真之物，

在光明与黑暗之间，
有人坐下来，弹奏那蓝色的吉他。

十五

毕加索的这幅《毁灭的世界》
是不是我们自己的写照？

就是现如今我们社会的缩影？
我这么坐着，是不是像个畸形的鸡巴蛋？

想抓住“再见”，想收获月亮，
却又根本看不到收获和月亮？

本真的事物早已被毁尽。
那我有没有呢？我是不是一个死人

坐在残杯冷炙的桌旁？我的思想
是否只是一种记忆，而我人已死？

地板上的那个斑点，似酒或血的污红
也可能是别的什么，那它是不是我的？

十六

地球不是地球，只是一块石头，
不是人们倒下时托住他们的母亲，

而是石头，就像一块石头，不：不是
母亲，而是一个压迫者，像

不愿给死人去死的压迫者，
不愿给活人活着的压迫者。

在战争中生存，活在战争里，
劈开忧郁的萨泰里琴

翻修耶路撒冷的下水道，
电气化神像头顶的光环——

把蜂蜜和爱人放在祭坛上，而后死去，
你们这些内心凄楚的恋人。

十七

那人有个模子。不过
不是怪兽。天使般的人们

谈起灵魂，心灵。那是
一种怪兽。蓝色吉他上——

怪兽用它的利爪与毒牙，

诉说着枯燥的日子。

蓝色吉他是个模子吗？还是个贝壳？
毕竟，北风吹响了号角，

它的胜利
是在一根稻草上作曲的虫子。

十八

面对具体事物时
我信我的梦（姑且这么叫），

一个不再是梦的梦，
梦到一切事物之本真的梦。

无数个演奏结束的夜晚，
蓝色吉他触到的不是手，是浮游（feel）

那些触及到风之光的浮游。
或是当日光来临，

像倒映悬崖的海水中的光，
自往昔的海洋里升起。

十九

如果能把怪兽还原给
我自己，那么或许我自己

在怪兽面前，也不仅仅是
它的一部分，也不仅仅是

弹奏着古怪琵琶的人，
不再孤独，怪兽和我，

道生之一，一生之二，又合而为一，
怪兽弹奏，我自己弹奏，

或者最好不是我自己，
而是在借着它的聪颖，

扮演琵琶里的雄狮，在被锁进怪石里的
老狮子面前。

二十

生命里还能有什么？除了个人的臆想，

小妙曲儿，我的好朋友，生命里到底有什么？

难道我坚信的只是思想？
好妙曲儿，我唯一的朋友，请相信，

坚信将是怀着满爱的弟兄，
坚信是个好良伴，

比我唯一的朋友，大妙曲儿，
还更友好呢。我那可怜的、苍白的吉他……

二十一

一种用于取代神的东西：这个自我，
不是那种高处不胜寒的金色自我，

只身，一人扩大他的身影，
那身影的主人向下望了望，

这样看来还是有点太高了，
这来自朱古拉的身影，

是苍茫的天穹，孤零零在上，
普天之下莫非王土的君主，

大地上芸芸众生的君主。
自我和茕然孑立的群山。

没有影子也没有光芒，也没有
血肉、骨骸，尘沙与石头。

二十二

诗是这首诗的主题，
这首诗从这里开始，

并且从这里结束。在这两者之间，
始与终之间，其实

有那么一种不真实，
非本真的事物。所以我们说，

这些是可以独而论之的吗？这是不是
因为诗歌的不真实，才让我们看到了

事物真实的表象，太阳的绿，
云朵的红，大地的感受，天空的意志？

从这些获得里，也许它赠予了我们，

万象之灵的交流。

二十三

一点点终极答案，像
殡仪馆里的二重奏：一个声部从云上传来，

另一个则匍匐在大地上。一个天籁之音，
和一个散发着酒精味儿的乐音。

来自太虚的天籁飘摇委婉，使殡仪员的
带酒精味儿歌声像鼓起的包，扑倒在雪地里

呼唤着烟云，云上的声音
是终极的清澈，安宁，接着，呼吸的声音

也是那么终极的安详，沉静。
想象中的与真实存在的，

思想着的与身边的真相，诗歌与真理，
所有的困惑得到揭示，就像在副歌中，

那人年复一年弹奏着吉他，
弹奏着自然而本真的万物。

二十四

一首，像在深埋泥土的祷告书中
找到的诗，来自年轻人的祷告书

学者们最渴望得到的那本书，
那本非常之书，哪怕就一页，

或者，最微不足道的一个短语，
生命之鹰，那个拉丁文短语：

为了深知，而细细地翻阅那祷告书。
为了目光与鹰相遇，去惊恐于

没有眼睛的鹰，却充满了喜悦。
我弹琴。但我就是这么想的。

二十五

他把世界放在他的鼻尖上
用杂技演员般的抛甩动作。

他的长袍与标志，抖一抖——
就让那玩意儿（鼻尖上的世界）转起来了。

阴沉的冷杉树，液体的猫
悄无声息地，在草丛中跑动。

他们不知道草丛已覆盖四周。
猫生了猫，青草变成了灰色，

世界派生出世界：草变青，
草变灰，春风吹又生。

而鼻子是永恒的。
过去的事物，如今的事物，

将来它们会变成的样子，很快很快……
粗壮的手指拨动着琴弦。

二十六

尘世在他的想象中被浸洗，
尘世是岸，不论声音，形状

还是亮度，数次告别的遗物，
滚动的石头，离歌的回响，

他的想象总复归于这些，

而后又像音符飞入太空，

尘沙倾云，与字母搏斗的
是巨大的怪兽：

麇集的思想，麇集的梦，
在那遥不可及的乌托邦。

神山般的音乐似乎也总是
在不断飘临，又不断消逝。

二十七

那是大海洗白了屋顶。
海洋在凛冬的空气中漂流。

这是北风创造的大海。
海洋就在纷落的雪中。

这种愁绪是大海的阴暗面。
地理学家和哲学家，

请注意。如果不是因为那盐水杯，
不是因为屋檐上的冰柱——

大海不过是嘲弄的形式。
冰山是嘲讽的设置。

不能成为他自己的魔鬼，
它四处表演，改换故事的背景。

二十八

我生于这个尘世
像世人一样思想，

并非生于某个意志，
在其中摸索着思想，

尘世之人，生于这个世尘
像所有世人在尘世中思想。

那不可能是一个无形的意志，
像波浪里水草的流动，

或者像钉在墙上的照片，
被秋风吹落枯叶般飘摇。

在这里，我汲取更深邃的力量，
我存在，我说话，我迁徙，

所有事物都像我想象的那样，
并声明着存在，在蓝色吉他之上。

二十九

大教堂里，我独自坐着，
读一份薄薄的评论，并念叨着：

“那些真正美食都在地窖里，
抵制节日，并与往事作斗争，

外面，在教堂另一边的事物
与婚礼上的欢歌保持了平衡。

所以静静坐着是为了平衡事物，
直到把它们固定在均衡的点上。

可以说这像是寻找替代品，
也可以说它是另一个面具，

要知道，这个过程不会那么平静，

无论怎么想象，面具总那么陌生。”

错误的形态，虚假的声音，
钟声是公牛的怒吼。

圣方济各会的修士们，并不会
比狎昵在草堆中的自己更真实。

三十

从这里我引申出一个人。
这是他的本质：苍老的傀儡

把他的披肩挂在风上，
就像舞台上吹出的什么东西，

他的神气被学习了数个世纪。
最后，他翻着白眼儿，

像雄鸡一样趾高气扬地走上
支撑电缆的横木，

走过奥克西迪亚，平庸的郊区，
好像分期付清了所有的欠款。

一台台机器上，
响起沾着露湿的鸣哨，

奥克西迪亚是蓝色的种子
从白色琥珀杯中坠落，

奥克西迪亚是烟火，
奥克西迪亚是奥林匹亚。

三十一

野鸡究竟睡得多晚，多迟……
老板和员工争论着，

对抗，构成了古怪的事件。
冒泡的太阳是快煎熟的蛋，

春天满怀热情，公鸡尖叫。
老板和员工听到后，

继续他们的激情。尖叫声
则折磨着灌木丛。这里没有安宁，

这里，驻足心灵的云雀，

在天空中的博物馆里。公鸡

抓挠着睡眠。早晨不是阳光，
它是神经质的姿态，

就好像倦怠的演奏者，
抓住了蓝色吉他的微妙神韵。

要么就是这狂想曲，代表事物本真的
狂想曲，要么就什么也不是。

三十二

抛开光引，抛开事物之名，说
你在黑暗中看到了什么

你说此是此，彼是彼，
但请不要再用烂掉的名字。

你该如何在这空间里漫步，并真明白
这看来奇怪的空间里其实什么都没有

这看似诙谐的生息中空无一物？
扔掉火把。没有什么必须站在

你和你所持的肉身之间，
当形体的外壳已被摧毁。

还在找本真的你吗？你就是你自己啊。
哦是蓝色的吉他，让你感到意外了吗？

三十三

帮助我们的，是这一代人的梦，
在泥淖中，在星期一污浊的灯光里，

就是它，他们所知的唯一梦
终极的时代，而不是

即将到来的时代，两个争论不休的梦，
这是未来的面包，

藏着珍贵的石头。那面包
必将是我们的面包，石头必将是

无数难眠之夜我们翻滚的床，
白天我们会忘记，除了那些

我们决定弹奏的时刻，弹奏想象的松枝，

和松枝上，兀然不动的樫鸟。

二十页的诗句里，总共有九个吕贝卡不认识的生字。但他并没有打扰父亲的倾听，他认真仔细地按照偏旁部首在一本打着卷儿的《新华字典》上查找。并把因为生字而休止的段落重新念一遍。墙上积满油烟的钟表嘀嗒地行进，从下午念到黄昏。开始的时候，吕贝卡每读一小节，父亲还会嗯一声陈述他的聆听。但后来，连嗯也没有了，在沙沙的夜雨里，甚至听不到父亲的呼吸。于是，吕贝卡悄悄把那本书合上，再打开，翻到第一页，小声念道："每当雄鹿们吵闹着，越过俄克拉荷马，挡在路上的火猫毛发直竖；它们所到之处，它们吵闹而过，直到它们在轻快的、圆形的路线中急转，向右——因为，那只火猫；或者，直到它们在轻快的、圆形的路线中急转，向左——因为，那只火猫。鹿群吵闹着，火猫起身跳跃，向左，向右，并挡在路上，毛发直竖……后来，火猫闭上它明亮的眼睛，睡着了。"

吕贝卡合上书本，不声不响地离开父亲的房间。他愉快地感觉到，父亲就像那只火猫，闭上他明亮的眼睛，睡着了。

欢／乐／第／十／二

这是一个雨后的傍晚，外婆的那只老猫闭上它明亮的眼睛睡着了。外婆却起身，一反常态地来到房子外面，她的烟盒空了，她要出去买一包大前门。以往都是由母亲执行这项任务，此刻却不知母亲身处何处。吕贝卡小心踩着外婆的脚印在马路上走，左转，右转，拐进那个卖杂货的小巷子。吕贝卡对母亲的嘱咐牢记于心，母亲说不能让外婆独自外出，她可能会找不到回家的路。

但照目前的状况来看，母亲的话俨然是杞人忧天。看来外婆一点都不糊涂，尽管步态蹒跚，可是目标明确：她要亲自到那个叫旺财的杂货店买一包大前门。吕贝卡终于放下心来，准备回家看《圣斗士星矢》。正要回转身的当儿，外婆却忽然在旺财杂货店门口停下脚步，说：糟了，小江，我们走错路了。

吕贝卡说：姥姥，我是吕贝卡，我没有见过小江舅舅。

外婆说：我知道，小江。说完她一屁股坐在地上哭了起来。干瘦的身体像一棵在台风中瑟瑟发抖的小树。她边哭边说：小江，你爸爸走错了，都怨我，我让你也走错了，小江，都怨我。我老看见你爸爸，他受了七处刀伤，他朝我微微一笑，什么都完了。你怎么也在冲我笑？

唉，别笑了，说什么都晚了，什么都完了。一个走错，还要再错一个。小江，多么愚蠢，你们死就死吧，却非得被人蛊惑而死。你们都是读过书的人，什么时候才能不被人骗？小江啊小江，都怨我……

吕贝卡受到外婆的感染，忽然也难过起来。他想起了数学老师、语文老师，他想起了郭晓敏、洪小洋和张小滨，他想起了校长、母亲和周先生。这一切合在一起构成了一个完美的骗局。于是，他蹲下身子对外婆说：姥姥，我们回家吧。

外婆并不理会，仍是哭，哭得鼻涕都流了出来。她本是一个整洁的老女人，吕贝卡从未见过她这样。于是，他呆呆地蹲在那里，不知如何是好。尽管巷子空空，但电线杆子上白瓷灯罩的街灯亮起时，依然引得一些人的注目和议论。在吕贝卡看来，这是一个阴郁的、令人烦闷的黄昏。事情发生得突然，让幼小的他不知所措。他甚至想丢下这个哭起来没完没了的老女人一走了之。这时，一个头发花白却看起来挺健硕的老头走过来。他把那只用来看报纸的老花镜戴在眼睛上，后仰着身子对着吕贝卡看了很久。于是，在他那张沟壑百川的老脸上，现出一个微笑来。

于惠玲！他用那苍老的嗓音沙哑地喊了一声，明显透露着意想不到的惊喜。

外婆停止哭泣，外婆歪歪扭扭地站起身来，用她那浑浊的老眼睛贴到老头脸上看了许久。

白诚志！她也喊出了声，也明显透露着意外。

于惠玲，你怎么坐在地上？你还哭过了？你怎么不待在家里？你出来干什么？

外婆想了很久，最后，她笑了笑说：我忘了我出来干什么了。

这是你孙子吗？那个看来是叫白诚志的老头指了指吕贝卡。

外婆想了想说：不知道是谁家的孩子，一直跟在我身后，我把他当成小江了。呵呵，你看我这记性，真丢人啊。白诚志，你可别笑我。

瞧你说的，怎么会。接着，他对吕贝卡说：小朋友，快回家吧，天都黑了。

吕贝卡点点头，却并不动身。他现在相信母亲的话是对的，于是依然像条尾巴一样粘在外婆身后。外婆突然想起了什么，就说：白诚志，你怎么会在这儿？

老头说：我刚下火车，不知怎么就转悠到这里了。我可能是要来看一个人，却想不起究竟是来看谁。唉，这到底是哪儿啊？于惠玲，我们这是在哪儿呀？

外婆说：你不知道是哪儿，就到我家里住着。外婆颤颤地挥了挥干柴一样的手臂，让吕贝卡想起电视里的江湖儿女。

老头哈哈大笑起来：于惠玲，你又在和我开玩笑了。

外婆说：我都一大把年纪了，哪还会跟你开玩笑呢。说着，她有些生气地向前走去，老头就慢悠悠地跟着。他们蹒跚的步履，像在雪地里行走。走到大马路上，外婆又迷路了。于是，吕贝卡搀着她，总算回到了家里。

回到家，吕贝卡迫不及待地打开电视机，看《圣斗士星矢》，老头则在客厅里走来走去。老猫蹿出来，扒拉着老头，用一种奇怪的神情。外婆把收音机拿了出来，用颤抖的手指拨弄着，很快，那个女人的声音又响了起来：天涯呀，海角，觅呀觅知音。小妹妹唱歌，郎奏琴，郎呀，咱们俩是一条心呀。爱呀爱呀，郎呀，咱们俩是一条心呀……老头听着听着，就和外婆会心地笑了起来。接着，他们坐在椅子上，外婆说：白诚志，我真没想到还能再见到你。

老头在椅子上扭了扭屁股，仿佛为了使自己坐得更舒服一些。他说：我也没想到呀。

接下来外婆就不说话了，老头显得有些拘谨。他们就那么安安静静地听着收音机，看起来十分享受的样子。过了好一会儿老头才说：于惠玲，你女儿怎么样了？

外婆很惊讶地望了他一眼，说：我从来就没有过什么女儿呀，我只有小江一个儿子。你从哪里给我弄来一个女儿的？

我以为有过……

你看你都老糊涂了，白诚志，这种事都能记混。

老头听了外婆的话，显得十分惭愧。

后来，外婆想起来自己没烟了，要去买烟。老头殷切地要求替外婆去买烟，吕贝卡怕他走丢了，就跟了出去，同时对电视里的战斗恋恋不舍。这个叫白诚志的老头沿着湿漉漉明晃晃的马路走了一段，在灯塔旁边的一个小杂货店里，掏出了自己所有的钱。店主将那些零钞数了好多遍，挑出几张完整一点的钱币做烟钱，丢给他一盒大前门。老头走到门口，迟疑了一下，遂回转身，用剩余的钱买了一瓶葡萄酒。

老头走出商店，小心翼翼地走下台阶。迎面走过来一个醉醺醺的年轻人，怀里搂着一个姑娘。在他们擦肩而过的时候，年轻人忽然扯住老头的衣领，端详了一下，说：老东西，你看起来怎么那么高兴？说着，朝老头的胸口给了一拳。老头大吃一惊，踉踉跄跄地躲到了一边去。

吕贝卡对年轻人说：我爸爸看见你，会打死你的。

年轻人说：小屁孩，你找死是不是？说着，扬起了拳头。

怀里的姑娘却制止说：小心点！到处藏龙卧虎，说不定他爸爸就是市长呢。

年轻人说：市长才不会打人呢。

姑娘说：那可能是警察局长。如果不是有靠山，这小孩敢这么狂么？

年轻说：有道理。说完，搂着姑娘走了。

从这天开始，外婆留宿了一个老男人。白天的时候，她洗干净了头天晚上在泥水里弄脏的衣服。接着，她在一个油漆斑驳的大箱子里找出一块发霉的红色被单，洗了洗，晾干后，挂在了她房间里唯一的窗户上。母亲每天盯着外婆那扇关起的门，狐疑而尴尬。在客厅里，她与周先生交头接耳。他们在里面会干什么？母亲踌躇着嘀咕出这句话。周先生说：别瞎想，都这么大年纪了，他们会干吗？母亲说：可是我很尴尬，要知道，她是我妈呀。

吕贝卡站在父亲的房门口，听到这句话，他忽然走出来说：要知道，你是我妈呀。

母亲说：你懂个屁。

周先生说：如果这个老头是你妈的朋友还好。就怕她老糊涂了，随便带了一个老头回家。碰巧这老头也是老年痴呆……

母亲说：你别胡说。

周先生说：搞不好这是你爸爸吧？搞不好他们都没痴呆，反倒是我们痴呆了！哈哈，痴呆到你连自己的爸爸都不认识了，哈哈！

母亲冷冷地说：你觉得很好笑吗？

吕贝卡第一次感到母亲对周先生用对了表情，也便得意地望着周先生说：好笑吗？

母亲说：有你什么事儿？放你的风筝去！

周先生说：你真没幽默感！

母亲说：幽默你个头！我这儿烦着呢。

周先生就悻悻地闭嘴了。

过了一会儿周先生说：那你爸爸呢？怎么没听你提过你爸爸呢？

母亲说：我爸爸在“三·一八惨案”时请愿死掉了，我从没见过他。

周先生说：那你哥哥呢？

母亲说：也是请愿死的。

周先生不再说话。

过了一会儿母亲说：在另一年。

一天晚上，收音机里播放着另外一首老得失真的歌曲。外婆和那个老头像两只鸽子一样并肩坐在窗前，望着远方。遥远的海平面悄然地吹来一阵潮湿的风，房子外面的泡桐树发出沙沙的声响。树下肯定有一地的紫色残花，也被风吹动。也许他们真的太老了，头发干枯一如秋天的草根，连风也吹不动。树上落下一条肥胖的青虫，吊在一根自己吐出来的细丝上。尽管在夜色中看不到，但由于童年那数次观察的经验，使他们同时想象得到：虫子在慢悠悠打转，那是一只悠闲的钟摆。它晃荡了许久，便蠕动起身体，攀着细丝往上爬，爬得极高、极慢，极其危险。当它爬得不能再高的时候，又倏然滑落下来，仍旧吊在他们眼目所及的窗口上，荡漾着。

两双苍老而浑浊的眼睛注视着它，并在这种静默里感到了愉快。于是，怀着这种最愉快的心情，外婆说：还记得吗？我在国立女子学堂读书的时候，在一个迎接新观念的联谊晚会上，我们一起跳了舞。你把我的脚踩得生疼，还总埋怨我的脚太大。后来，我送你上了船，告别时，你送了我一双鞋，还说是你自己做的。傻子都知道你在撒谎。不过，我却因此记住了你。要记住一个人，是多么不容易啊。你还记得我当时梳着什么样的辫子吗？

那还用说。老头答道。尽管他一生从未去过什么国立女子学堂参加什么联谊会，尽管他从来没有跟女人跳过舞，也根本就不会跳舞，尽管他一生都没有坐过船。

接着，又连续下了好多天的雨。台风像是要来，却迟迟不来。后来，天气又一天比一天热了起来，外婆眼睛里黑色也越来越少。在残阳如血的仲夏傍晚，外婆脱下了她所有的衣服，穿上那件从箱子底翻出的旗袍，一条白色丝绸面料绣着牡丹的旗袍，崭新的旗袍。她把头发梳成三十年代最流行的发式，还化了浓妆，用到了胭脂和口红。她就这副打扮和老头在沙滩上信步走来。游客看到他们，皆驻足观望私语。母亲看到的时候，羞愧得无地自容。她尽量和颜悦色地规劝外婆回到家里去，外婆却充耳不闻。在沙滩对面的一家超市里，外婆从小手提包里掏出钱来，要买一只蜡烛。售货员说这里没有蜡烛出售，外婆便叫嚷起来，外婆说没有蜡烛的世界该是什么样的世界？你们以为发明了电灯，就不用蜡烛了吗？你们真是愚蠢！你们，你们，外婆颤抖着手臂——

你们微微一笑，什么都完了。
那曾经沸腾过的少年血，
是再也不会起波澜了。

我们脱下帽子，恭敬这第一个死的。

但我们不要忘记：

请愿而死，究竟是可耻的。

我们后死的人，

尽可以革命而死，尽可以力战而死，

但我们希望，

将来永远没有第二个人请愿而死！

外婆站在超市里，枯瘦的手臂颤抖着，萎缩在一起的嘴唇哆嗦着。就这么一个瘦小的身躯，竟然发出那么大的声响。她是在慷慨陈词地演讲，尽管没有人明白她究竟在说什么。最后，母亲好容易在那个旺财杂货店里买来一只蜡烛，才总算把她哄回家。外婆把这只蜡烛用一张红绸布包起来，送给了那个老头，说是有备无患。老头看了看外婆的眼睛，又把蜡烛回赠给了外婆，认为她更需要它。

老头坐在外婆的房间里，陪外婆听了最后一遍《天涯歌女》，说道：我在你这里休息得很好，呼吸海边的空气，让我的胸口不再那么憋闷，我仿佛可以喘过气来了。虽然我也不指望我能活到冬天，但我毕竟想起来，我来这里做什么了。现在，我要到我女儿家里去了，我在内衣的口袋里发现了写着她地址的纸条。为防止我再次在路上忘记，我准备先打个电话给她，她可能已经非常着急了。

当天晚上，一个跟母亲年纪相仿的女人把老头接走了。尽管像接一个走丢的孩子一般，对母亲说了很多感激不尽的客套话。但发现父亲一直住在一个老女人的房间里，依然有着与母亲一样难言的尴尬，于是她领着老头匆忙而去。

老头走后，外婆脱去那件白色旗袍，卸下浓妆，并再次把床铺收拾成原来的样子，换上旧日装束，重躺回地板的凉席上，脚边仍旧卧着那只老猫。外婆不再收听调频收音机了。每天早晨也不再坐在窗前梳头挽髻。她再也没有去碰那个窗帘，窗帘垂在永远开启的窗前，在有风的天气里飘摇，在无风的天气里静止，在太阳毒辣的天气里，像一团火。她不去碰窗帘，因为窗帘会让她回忆起一个男人，尽管她相信自己已经再也记不住什么了。在最明亮的天气里，屋内也是一片昏暗。桌上摆放着一瓶葡萄酒，外婆也永远不去开启它，因为她再也没有了欢乐的值得庆祝的日子。葡萄酒旁边的杯子里插着一只蜡烛，外婆从未点燃那只蜡烛，即便是在停电的夜里。

一天，外婆透过半透明的红色窗帘，看到窗外的树上跪着一个红色的外公，他朝她微微一笑。接着，是那个叫小江的舅舅，也朝她微微一笑。外婆知道，自己的眼睛，终于被那片白色完全占据了。尽管后来她意识到，那树上可能只是停着两只麻雀，但她也终于微笑了起来。

那天晚上，外婆依旧躺在地板的凉席上，安详地闭上她臆想中的那双明亮的大眼睛，睡着了。

尽管发现外婆的死，是在第二天的午饭时间，但外婆确切死去的时间应该是凌晨四点。在那一刻，那只整日昏睡的老猫忽然发出凄厉的叫声。母亲以为外婆要杀掉那只猫，惊惶地跑过来，发现外婆仍老老实实地躺在地上，于是她骂了两句那只猫，便回房间睡了。交替着，吕贝卡惺忪着睡眼，看见那只猫匍匐在地，脑袋伏在前爪上，浑身颤抖，发出儿童般的哭声。猫哭一会儿，便抬头盯着门口，接着，伏下脑袋继续哭。猫的哭泣令人不寒而栗。吕贝卡快步躲进自己的房间，并反锁上门，并销上窗户，并蒙上被子，并瑟瑟发抖，却听那猫哭了一整夜。

第二天中午，母亲喊外婆起床吃饭。因为外婆连早饭也没有吃，母亲本就有些狐疑。接着，她发现外婆已经停止了呼吸。那只猫就在这时噌的一下蹿到客厅里，以闪电般的速度。接着，它又以惊人的弹跳力跳得极高，脑袋撞到了天花板上的壁灯，重重地落在地上，嘭的一声，它却一声不吭，仿佛感受不到痛苦一样。吕贝卡以为它摔死了，但过了很久，它从地板上翻起身，缓缓地走进外婆的房间，继续躺在原来的地方。

外婆的葬礼举行得很简单，只有母亲、吕贝卡和周先生。吕贝卡很伤心，也便顾不上讨厌周先生。母亲说你不要难过了，人总是要死的，何况外婆一觉睡死过去，没有任何痛苦，是最幸福的死法。尽管是在劝说儿子，但母亲说着说着，自己也哭了起来。只有周先生没有哭。周先生穿了身黑色的西服，戴一副墨镜。尽管着装很符合公墓举行葬礼的标准，但由于这不是在公墓，所以他的衣服、姿态和表情都显得很不合时宜。

葬礼是在市郊外一座叫应天寺的庙里举行的。由于外婆临终前没留下什么遗言，也无人知晓其信仰，遂选择了佛教的葬礼：火化。吕贝卡看见僧人们敲着木鱼唱着经，打开了那扇黑色木门，外婆瘦小的身体被抬进去，在祥和泰然的梵音里，倒让人显得不那么悲伤。门内是一座独塔，名曰：焚烧塔。因多次焚化尸体，而被烧成红褐色。那些烧痕，像铁的锈迹。木门上书一副对联：熊熊烈火，燃尽尘埃事；一缕青烟，消失人间迹。横批是：只从此入。

外婆的骨灰盒被安置在寺庙后院的骨灰阁里。不大的牌匾上只写了外婆的名字:王文君，用的是赤红色，只有这一点是可以肯定的:外婆喜欢红色。吕贝卡想起老头喊外婆叫作于惠玲。于是他问母亲，却停止不了抽噎:外，婆，还有别的，名字吗？母亲也抽泣着说:据我，所知，没，没有了。

葬礼快要结束的时候，一个坐在轮椅上的人伫立在身后不远处，冲这边游离不定地观望，接着，轮椅缓缓而至。母亲小声对吕贝卡说:谁，让你喊，耿叔叔，来的？多，麻烦！

吕贝卡说：我，没有。

母亲望向周先生，周先生摘下墨镜，诚恳地说：也不是我。

母亲立刻停止抽泣，说：那他怎么知道的？

葬礼结束后，母亲把从外婆腕上取下的那只玉镯摆放在遗像前，和葡萄酒、蜡烛放在一起，依然都在外婆生前的房间里。那玉镯再也不绿了，它变成了毫无光泽的白色。本以为时间久了，它们会逐渐蒙上灰尘，但当着母亲和吕贝卡的面，那只猫蹿到桌子上，似乎是有目的地把玉镯扒拉下来。玉镯在地上摔得粉碎。母亲气极了，抄起一把鸡毛掸子打在猫身上。尽管凉席已被抽走，但猫准确地躺在原来躺过的位置，对母亲的教训无动于衷，不跑，也不叫喊，只闭起眼睛。母亲不再理睬，气哼哼地捡那玉镯的碎片，她想要把它拼凑起来。

第二天，母亲放在猫碗里的食物一粒都没有少。猫依然一动不动。母亲以为它也死了，于是拿鸡毛掸子戳了戳，猫睁开眼睛看了看，重新闭上眼。

第三天，猫依然没吃东西，依然一动不动，依然可以睁开眼看一看。

第四天，猫依然没吃东西，依然一动不动。接着，它似乎用尽最后一丝气力，睁开眼，对着外婆的遗像看了最后一眼，之后，它终于被自己饿死了。

第五天，吕贝卡推开外婆的房门，一股干燥而腐朽的尘土味扑面而来。

疯／狂／第／十／三

西伯利亚的冷空气顺着海潮扑面而来的那天，父亲忽然走到门外，吕贝卡遵照母亲的嘱咐跟着他，并穿上了一件入冬的蓝色羽绒衣，父亲则披上一件红色的厚夹克，在潮湿阴冷的空气里，鲜艳的色彩使父子二人宛若两支插在街边的塑料花朵。父亲每个下午都要在院门口的巷子里转一圈，而后父子二人静默地坐在巷口的一块磨盘大小的陨石上。起初，他们好像只是为了晒晒太阳，透透闷气。吕贝卡紧挨着父亲，但他们之间很少谈话。一天里，太阳像刚从冰柜里取出的一盘冻羊肉，只在巷子外的天空里停留三个小时，便消隐在高楼之后。后来，吕贝卡发现他们正在做着同一件事：他们把那块冰凉的石头坐热了，经过寒冷的夜晚，石头又变凉，第二天再把它暖和过来。白昼之后总是黑夜。

这条巷子是通向吕贝卡就读那所小学的唯一通道。可是，自从吕贝卡和父亲在街上枯坐后，就没见到过来往的行人，一个学生也看不见，连那个卖糖烟酒的小铺也很少开门。通常只有台风预警之后才会出现这样的状况——街巷里外的人都躲进自己的巢穴里，闭紧门窗。或许人们生活在了另一个世界。或者，我们生活在了另一个世界？吕贝卡心里忽然冒出这种奇怪的念头。一个白天，除了两条奇形怪状的狗夹着尾巴沿着墙根遛过，再就是一只毛发直竖的黑猫不知从什么地方蹿出来，叫了一声，又不见了。像过了很多天，他们终于看见了一个人。一个孤零零的干瘦的老头，驼背，又聋又瞎。他每天按时摸索着出现在巷子口，像只拄着拐杖的大虾米。吕贝卡和父亲每天目不转睛地盯着这个老头，盯着他以海龟的速度从巷子这头走到那头，缓缓消逝在拐角，消逝在接踵而至的黄昏里。那是他们看到的唯一的人。不久，那老头也不见了。

吕贝卡早就发现父亲已经变成另一个人：他总是嘀嘀咕咕自言自语。他身体里仿佛有两只狼在撕咬，声音像两颗核桃在撞击。他消瘦憔悴，胡子邋遢，吃不下，睡不安；他颧骨突凸，青筋毕露，目光呆滞。他久久地盯着某一个点不放，吕贝卡随之望去，那或许是天空忽然积起的黑色阴云，或许是掉了漆皮的信箱里冒着脑袋的一份报纸，或许是一小块棱角分明的青石子，或许只是巷子尽头一些模糊的人影在晃动。空荡荡的街面上，异常沉闷。可是，吕贝卡仿佛看到了什么，在那些墙角背后，在那些门窗、院墙、电视天线背后，在阴影、灰尘、腥臭的海风背后……

吕贝卡在阳光照耀着的时候盯着瑟瑟发抖的父亲。吕贝卡说：爸爸，你冷。

父亲咬了咬牙齿说：不怕这个。

终于，父亲把眼睛盯上了一只打火机，一只金属外壳的军用打火机。

吕贝卡做了一个梦。梦里，吕贝卡什么也没穿，在人潮汹涌的大街上赤裸裸奔跑。红灯一个接一个，于是，他必须停下来接受邻近的眼光。每个人都那么好奇，把脖子伸得像蛇身一样长，脸探到吕贝卡的身体上，像广角镜一样丑陋夸张。他们的表情里有惊奇、有嘲弄、有快乐，也有小小的凄楚、痛快的悲伤。希望红灯照耀的黑夜赶紧过去，希望可以在大街上继续狂奔，希望奔逃到的尽头就是一件遮羞的衣服，哪怕是一床被单，一条毛巾，那都感激万分，哈利路亚。可红灯总是亮着。在交通堵塞得密不透风的情况下，警察无奈地拔出枪，击毙了自己。吕贝卡羞愧难当，窘迫至极，他想找个地缝钻进去，躲到一个没人看得见的地方，可总也躲不开。漫长的红灯过后，只有沿着大街继续裸奔下去，在寒冷的北风中，小鸡鸡冻得像一条瑟瑟发抖的小虫。但很快又是一个十字路口，又是繁复冗长的红灯，又是没完没了的众目睽睽。

红灯陡然亮得出奇，如同灌入了一万伏特的电压，红灯便成九个太阳悬挂在交通岗上。紧接着，白炽的红灯不堪承受，白炽的红灯开始叫喊，冒出狼烟，冒出烽火。在这千钧一发的时刻，整个城市的红灯统统爆炸了。人形的火花从天空散落而下，它们在街面上欢快地舞蹈，永久被遗忘的恰恰节奏。来自西伯利亚的寒流被烤干，被灼痛的热浪驱逐到大海里。一瞬间，盛夏来临，一瞬间，盛夏再度升温，城市化为一座巨大的锅炉。街上的人只好流汗，但汗被烤干。他们只好脱衣服，像吕贝卡一样赤身裸体，像狗一样伸出长长的舌头喘气也不过瘾，他们只好撕自己的皮肤，他们边撕边勒紧脖子剧烈咳嗽，头皮被抓破，露出了白色，胸膛被抓破，露出一团团火光一样的红。

从噩梦中惊醒，吕贝卡还没反应过来，母亲已将他裹进一床被子里，“蹬蹬蹬”冲到院子外面。接着，便听到母亲的咳嗽声，毕毕剥剥的燃烧声，一个男人凄惨的狂笑，还有什么东西掉下来，发出沉闷的巨响。在院门外的巷子里，母亲把吕贝卡放在地上，吕贝卡从被子里滚出来，就看见冲天的火光熊熊燃烧，像一场波澜壮阔的梦境。于是，吕贝卡把手指放进嘴巴里咬了一口：真疼。

火光把巷子烧热了，母亲在瑟瑟发抖。高楼的窗户里鼹鼠般的脑袋探出，短暂的观摩后便是惊恐的呼叫。很快，火光冲天的城市里遍彻尖利刺耳的警笛。红色消防车、白色警车接踵而至。多少年来，每听到警笛，吕贝卡眼前便要腾起火光，并同母亲般瑟瑟发抖。后来，他将警笛声比喻为猫哭。

父亲刚从院子里被人搀出来，母亲蹿上去便是一记响亮的耳光。但父亲在微笑。恐怖的爱丽丝。父亲说：我们始于此，终于此。他的身体被消防车喷得像一条刚从海里跳出来的黑鱼。烧焦后的头发萎缩在脑袋上，像燃烧过的草坪。第二天，一家三口刚在外婆家的老房子里安顿下来，父亲就被一辆精神病院的面包车接走了。远远望见那辆车，父亲就带着凄楚，小小的凄楚，微笑了。接着，他陡然硬挺挺栽倒在地，像一具尸体。那些穿白大褂的人将他抬上担架，又抬上车。直到面包车消失在巷尾，母亲的目光自始至终没有离开父亲，母亲自始至终面无表情。吕贝卡说：爸爸怎么了？母亲说：病了。吕贝卡便愉快地想起了那只火猫：

向右——因为，那只火猫；
向左——因为，那只火猫。
鹿群吵闹着，火猫起身跳跃，

向左，向右，并挡在路上，毛发直竖……

后来，火猫闭上它明亮的眼睛，睡着了。

父亲在精神病院里住了一个月就出院了。这件事也是吕贝卡吵着闹着要见父亲，母亲带吕贝卡到医院去，才知道的。当初把父亲接走的那个医生说，一个自称是患者父亲的老头儿把他接走了。母亲迟疑了片刻，问道：他，现在怎么样了？医生说：你是问患者，还是那个老头儿？母亲说：废话！我问的当然是自己丈夫。医生说：你要知道，我们是国家正规的精神病医院，如果不通过严格的测试，我们是不会放走一个病人的。母亲说：也就是说，他已经好了？医生说：我只是说，通过测试，在理论上来讲，看起来，已经好了。

再次见到父亲，他正裹着一床毛线毯子从一座小木房子里走出，沿着海岸线向北走。他转过脸时，看见了吕贝卡，显出些许惊讶。接着母亲俯下身子，没有迎接父亲的目光，而是对吕贝卡交代了一句什么，便转身离去。

吕贝卡像条小狗一样踩着父亲的足印向前走。这里的沙滩是黄色的，颗粒比城市里的粗糙，沙子里有青石子、白石子、黑石子，以及或完或损的贝壳，比城市的白沙滩显得内容丰富。父子二人如同在巷子里晒太阳般沉默不语。行为变得单纯了，行走就是行走。后来，脚下的沙子越来越少，逐渐被岩石取代。后来，岩石间的裂缝越走越宽，充满了海水。他们只好跳跃着行走。来到一片粗壮的黑锁链围起的水域，父亲靠在一根水泥柱上。这时，一个戴墨镜着白色吊带裙的女子赤脚从吕贝卡身旁经过。这个亚洲人头发染成了金黄色，还打着卷。吕贝卡踩着一块岩石小心翼翼，欲跳到父亲近前。白色的海浪轻舔女子的脚踝，吕贝卡忽然意识到这是冬天。他小声嘀咕了一句：穿这么少冷不冷呢？那个女人像只敏锐的猫竖起耳朵，并迅速转过脸，并摘下墨镜，并愠怒地瞪着吕贝卡。吕贝卡刺溜一下跳到父亲身边，并害怕地躲到父亲身后，又好奇地探出了脑袋。父亲笑了起来。

见父亲一直不说话，吕贝卡就说：爸爸，爸爸，我给你唱歌吧。

父亲刚一点头，吕贝卡就唱起来：我们勤劳，我们勇敢，独立自由是我们的理想！我们战胜了多少苦难，才得到今天的解放。我们爱和平，我们爱家乡，谁敢侵犯我们就叫他死亡……

吕贝卡见父亲还是不说话，就说：爸爸，爸爸，我给你背绕口令吧。

父亲刚一点头，吕贝卡就背起来：

一个半罐是半罐，两个半罐是一罐……

营房里出来两个排，直奔正北菜园来，一排浇菠菜，二排砍白菜……

山上住着三老子，山下住着三小子，山腰住着三哥三嫂子……

司小四和史小世，四月十四日十四时四十上集市……

六十六岁的陆老头，盖了六十六间楼，买了六十六篓油，养了六十六头牛，栽了六十六棵垂杨柳……

天上七颗星，地下七块冰，树上七只鹰，梁上七根钉，台上七盏灯……

白老八门前栽了八棵白果树，从北边飞来了八个白八哥儿……

九月九，九个酒迷喝醉酒，九个酒杯九杯酒，九个酒迷喝九口……

吕贝卡气喘吁吁地背完，父亲还是没有说话。吕贝卡委屈地想，父亲肯定没在听，连里面少了个“五”都没注意到。吕贝卡默默地委屈了一会儿，忽然又兴高采烈起来。他旁若无人地高声背诵道：

向右——因为，那只火猫；
向左——因为，那只火猫。
鹿群吵闹着，火猫起身跳跃，
向左，向右，并挡在路上，毛发直竖……
后来，火猫闭上它明亮的眼睛，睡着了。

父亲终于笑了起来。在潮湿阴冷的海风里，父亲把被单裹在吕贝卡身上。从口袋里摸出一张纸，递到吕贝卡手里说：吕贝卡，给爸爸念念。不要像刚才那么大声。让自己的耳朵听得见就好了。于是吕贝卡用语文老师教授的唱读语调，轻声念起来：

来这里已经很长时间了，总是下雨
难得有晴好的天气去看看山水
天色和海面一样灰暗，正好医治
身体里的灰暗。像一封迟迟没有寄出的信
有些过时。但总的说来，心情尚好
没有什么意外的事发生。仿佛我已
从一场病中康复过来……

吕贝卡抬起头，发现父亲的眼睛在潮湿的海风中微闭着。父亲仰着脸，像一匹祈祷的马。吕贝卡说：爸爸，这是你写的吗？没有回答，只有海浪翻滚的声音，白色的浪花在夕阳里翻滚，被镀上了一层金黄色。

往回走的路上，父亲说：吕贝卡，你怕什么？

顺着这问句的指引，吕贝卡想起了太阳在高楼中隐落，电灯泡的钨丝寿终正寝，蜡烛的芯子耷拉进最后一片蜡油中缓缓死去。当黑夜如一头猛兽不可阻挡地闯入吕贝卡的世界，他总是恐惧地把脑袋放进被子里。尽管他从不知自己究竟在恐惧何物，但黑暗令它战栗。于是他扯扯父亲的衣角说：黑。我怕黑。

父亲一声不吭，只默默从口袋里摸出一块东西，在海水里洗了洗，又在外衣上擦干，塞到吕贝卡的手里。一股惬意的冰凉在吕贝卡的手心荡漾开来。吕贝卡惊奇地打量着这块神奇的石头。绿色的宝石，有无数个平面，棱角分明，能清楚地看到它是透明的。但那金黄色的光芒又是从何而来呢？是来自内部，还是它本就是金黄色却泛着绿光？吕贝卡搞不清楚，就好奇地问父亲：这是什么呀？

父亲说：这是橄榄石。把它带在身上，可以驱赶对黑夜的恐惧。

吕贝卡说：为什么呢？

父亲说：因为它来自太阳，它是太阳之石。

吕贝卡想了想说：爸爸你在骗人了。谁也够不到太阳，会被烧死的。

父亲的笑容里露出一种少有的狡黠，父亲说：是它自己从太阳上落下来的。迟疑片刻，他盯着吕贝卡说：还记得院门外我们坐过的那块石头吗？它就是从太阳上落下来的。

吕贝卡说：那它怎么那么凉，还要我们坐上去把它暖热呢？它从太阳上落下来不是为了给我们取暖吗？就像，吕贝卡想了想说，就像火炉一样。

父亲说：它落下来不是为了给我们取暖，吕贝卡。如果人人都可以轻而易举地取得太阳的温度，那生命就显得毫无意义了。它落下来，父亲说着把橄榄石放在手里掂了掂分量，它落下来只是为了让我们发现这个。说完又把它放在吕贝卡的手中。霎时，吕贝卡面前像打开了一扇窗，从那扇窗户里他看到父亲如何弯下腰从一块废铁一样的陨石中取出一颗散发着神奇光芒的宝石。一个神奇的，充满暗示和力量的世界，在吕贝卡的面前展现开来。

吕贝卡和父亲生活在一起，父亲和自己的父亲生活在一起，父亲的父亲和儿子生活在一起，父亲和自己父亲的孙子生活在一起。这是三个男人的生活，这是和父亲在一起的年代。父亲的父亲每天在那块被铁锁链围起的海水里打鱼，有时候也捞海蚌和牡蛎；父亲的父亲把这些东西拾掇干净，父亲拿水来煮，父亲的父亲总是在父亲煮这些东西时再放上一把盐。盐分让吕贝卡变成了一块干渴的海绵，他每天都要喝大量的水。这时候父亲的父亲搬把摇摇晃晃的凳子，却稳稳当当地坐在屋檐下弹三弦。父亲则总是裹着那张旧毛线毯子，有时躺在屋前的躺椅上，有时坐在屋子里写写画画。父亲们总是沉默不语。可吕贝卡感到，这仿佛就是他与父亲们在一起的，最大的愉快了。

这真是一个神奇的世界，别样的洞天。这个地方有另外两个村子，它们叫作山海村。

山海村，坐落在九莲山与浪寒湾之间。一条主要街道的尽头是一片由一堆石块围成的小池塘，看起来已有千年历史。山海村的居民都是善良诚实的人，他们热爱自己的村子。曾经有个来自平原的诗人把这里的主要街道命名为苏兰兰大街，据说是为了纪念一个抛弃了诗人或是被诗人抛弃的女人。诗人到了这里，便和一个丧了双亲的渔家女住在了一起。诗人每天以泪洗面，把大脑袋埋在姑娘的怀抱里，悲痛地吟诵：苏兰兰的小兽不会游泳，游星星不游月亮，背后的东西召唤术没有记载，大眼睛换了另一个……姑娘只是笑。仿佛她什么都懂，又仿佛什么都不懂。诗人以泪洗面地更换着可以装载那颗大脑袋的怀抱，直到把山海村丧了双亲的渔家女住了个遍。吟诵的依旧是：苏兰兰的小兽不会游泳，游星星不游月亮……当诗人与有父有母甚至有男人的渔家女同住时，他被人打了一顿。诗人终于更新了诗句。他坐在街道的最中央，露出尖刻的目光，吐口带血的唾沫，开始大声朗诵：你们都叫苏兰兰！背着线呢钱呢铁呢！把耳朵聋给你们看！把眼泪儿藏起来给你们找！

诗人每天不吃不喝，就这么坚韧不拔地用旁人听不懂的诗句来叫骂。诗人越来越瘦了，却仍然倔强地赌着气。他惦记着那些与他同住过的姑娘，会像他刚来到这个渔村时宽容地敞开她们咸涩的怀抱，抚慰他那永远也无法停止的忧伤。可她们只是远远地站着，她们只是笑。仿佛看见了他，又仿佛没看见。远远瞟见一位女子从街角走来，诗人在地上打个滚儿，像只可爱的宠物。诗人用他所能模仿的最天真的表情笑了一个；诗人用他所能模仿的最童稚的嗓音喊道：阿队，阿队，拐个弯儿就看到我了！阿队，阿队，直着走也看到我了！诗人妄想这诗句中的新人物会勾起她们的好奇。但就如同她们开始从未问过谁是苏兰兰一样，同样以那石雕般的神色对阿队的出现保持着最大程度的漠视。女子从容地踩过诗人的肩膀,如履平地。诗人看到女子的手指上、耳朵上脖子上，都还挂着他本要送给阿队的五个小玩意儿。诗人念叨着：阿队的盐、阿队的狗，阿队那手艺人的冻疮……诗人哭了起来。

又见到大雪的那天，诗人仍然枯坐在街道的最中央，手里拿把刀子。等所有的女子倾巢而出之时，当着她们的面，愉快地割起了手腕。诗人有流不尽的眼泪，有流不完的血，有那永远也无法停止的忧伤。诗人笑着，一如雪光中天鹅的曼妙舞步，开放的翅膀漾过脉搏；抑或是，在紫色封面的果园里，捧着草莓，你来自乡下的手指头。可所有的女人都笑着，连儿童也在笑。仿佛他们什么都懂，又仿佛什么都不懂。仿佛他们什么都看得到，又仿佛什么都看不到。至此，诗人意识到，或许自己已经死了很多年，果真只是一缕忧伤的风盘旋在这街道上？想到这里，诗人就真的死了。像一阵风吹过，连尸体也不曾留下。而唯一能证明诗人存在过的，便是街道的正中央，那刀刻的字迹清晰如昔：你们都叫苏兰兰！背着笑呢哭呢骂呢！把血流给你们看！把尸体藏起来给你们找！所有的女子都叹口气：像个孩子似的。仿佛在评述别人，又如同在自嘲。虽然山海村的居民从来也没有见过苏兰兰,但他们毕竟见过诗人。忧伤倔强执着的诗人。他们或许被打动了，被命名的苏兰兰大街就是证据吧。

山海村,坐落在九莲山与浪寒湾之间。以苏兰兰大街作为村界线,靠山的叫作山村，靠海的叫作海村。人民公社时期，大家不分你我，就叫作山海村。现在，丁是丁，卯是卯。你的归你，我的归我，原来的归原来，以后的归以后。所以，山村居民依然采矿，海村居民依然捕鱼。山村居民依然穿老树皮做的衣服，有钱的镶着宝石；海村居民依然穿鲨鱼皮做的衣服，有钱的镶着珍珠。时间久了，不但老婆孩子不再像以前那么含含糊糊，连别的一些看不见摸不着的东西也开始划分得清清楚楚，譬如——信仰。

这两个村子各有一本藏书。山村的是用羊皮纸写就的，海村的刻在大型的贝壳上。山村的那本藏书叫《山经》，海村的叫《海经》。很多年，这两本书他们从来没有看懂过。对他们而言，那简直太高了、太深了。按照他们惯常的形容，那简直就像山一样高，就像海一样深。不能一眼就看懂，便要慢慢研究。为了寻找祖先的踪迹，为了搞清楚自己究竟从哪里来，要到哪里去，山村和海村的居民们丝毫不理会来自城市学术界的嘲讽。这是山海两村共同的精神，他们却各自坚持，对方是受自己影响。幸好他们从不争吵，因为没有时间。除了正常的生产，每个村子里都选举出最聪明又最一无是处的男人，猫在图书馆里彻夜研究。每个村子里都有一间用村民们花巨资修建而成的图书馆。里面除了各自的一本藏书，别无他物。

尽管这两个半部经书使他们看到了辉煌的史前文明，使他们不约而同地相信人类的历史曾经不断地开始、发展、辉煌、衰败、毁灭。像花开了一季又一季，历经几万年的沧海桑田。他们可能处在第 n 个世纪，某个正在发展的时代之中。但依然不知自己从何而来。山村的居民不愿相信，他们是从猴子变过来的。猴子丑陋、肮脏，自以为聪明，却愚不可及。它们偷玉米，还恶作剧地露出自己鲜明的臀部，那怎会是我们的祖先？群情激奋时，他们就破口大骂：让达尔文去死吧！读过几年书的小孩儿说达尔文已经死了很多年了。于是他们更改了骂词：让达尔文先生吃猴屎吧！这句话无人反对，遂保留下来。每当图书馆研究员开始上班时，要焚香祷告，再毕恭毕敬地打开那本《山经》之前，必须严肃地念密码：让达尔文先生吃猴屎吧。这可能会在风中捕捉到祖先的召唤术。这是山村最严格的仪式。

海村的居民不愿意相信曾经山包围着海。因为他们的《海经》有十三卷，而山经只有五卷，显然是海包围着山。他们更不会相信是一个蛇身人面的女人用泥巴将他们捏出来或是用鞭子蘸着烂泥浆甩出来的。他们讨厌烂泥巴。那是平原的东西而他们只挨着海，身边是沙砾和贝壳。他们不明白烂泥巴和自己的皮肤血肉能有什么关系。只有猪才会喜爱泥巴。在这一点上，他们倒是与山村的居民持相同意见的。一条阴险的蛇只可能是蚯蚓的祖先。群情激奋时，他们就破口大骂：让女娲去死吧！读过书的小孩儿说女娲是神，她是不死的。于是他们更改了骂词：让老不死的女娲小姐在烂泥巴里产卵吧！这句话获得满堂喝彩，遂保留下来。每当图书馆研究员开始上班时，要沐浴更衣，再毕恭毕敬地打开那本《海经》之前，必须严肃地念祷词：让女娲小姐在烂泥巴里产卵吧。这真挚的祈祷可能会让祖先看到，已然脱离蒙昧的子孙终于擦亮了双眼。这是海村最严格的仪式。

每个礼拜四的傍晚，山村和海村的居民都会放下手里的活计，聚集在各自的图书馆里，倾听研究员的最新发现。可每当这个时候，爷爷都会抽上一袋烟，默默地坐在屋前的空地上拨拉三弦。偶尔兴之所至，还会喑哑地唱道：二十个人过一座桥，进一个村……吕贝卡问父亲：爷爷是哪个村的？为什么不去图书馆？父亲说：哪个村的都不是。想来这是有道理的。爷爷的房子建在作为村界线的那条苏兰兰大街的正中央。由于两个村子之间并不互通往来，每个村子只用半条街道，因此也并不认为这房屋有碍行走。除爷爷之外，还敢把房子建在村界线上，以此标榜自己非山非海之居民的，是一位作家。

作家不拨拉三弦。作家的每一天都像工蜂一样忙碌。自吃过早餐起，他便穿上那套为宣读诺贝尔文学奖授奖词而准备的礼服——也是他唯一的一套衣服——在山村与海村来回奔走，到处游说。他认为两个比邻的村子尽管看起来和平安谧，却存在着很大的问题。每说到这里他便要振臂高呼：作家的职责就是要提出问题。至于如何解决，那是大家的事。可大家都说：我们没有问题。这让作家很苦恼。于是，他必须动用他的绝技——举例说明。他说：比如有两个村子，他们的居民其实拥有同一始祖。但他们为了彰显各自的不同，便刻意设计迥异的时装。鸡犬相闻，却老死不相往来。由于饮食也刻意拒绝——比如A村居民坚决不吃鸡肉，B村居民坚决不吃鱼肉——两个村子的人都患上营养不良，并引起一系列奇怪的并发症。A村的居民脚底被水泡烂了，B村的居民脑袋被石头磨得缺少头发。他们却视此为彼此根本不同的表征。他们把一本书分为两半，各自研究半个哲学，这不失偏颇之处。他们却认为这才是最好的办法。难道他们不应该把两个图书馆合并在一起，把两个半本书装订起来共同研究吗？那可是他们共同的财富与荣耀啊！他们却瓜分肢解，身处两个极端。山村和海村的居民听了都说：这两个村子的人真荒唐。假如我们什么时候看见了，真恨不得在他们那愚蠢的脑袋瓜上敲两烟袋锅子！

作家看到自己的绝技运用得实在蹩脚，只好采用最直白的方式，斩钉截铁地说：我是说我们大家是有问题的，应该坐下来好好研究一下！山村与海村的居民面对这唐突的结论，表现出不约而同的惊诧。山村的居民把作家拉到山坡上，说：每当黎明的曙光冉冉升起的时候，我们便心存感激地想，是谁点燃了天边的朝霞，千年的黑夜今天要融化；是谁指给我闪亮的星斗，心灵战胜了虚荣的繁华；是谁带领我重新出发，正义的思想再度升华；是谁站起来永不倒下，身后的大地开满鲜花！你看，多美好啊！同志，我们没有任何问题。海村的居民驾一叶扁舟，把作家带到一片美丽的海湾里，面对着蓝天白云和朵朵浪花，他们集体朗诵起来：在，大海中漂泊；在，大地上流浪。身边没有亲人，胸中充满，理、想！你看，多美好啊！同志，我们没有任何问题。

如此，在积郁难平中，作家终于患上了胃溃疡和尿潴留。但为了逃避自己本该勤奋笔耕的时间，他仍然在两个村子间不停地游说。仿佛这已成为他准备为之奋斗一生的事业。每当有人问及作家都写过什么作品时，他会说：比你们看过最好的作品还好的，都曾被我付之一炬。他从不直面回答这个问题。作家写东西很慢。除了他追求完美，永远在修改稿子之外，还由于他的灵感无比难得。他必须在便秘的时刻飞奔到山村的悬崖边，把自己吊在那棵歪向深渊的枣树上，而且必须在大雪的天气，雪花啪打在他雪白的屁股上，他才可以奋笔疾书。除此之外，在没有灵感的时刻他几乎不写作。可是，这些日子作家吃得好睡得香，大便通畅。而且，自从诗人死后，山海村这里已经很多年没有飘过一片雪花了。在吕贝卡在此停留的一个礼拜里，作家只写了四个字，分别是“伟大”“渺小”。由于他追求完美，还在不断地修改这四个字。每天都在思考究竟是用简体中文还是繁体中文，究竟是用大篆还是小篆，究竟是用瘦金书，还是魏碑体。

除此之外，作家每天还在为取一个什么笔名而烦恼。他有一架二十个抽屉盒子的小衣柜，里面放满了他为自己精心设计的笔名。每天早上顺手抽开一个，拿出来做这一天的笔名。吕贝卡随父亲见到他的那天，他使用的笔名是——莎士比·塞万提·乔伊·博尔赫·安·马尔克·欧文斯托·思妥耶夫斯基。这个名字很长的作家认为笔名对于一个作家甚至一个普通人都是至关重要的。他认为好的名字能让人取得大的成就。他对父亲说：吕勇，你为什么把你儿子起名为吕贝卡？你这不是在哗众取宠吗？就因为他妈的你姓吕？你不知道读过《蝴蝶梦》的读者都会很别扭吗？父亲说：蝴蝶也会做梦吗？作家说：你都会做梦，蝴蝶为什么不会？父亲说：我没读过什么《蝴蝶梦》。因为我识字不多，就是认识一个贝壳的贝，和卡带的卡。我只好给他取名叫吕贝卡。

作家自言自语地说：我们生活的世界很有问题。接着，他又开始忧心忡忡地希望大家能聚集到那个人民公社时期遗留下来的大食堂里开个会，讨论一下我们目前存在的问题。可除了图书馆研究员，山村和海村的所有居民并非无所事事。他们都要忙于生计。山村的居民每天在山上表演口技，瞻念某日制造出百鸟齐鸣的音响便能诱来凤凰。这里的凤凰头上都戴着蛇，脚下踩着蛇，胸前还挂着蛇，《山经》里就是这么写的。海村的居民则把渔船驶往远东三百里的漩涡，潜水三百仞，妄想能捕到那只传说中的开明兽。开明兽身躯很大，身形似虎，长着九个脑袋，九个面孔都似人，《海经》里就是这么写的。尽管科学家从来都把这些传说视为无稽之谈，山村与海村的居民却坚信不疑。他们一丝不苟地将此作为毕生追求的事业，假如图书馆的研究员始终研究不出什么结果的话，这不是没有可能的。很多年过去了，他们的祖辈都默默忍受了图书馆研究员的无能，在此荒废一生。现在，他们希望能捕到凤凰与开明兽，尽管为此已经牺牲了不少村民，但是却没有一个人放弃。他们要捕到这珍禽异兽，拿到城里的博物馆进行展览。这样就可以挣一大笔钱，搬到城里住变成一个城里人。尽管那些城里人很久以前也是山民渔民。谁也不知道他们捉到了什么，才变成了城里人。但这些渔民不会去问的。他们曾经看到过一个想成为歌唱家的音乐爱好者问一位歌唱家：您那个高音是怎么唱上去的？那个歌唱家怔怔地盯着他看了好一会儿才说：对哟，我那个高音究竟是怎么唱上去的？

有一天，父亲对作家说：不要每天都忙着去定义，这也是问题那也是问题。或许真的没有什么问题，很多事也没有什么意义。你是知识分子，所谓意义，更多时候不过是你一番自作多情。在求索的过程中，或许一不小心就要误入歧途。

父亲说这些话的时候，眼睛里含满泪水。像是一种自我表达，又像在说给一位病友。这短短的几十字，说来如此艰涩，还带着那么一点点不肯定，不自信，犹豫不决。尽管吕贝卡不明白这些话的意思，但他又想起父亲在他初来那天吟诵的句子：仿佛我已从一场病中康复过来……

作家却在这时哭了起来。他把手指探进自己蓬乱的头发里。这个平日看起来生龙活虎的男人，此刻因痛苦而扭曲的表情，以及两鬓脏兮兮的胡须，使他显得那么苍老，像一个比爷爷比外婆都要老许多倍的老年人。作家哭了一会儿，又重新振作起精神，尽管还带着抽噎，但他仍然一字一顿、字正腔圆地说：我不要有饭吃、有衣服穿、有房子住、有狗养、有电视看就觉得很满足，认为我们是没有任何问题的。谁能说一味地发展文明，却不愿停下脚步看看自身存在的问题不是一种浮躁的态度？谁能说盲目地前行不是在走向歧途，甚至是死亡、毁灭。我知道求索让我孤独。这孤独常常让我痛苦不堪。可我不怕了，我宁愿痛苦，也不愿麻木！

当天晚上，山海两村的图书馆研究员的研究，均取得了突破性进展：

山高，高高入苍穹。在冥思苦想中，山村的图书馆研究员终于悟到了。他泪流满面地奔跑在街上，像当年诗人骂街一样哇哇大叫：我知道了我知道了——是迁徙！我们来自天外！我们都是外星人！所有山村的居民欢呼：太自豪了，原来我们不是愚蠢的地球人，我们是智慧的外星人！我们祖上是老外！于是，他们热烈庆贺了一番，吃掉了山里最珍贵的保护动物，包括终于捉到的那只凤凰。那真是只神奇的鸟啊，倘若带到城市里去展览，保证整个山村的居民都会变成城里人。可他们此刻根本就看不上城里人了。他们砍光所有树木，开山凿石，大炼钢铁，开始制造飞碟，准备回家，到大气层的外面去。

海深，深深不见底。在冥思苦想中，海村的图书馆研究员终于悟到了。他泪流满面地奔跑在街上，像当年诗人骂街一样哇哇大叫：我知道了，我知道了——是迁徙！我们来自海底！我们都是美人鱼！所有海村的居民欢呼：太自豪了，原来我们不是丑陋的哺乳动物，原来我们是高贵的美人鱼！我们祖上是贵族！于是他们热烈庆贺了一番，吃掉了海里最珍贵的鱼，包括终于捕到的那只开明兽。那真是头神奇的野兽啊，倘若带到城市里去展览，保证整个海村的居民都会变成城里人。可他们现在根本就看不上城里人了。他们拆卸所有船只，烧掉渔网，研究御水术，开始着手将一条风干的大鲸鱼改造成一艘潜艇，准备回家，到海底两万里的地方。

飞碟和潜艇建造的日子里，山海两村的居民除了继续庆贺，没日没夜地庆贺，便什么事也不做。他们完全被这种从来没有过的热烈希望和清晰可现的前景弄得晕晕乎乎。以至于每个人都面颊绯红，那是因为不停地笑，不停地笑出来的结果。白天，他们除了喝酒吃肉，就是为建筑师们吹响号角，擂动战鼓。晚上，他们张灯结彩，唱歌跳舞。山头点起了最明亮的火把，海面之上的天空中绽放着璀璨夺目的烟花。这一切都让吕贝卡感到，自己似乎在梦中，活在一个不存在，也从来不会存在的世界里。从来没有过的欢乐让他们卸下所有的包袱，包括敌对与仇视。毕竟是要离开了，大家彼此应该留个好印象。因此，那条闲置得甚至都要长出蒿草来的街道上，再次响起了纷至沓来的脚步声。山海两村的居民相互祝贺，相互邀请，相互道别。有很多村民甚至为此流下了愉快的眼泪。爷爷依然处变不惊地拨拉着三弦，有时候吐一口浓痰，有时候喑哑地唱：二十个人过一座桥，进一座村……父亲依然像匹老马一样做出似仰天长啸的表情，却毫无语言。作家则痛心疾首地看着这一切，并不断地撕着稿纸，冷冷地嘲笑。

飞碟研制成功的那天，山村的居民欢呼着将这个“钢铁战士”搬上了山顶，这用去了一个礼拜的时间，但他们丝毫也不感到沮丧。他们站在山顶上，排着整齐的队列，迎接试飞的时刻。所有的人都激动不已。当驾驶员钻入飞碟之后，他们看到山脚下的海村居民正将那个怪兽一般的潜艇拖向海边。而且他们还看到，海村的居民也在仰望着他们。一霎那，一种从来没有过的感动，电流般涌遍他们的全身。山村与海村的居民们，在老死不相往来这么多年之后，在这一刻赫然发现，原来他们之间有着那么浓厚的情谊。在这即将永远告别对方、永不相见的时刻来临之前，他们发现彼此是那么依依不舍。不知道是谁第一个挥动了手臂，接着，所有的手臂都挥舞起来。在这浓浓地离愁里，连最愤怒的汉子也流下了滚滚热泪。

驾驶员扳动操纵杆，飞碟机体发出刺耳的嗡鸣，接着剧烈地振颤起来，甚至山石都要崩裂了。接着，它腾空而起，尽管摇摇晃晃，却飞上了天空。似领受到神谕，山村的居民匍匐在地，浑身颤抖。但不幸的是，这短暂的欢乐并未能持续多久。没有两分钟工夫，当飞碟飞到沙滩上空时，终于像架断了线的风筝，摇摇晃晃地跌落下来。不偏不倚，刚好砸在那艘刚刚吃水的潜艇上。巨大的撞击声，使两架神奇的装置瞬间化为一堆垃圾，且大部分不可回收。

面对这一切，在山头，在沙滩上，山村与海村的居民木然伫立。沉默，像经过万年。那么茫然不知所措地低垂着手臂。只感到像失去了最爱的恋人，手脚冰凉。不知是谁最先回头看这么多天被自己的同类们糟蹋干净的粮食、山水、天气、希望和生活里的所有一切。满目狼藉，遍地疮痍，只剩下光秃秃的山，泛着白色泡沫的海水，以及一座座空房子。是谁最先想起了那首流行歌曲：我们，回不去了，对不对？不能去怪谁，只能独自，掉眼泪……悲痛得近乎麻木的人群中，是谁最先觉醒的？最凄惨、最愤怒、最刺耳的尖叫响彻天空：把山村的人统统剁成肉酱！他们捡起那堆废品当作武器，朝山顶冲去。

这不是朝圣的队伍，这是战争。对绝望的人而言，或许只有同归于尽才是最终的夙愿。这场硬仗打了很多天。山村和海村的居民都很结实，个个打不死。这让人始料未及。他们胳膊断了就用脚踢，脚断了就在地上爬行用嘴咬，牙齿硌掉了就用脑袋撞，像玩碰碰车。脑袋撞破了就用身体互相顶撞、挤压。后来不知是谁报的警，警察来的时候他们打伤了警察。他们完全失去自我控制的能力了。他们互相说着，不要打了，不要打了，我都快被你打死了。身体却停不下来对对方的伤害。媒体每天都在报道此事，全国人民都把这当成了一个别出心裁的娱乐节目。电视连续剧的收视率直线下降。尽管大家对此事持不同意见，但均在某个方面达成共识：那就是，这两个村子的居民们全疯了，比疯狗还疯。政府面对此事相当为难。因为防暴队已经不起任何作用。最后，通过人民公开投票，决定动用军队。

军队闪电般迅捷，他们刚接到命令便浩浩荡荡地进驻山海村，马上施行全线封锁，戒严。只花了一个晚上的时间，第二天他们便又浩浩荡荡地返回军区了。当清晨的第一线曙光照亮大地的时候，山村和海村的居民像从前一样，伤痕累累，却都活着。但他们的所有建筑已被夷为平地。于是，他们终于停止了械斗。因为一切都是粉末，手里再也抓不到什么锐器钝器了。那两个图书馆研究员奔跑在这一片荒凉的废墟上，泪流满面地呼喊：我知道了，知道了——是军队。

这时，作家不慌不忙地走出房子，来到村民们中间。他点了一支香烟，说：我早说过，我们是有问题的。山海村的全体居民，用他们仅剩的最后一丝力气，把他暴揍了一通。

接下来，政府派来医疗小组，清一色全是心理医生。再接下来，政府拨下来救济款和建筑物资。美好的生活便又重新开始。当山海村的居民又回到从前的生活，变成和大家一样的人之后，很多电视观众对政府的这一举措相当不满。偶尔他们还能聊以自慰的是：山海村总还有些人一看见记者就嘀嘀咕咕：我们曾经捉到过凤凰，还有开明兽。不过被我们吃掉了。

观众们都认为，山海村的居民们与我们相比，还是有那么一点不同的。

在乡下待久了，吕贝卡开始渴望电视机。军队封锁山海村的那个夜晚，他忽然想起因为急匆匆跑过来见父亲，《圣斗士星矢》已经落下好多集没看了。也不知道星矢在黄金十二宫里有没有打败双子座的黄金圣斗士呢？于是，他希望父亲和他一起回到城里。尽管外婆家 14 寸的红旗牌电视机是黑白的，还需要用一根绳子绑到桌子上频道才不会乱跑，但他估计父亲不会介意的，因为爷爷这里连台半导体收音机都没有。每个中年人都有一台电视机，每个老年人都有一台收音机。他们坐在沙发里，躺在老床板上，看到听到他们所以为的来自外面世界的消息，才觉得自己没有虚度光阴，自己的生活充满意义，自己没有被世界抛弃而且永远都不会。但祖父和父亲似乎对这些都漠不关心。吕贝卡希望父亲和他一起回到城里去。父亲迟疑了很久说，他还需要一段时间。现在父亲每说出一句话都显得很困难，仿佛要思考很久，还要再字斟句酌很久。这让风风火火的吕贝卡很不耐烦又无可奈何。说回去，就要马上回去，吕贝卡站在小木屋前号啕大哭起来。这容易让人误以为是一个想妈妈想疯的孩童，但也只有吕贝卡知道，他想的是电视机，是女神和她的圣斗士。于是，祖父放下三弦来，一声不吭地牵着吕贝卡的手向村外走去，却被哨兵拦住了。尽管哨兵看到爷爷和吕贝卡的好腿好脚好生奇怪，但依然公事公办地声明：山海村已全线封锁，任何人不得入内，任何人不得外出。尽管爷爷表明自己非山非海，甚至找来作家作证也于事无补。爷爷很无奈，气哼哼地扯着吕贝卡往回走。忽然，吕贝卡大喊一声：黑伯伯！

由于做统帅的黑伯伯的特许，爷爷带领吕贝卡连夜离开了山海村。在离开之前，免不了狭路相逢地寒暄。久违的黑伯伯在言谈中间又发生了翻天覆地的变化。其中一句话差点让父亲将茶水喷出来。他说：人民啊！好生神奇的人民！

在送走儿子之前，父亲忽然很神秘地说：吕贝卡，我准备做一件事。

刚刚停止哭泣的吕贝卡挂着泪珠一抽一噎地问：什，么事？

父亲想了想，说：好事。极好的事。

再次站在位于向阳河岸边的那条生满青苔和霉菌的窄巷子里，吕贝卡忽然记不清外婆家是在哪个破院里了。这条总是泥泞满地的巷子里共有四个家属院，全是清一色的五层红砖的旧居民楼，全是一模一样的掉光了漆的黑色钢管焊接在一起的铁院门，院门口全都没有家属院所属单位的牌子。吕贝卡只记得是进巷子后的第二个门，但他搞不清是从哪边的巷口进到巷子里的第二个门。于是，茫然无措的他眼眶中似要涌出泪水来。爷爷则很耐心地到每个院门口的传达室询问，用吕贝卡母亲的名字。但没有人认识吕贝卡的母亲，爷爷就问吕贝卡外婆的名字，吕贝卡委屈地摇摇头说：我不知道。祖孙二人就无所事事地蹲在路边。爷爷说：我给你说点解闷儿的事儿吧。说着，爷爷拿根树枝在地上比画着。从远处看过来，就像两个流落街头的乞丐。

爷爷说：二十个人过一座桥，进一个村，是二十个人过二十座桥进二十个村，还是一个人过一座桥进一个村？

吕贝卡为避免自己的没用遭受罪责，便做出对爷爷的问题过分感兴趣的表情，惊讶地张大嘴巴问：这是道算术题吗？

爷爷说：这是古谣。你算算。

吕贝卡也捡起一根树枝在黑乎乎的泥泞路面上若有其事地画着，并在心里背诵着没用的乘法口诀。最后，他不是很确定地说：是二十个人过二十座桥，进二十个村？

爷爷说：这是古谣。不言自明。

吕贝卡说：那是一个人过一座桥，进一个村？

爷爷说：你想想，人穿着厚厚的马靴，踏过桥上的木板吱吱呀呀地响，小村的第一道白墙，从果树林中伸出来……你刚才在想什么？小村的第一道白墙，那一棵棵果树……

吕贝卡糊涂了：爷爷，那到底是什么？

爷爷嘿嘿笑了笑，从粗布对襟棉袄里取出一块旧报纸裁成的小纸片，一个用绳子封口的小布袋。爷爷不慌不忙地把布袋里的碎烟末捏一撮在小纸片上，卷成一根烟卷，用舌头麻利地舔一下，封起来。而后，他把纸片和布袋重新放回怀里的口袋里，并顺手摸出一盒火柴，对吕贝卡说：给爷爷点上。

吕贝卡恭恭敬敬地给爷爷点上烟，爷爷很惬意地抽了一口，然后对吕贝卡说：二十个人过一座桥，进一个村，不是二十个人过二十座桥进二十个村，也不是一个人过一座桥进一座村，二十个人过一座桥，进一个村，就是二十个人过一座桥，进一个村。这是古谣，不言自明，像意义一样肯定。

说完，爷爷就哈哈大笑起来，笑得像只老绵羊。吕贝卡被这些数字和桥啊，村啊，搞得一头雾水，竟不知如何表情，只好跟着傻笑。

多年之后，吕贝卡再次回想起一生之中这唯一的一次与祖父的单独相处，他会心地笑了起来。那时候他明白，恶作剧似乎也可以遗传。

有响亮的音乐响起，祖孙二人循声望去，只见离他们最近的院子里的四楼上的阳台上，一个邋遢的男青年正调节着录音机的音量，更大一些的时候，他忽然像帕瓦罗蒂一样激昂地伸展开双臂吼起来：啊！你的眼睛，闪烁着光芒，仿佛那太阳，灿烂辉煌……看到男青年唱那个“啊”字，吕贝卡感觉他就要像动画片《杰杰熊与迪迪鸟》里的达达狼一样把眼珠子迸出老远了。男青年张牙舞爪地挥舞着双臂，又是模仿指挥，又是模仿管弦乐手，忙得不亦乐乎。这让吕贝卡和爷爷看得半张着嘴巴。后来音乐播放到舒缓处，男青年像只可怜的小羊羔一样抱着自己的双肩，眼睛微闭作惆怅状，左右摇摆地徜徉，唱着：当黑夜来临，太阳不再发光，我心中凄凉，独自在彷徨……

吕贝卡惊喜地对爷爷说：外婆就住在这个院子里。因为每天都能看到他唱这首歌。

吕贝卡把爷爷远远地落在身后，极其迅速地蹿到一个黑乎乎的门洞口。之后，他站在那里哇哇大哭起来。爷爷站在他身边，需要适应了光线之后，才能看见一楼住户门口的一竹筐煤球，白象牌的黑铁锁把木门外的小铁门锁得严严实实。爷爷说：不要哭了，我们等一等。于是，爷孙俩蹲在楼道口又开始做起了解闷的题。一直到太阳落山，一个个下班的男女从他们身边绕过去匆匆上楼，疲倦的眼神中带着点迟疑无谓的探询，始终未见到外婆或是母亲的身影。当爷爷也快要失去耐性的时候，一个提着菜篮子的老太太在外婆家对门站住，在怀里摸了很长时间才找到钥匙，打开门后，狐疑地瞅了瞅他们，进屋了。过了一会儿，她就显出和之前毫不相称的麻利，从屋子里钻出来，对吕贝卡说：你是前些天在王大姐家里住的小外孙吧？叫什么来着？吕贝卡楞怔怔地说：我叫吕贝卡。并刚刚记起外婆原来姓王。老太太不等吕贝卡问话，就像一个按了播放键的录音机一样立马兴奋起来，她滔滔不绝地说：哎呀，看我这记性，外婆跟你妈妈搬走了，昨天搬的。妈妈还托付我看到你回来，让我找个大人把你送过去。卫东！卫东！说着，她冲屋子里喊了一声。随着一个不耐烦的应答，在昏黄的夜色里，一个睡眼惺忪的中年男人倚在门框上，随手拉亮了楼道里的电灯泡。老太太继续唠叨着说：你外婆真是有福了，你妈妈买了大房子。你外婆是熬到头了，跟自己闺女住大房子过好日子去了。哎呀，我看我是再熬二十年也没你外婆的福分啊。老太太说得嘴角挂着白沫，唾沫星子携带着一股难闻的腐臭口气喷在吕贝卡的脸上。中年男人不耐烦地说：喊我什么事儿啊？老太太说:你把这孩子送到海边去吧,什么地方来着,好像是太公岛……太公岛几路来着，你看我这记性。说着，她走进屋里在摆放着电视机的条台上找了好一会儿，从一堆报纸杂志里翻出一个纸片来，对儿子说是太公岛二路。中年男人不耐烦地盯着自己的母亲，吕贝卡觉得这么一个干瘪瘦小的老太太竟然能生出这么一个膀大腰圆的怪物来实在是既神奇又神气。爷爷面无表情地从不情愿的男人手中抽出那个写着地址的纸片来，说：我会送他去的。

恐／惧／第／十／四

不必有人送，吕贝卡永远记得去耿叔叔家的路。耿叔叔住在那个泔水四溢的夜市背后。那条脏兮兮的街道两旁挂满了开膛破肚的老板鱼，散发着难以忍受的腥臭。耿叔叔紧闭门窗，拉着厚厚的黑色窗帘，在阳光最好的天气里，也像生活在地窖一般。为了能看见吕贝卡，他打开一盏二十瓦的台灯。看来，这世界上比外婆的房间更令人恐惧、更令人坐立不安的房间是这里了。耿叔叔坐在床上，靠在一个墙角，墙角更黑。吕贝卡看不清他的脸。于是，就盯着他的身体。吕贝卡发现，他的姿势甚至不能叫坐，只能叫歪在那里，或者叫瘫在那里。每当他说话打手势时，就像一只挂在墙壁上晃荡的玩具飞机。是的，周先生曾不厌其烦地用那种恐怖的语气说：他的骨头从身体里飞出来，插在一棵树上。至于那棵树在哪里，谁也不知道。所以，至今也没有找回那根飞走的骨头。吕贝卡想，耿叔叔丢失的骨头，肯定是他所有骨骼当中最大最粗最占主导地位的那根。这根骨头一旦飞走，便把整个耿叔叔给抽空了。现在的耿叔叔，现在丢了骨头的耿叔叔，就像晾晒在衣架上的衣服，前后贴在一起，看起来那么薄。

那些曾经来探望过耿叔叔的歌迷，也只在逢年过节的时候，像探望老干部一样过来应个景。更多的时候他们在忙些别的。现在流行 MTV，他们天天在家里看 MTV，走在街上就幻想整个世界就是一首超级大的 MTV，他们置身其中，根本不需要什么演唱会，不需要什么现场，也就更不需要去探望一个散了架的鼓手了。

丢了骨头的耿叔叔，再也没有力气去碰他的架子鼓。他的鼓是一堆丢弃在墙角的废铜烂铁，生着锈，蒙着灰尘。只有在黄昏，夜市开场时响亮的叫卖声，还能与那些鼓皮、吊镲共振两下，发出细雨般的沙沙声。丢了骨头的耿叔叔，足不出户。他把自己关在一个黑暗的世界里，终日的乐趣就是敲桌子。他每天都要让她的姐姐听到他敲桌子的声音，以证明他还活着。他敲着桌子说：什么饭菜？简直就是猪食！他敲着桌子说：你们别关着门嘀嘀咕咕以为我听不到，受不了就把老子埋了！他敲着桌子说：我知道你昨天发了工资，你儿子的自行车还很新，可我的轮椅垫子已经起毛了。他就这么经年累月地敲着，敲得桌子掉了漆，敲得指关节生出很厚的老茧，把桌子敲出了坑，敲裂开了缝，一直敲到姐夫到法院申请与姐姐离婚，他沉默了一个礼拜。姐姐换了一张新桌子，他便又重新敲了起来。

吕贝卡说：耿叔叔，你是怎么知道我外婆死了呢？

耿叔叔笑了笑说：我当然知道。

吕贝卡说：可是并没有人告诉你呀。

耿叔叔说：所以我知道。

吕贝卡说：你是道士吗？

耿叔叔说：什么歪门邪道的。我告诉你吧！是上帝告诉我的。

吕贝卡说：上帝是我家的邻居吗？

耿叔叔说：不是。但他看得见你们家。接着他说：你知道你外婆死了会到哪里吗？

吕贝卡说：我知道。在那个房子里。外婆被烧成了灰，外婆的灰盛在那个黑盒子里，放在那个房子里。你那天不也看到了吗？

耿叔叔笑了，他摇摇头，说：你说的是你外婆的肉体。肉体是什么？是空壳，是糟粕。我说的是你外婆的灵魂。你知道你外婆的灵魂去了哪里吗？

吕贝卡说：卖火柴的小女孩说她外婆的灵魂上了天堂。我外婆应该也上了天堂吧。

耿叔叔说：本来是要上的。不过，可惜我去晚了。我去晚了，你外婆就要下地狱了。

吕贝卡说：为什么呢？

耿叔叔说：因为她不信上帝。上帝是最仁慈的。你早上信他，跟到晚上才信他，待遇都是一样的，都可以上他的天堂。我不知道你外婆信不信上帝。她如果信的话，罪过就在你的母亲。因为你母亲用了歪门邪道的仪式来焚化你外婆的肉体。没有牧师念告别词，撒圣水，上帝就不会接收你外婆的灵魂。你外婆的灵魂上不了天堂，也下不了地狱。你外婆的灵魂在对上帝哭诉——啊！上帝啊，我信了你一辈子，你为什么不让我进天堂呢？你说这不是为难上帝吗？尽管上帝知道你外婆是他虔诚的信徒，但皆因死后未按照他的仪式进行，规矩不能改呀。所以，经过上帝的耐心解释，在天堂和地狱之间游荡的外婆，只有去恨你的母亲。因为不管怎么说，这罪责都不在我来晚了。如果你外婆从来就不信上帝的话，那就惨了，上帝更不会让她进他的天堂，就只能下地狱了。

吕贝卡说：不上他的天堂，上别人的天堂行不行？

耿叔叔忽然生气了：天堂只有一个！只有上帝的天堂才是天堂！

吕贝卡说：我知道了。那我外婆多可怜啊。

耿叔叔说：不过没关系，现在我来祷告。希望上帝可以把天堂的门敞开一条缝，让你外婆溜进去。你要记住，我每天都要给你外婆祷告，这是个很累的工作。

吕贝卡说：你要不要给上帝送礼呀？我见同学的爸爸走后门都要送礼的。

耿叔叔又生气了：我说过，上帝最仁慈。上帝会接纳你外婆，只因为他仁慈！上帝是不会受贿赂的。再这样说，死了会下地狱的！

吕贝卡便不敢多言。

这时，耿叔叔忽然向他爬过来，带着一种阴森的冷笑。由于惊吓，吕贝卡下意识缩了缩身子。耿叔叔脸上闪过一丝不易察觉的疼痛。但他依然爬了过来，他说：你怕我？

吕贝卡点了点头，接着，又慌忙摇了摇头。耿叔叔面无表情地说：不要怕我，吕贝卡。

吕贝卡没有作声。

耿叔叔说：你胳膊怎么了？

吕贝卡说：摔了一下。

耿叔叔说：摔了一下？他蹙起眉头来，吸了口气，并把台灯的亮度调高。他费力把吕贝卡的手臂拉到灯光下，看了看，说：这痂不像是摔的。

吕贝卡说：还被猫抓了一下，恶狠狠地。

耿叔叔使劲“哦”了一声。接着，他把灯光扭暗，退回到墙角。

阴暗的沉默便再度填满整个房间。

这样过了一会儿，吕贝卡沉不住气了。他说：耿叔叔，你怎么不说话了？

耿叔叔把一本《圣经》抱在怀里，转身面对墙壁，双臂并在胸前。在吕贝卡眼里，一架玩具飞机就折叠起来了。变形金刚？这样过去十来分钟，耿叔叔都没有变换姿势。吕贝卡担心他就这样跪着睡着了，就小心翼翼地问了一句：你在给我外婆祷告吗？

耿叔叔不作声，仍把那个困难的姿势坚持了很久，才转过身来，严肃地说：我在为你祷告。

吕贝卡惊讶了：为我？

耿叔叔点点头。

吕贝卡说：我有什么需要祷告的？

耿叔叔说：因为你就要死了。

吕贝卡说：我没有生病啊。白血病才会死呢。

耿叔叔忽然大声说：狂犬病比白血病更恐怖！

吕贝卡吓得灵魂出壳一般呆在那里。过了好久他才醒过神来，他嘻嘻笑着说：我打了一个礼拜疫苗呢。

耿叔叔从鼻子里发出一声嗤笑，冷冷地盯着吕贝卡，却不说话。

吕贝卡沉不住气，便又重复说：我打过针了。狂猫疫苗，哦不是，狂犬疫苗。

耿叔叔冷笑说：什么狂犬疫苗？狂犬疫苗是医学界最大的骗局！一点用都没有。真的，打了也白打，就是心理上给你一个安慰。被动物抓伤，总是要死的。

吕贝卡想了想，说：你又不是医生，你怎么知道它是假的呢？上帝告诉你的吗？

耿叔叔脸上依然是用那种嘲笑愚昧无知者的表情。他不作声，只努力地扒拉床边的抽屉，有两下差点扒空而摔落在地。但他终于在里面找到了几个红色的本本，打开来，摊在床上。那上面写着某某医学院毕业，还有一个本本上写着什么行医资格。吕贝卡说：这是什么？

耿叔叔说：在做职业鼓手之前，我是个医生，外科医生。现在你相信我了吗？

权威的凭据在一瞬间击垮了吕贝卡。他怎么会不相信一个医生的话呢？他瘫软在椅子上，脑子里一片空白。接着，他看到了外婆被抬进去的那个黑门，他看到了父亲演奏的瑶族舞曲，他看到了那些沿着海岸线送葬的队伍，他看到了通往乡村的道路两旁影影绰绰的坟墓，他看到了自己曾经如何恐惧地迎接黑夜的来临……那么多夜晚都在恐惧中度过。而现在，他要死了，他将躺在一望无际的永远没有黎明的黑暗之中。就像那晚上不小心掉到床下，企盼天亮，天却永不会再亮了……

他已经忘记了怎么走出耿叔叔家的。只觉得身体这个躯壳，这个糟粕软软绵绵，头脑中混乱一片。走在阳光普照的海风里，却像行走在云雾之间。耿叔叔说：以后你每天都来让我为你祈祷。只要你对上帝虔诚，你就不会死了。耿叔叔的话带来了最后一线生机。假如没有这句话，吕贝卡不知道自己是否有力量走到门外。

于是，躯体内生长了一个白天和黑夜。它们在竞赛谁长得更快，更茁壮，更茂盛。在吕贝卡的心里，白天就是活着，黑夜就是死亡。白天与黑夜在他的身体里战斗着，厮杀着，相互革着命，发出噼噼剥剥的响声，像一些木柴在燃烧。有时，它们打累了，又是一片静默。

在天气最好的下午，吕贝卡也躺在自己的房间里，他不敢闭上眼睛。因为闭上眼睛就意味着黑暗，黑暗之中就是死亡。他盯着苍白的天花板，就连眨眼也用最快的速度。渐渐，他感到自己的身体在变得透明，在变得轻薄，并恍恍惚惚地飘起来。他飘出被窝，飘到窗外，飘上房顶。他俯视着街道上的斑马线向另一个城市飘去。他飘过街道，飘过高楼，飘过山脉，飘过河流，飘过海洋。他在天空中看到太阳在慢慢下沉，他焦灼，希望它停下来，或者升上去。可太阳仍在下沉。于是，他呐喊，天便瞬间黑下来。树枝在黑暗中惊悚地竖起，哗啦啦飞出一群群倦鸟，向巢穴飞去。他焦灼起来，天黑了，是要回家的。于是，他朝家的方向飘，却不知家已隐落在何处。在光线里飞行的自如，也已随着黑夜的来临而消逝，像电影里的魔法。但见一堆蓬松而起的土堆，越来越像圆圆的馒头，井然有序地排列在他的下方。他害怕自己已不能飞行，但这种担忧是多余的。一旦这念头冒出，他便开始下落，意念已无法支配身体，更无法支配地球引力。他落下了，稳稳地落在最大的坟包上，并往泥土中陷落。他吓得浑身发抖，他只有抱紧自己，并绝望地闭上眼睛。他想，一切都完了……

是母亲喊醒了吕贝卡。尽管母亲冷着脸，但出了一身冷汗的吕贝卡，将这当作一次拯救。他对母亲投去感激的一瞥。母亲说：吕贝卡，你不能再睡觉了。你看你每天除了跑到耿叔叔那里，就是躺在床上睡觉。我知道外婆去世你很难过，但也不能变得这么消极。再睡你会睡死的！

母亲咬出的“死”字，使吕贝卡脑门上又多涂上了一层冷汗。吕贝卡不敢再睡觉了。他走到客厅里，仍是空空的画板和衣冠楚楚的周先生。吕贝卡懊恼地说：不睡觉，让我干什么？

母亲说：你该去放风筝了。跑一跑，身心会开朗许多。

吕贝卡垂头丧气地拖着风筝走到门口。忽然，他转过身来，对母亲说：如果一个人死了要下地狱，祷告能不能让他改上天堂？

母亲面对这个奇怪的问题愣住了。但她想了想说：不能。

吕贝卡说：我知道了。接着他又问：那，如果一个人肯定是要死掉的，祷告能不能让他不死？

母亲哈哈大笑起来，说：当然不能。如果祷告能让人不死，那还要医院做什么？

吕贝卡说：可医院是治不了绝症的。

母亲说：祷告更治不了。

吕贝卡说：我为什么要相信你呢？

周先生说：你到沙滩上去，碰见一个人就问，看看他们都怎么回答，然后你会得出一个百分比来。你会算百分比吗，吕贝卡？

吕贝卡想了想说：我会。

于是，吕贝卡来到沙滩上，逢人就问。结果问了十个人，有九个人都像母亲那样哈哈大笑，然后说：当然不能。

海平面在吕贝卡的眼前只是一团模糊的浑沌。吕贝卡不再发出哭声，眼泪却流个不停。这已不是一个孩子的哭泣，而是人类共有的，在伤心到深处的默然泪流。这些绝望的眼泪流到他的心里，结成冰块。他觉得心越来越硬，硬到可以刺穿胸膛，落到地上来。当他意识到反正是要死，怎么也无法挽救时，他的眼泪停止了。从这一刻开始，吕贝卡感到自己已经不再是个孩子。他感到自己终要追随外婆而去，他感到余生不多的晚年已经来临。

从此以后，吕贝卡完全改变了。按照动画片里讲解员讲解的时间来计算，他已只剩下不到半年的生命了。作为一个离死亡只有五个月时间的人来说，他必须考虑自己应该做些什么。像外婆，她就在临死之前留宿了一个老男人。可吕贝卡思来想去，也没有什么值得留宿的人。在黄昏，他站在旺财杂货店门口等了很久，也没有一个人停下脚步喊出他的名字。后来，他甚至学外婆席地而坐佯装哭泣，也毫无用处。

他总是独自一人躲在人迹罕至的地方默默苦恼、默默憔悴。在废弃的灯塔里，他发现了一条破旧的小船，他试图把它拖出来，拖到海里去。但没拖几步，那船就散了架，成为一堆朽木。由于臭烘烘的野屎，斑驳墙壁上的尿渍，吕贝卡不再留在灯塔里。他有时会沿着海平面一路向北，一直走到筋疲力尽。但无论是行走、奔跑，还是独坐，他都能毫无例外地、真切地感受到死亡的气息正扑面而来。死亡就是日历上的年月日，死亡就是钟楼上沙哑的钟声，死亡就是墙壁上的钟摆，死亡就是胸腔里的心跳，死亡就是急遽奔跑后呼哧呼哧的喘息……它们无一不清晰地表明，死亡正踏着进行曲的节拍，沿着那条路走来。

按照动画片上的讲解，过不了多久，发病前的先兆就要出现了。想到这里，吕贝卡更加坐立不安。他忽然发现自己最近口渴得厉害，每天都要喝很多水，上很多趟厕所。他回想起那晚在窗台上，那毛茸茸的肉感所带来的一瞬间魂飞魄散的惊吓，那利爪像冰凉的刀剑滑过手臂后留下的火辣辣的疼痛，还有外婆的那只老猫，它伏在地板上如婴儿般哭泣，它跳起来要将自己摔死，以至最终将自己饿死。吕贝卡不寒而栗，他赫然发现猫竟是那么可怕的动物，简直超越一切洪水猛兽。于是，他逐渐感到自己一会儿浑身发冷，一会儿又浑身发起热来。

他不安地背着手，在客厅里来回踱步，像一个小老头。在母亲被她的脚步声扰得烦乱，准备发怒之前，他终于忍不住先发制人：我要是死了，你会哭吗？显然这问题令母亲十分惊讶，但她很快便坚定不移地回答道：肯定会的，因为你是我儿子。吕贝卡放心地点了点头。但很快他又焦虑起来。他问道：就像外婆死的时候那样哭吗？母亲说：这还用问。哭还不都是一样。

吕贝卡说：可是，我觉得你那天说哭就哭，说停就停了。哭得多假。母亲马上就生气了，正要说什么，吕贝卡摆了摆手说：算了，我死了你还是不要哭了。

吕贝卡在忧郁而又焦灼的心情中体会着时间的流逝。忧郁是由于自己要死了，焦灼是不知道自己在临终前最需要做的是什么。每当想这个问题，便有一大堆看来都很重要的事情蜂拥而至。譬如去商店里买一套圣斗士的黄金圣衣啦；譬如尽快搞清楚圆形的概念尽快回到学校啦；譬如尽快毕业成为一个让数学老师欺负不了的人啦；譬如……许许多多他认为重要的事堆放在眼前，就如同面对杂物室无从下脚。但在内心的深处，他又总觉得有一件真正重要的事，超出这所有的一切，他却一时怎么都想不起来。

吕贝卡在焦灼而忧郁的心情中体会着时间的流逝。他不敢待在家里，因为墙壁上的钟摆敲疼着他的心。他不愿在安静的环境里听到自己的心跳，那同样令人心痛不已。于是，他每个白天都在逛游，不断地行走，或者奔跑，直到累得自己没有一丝气力。

一天，灯塔下面的阴凉里，来了一个中年男人，他带着讳莫如深的表情，在灯塔上钉起一个巨大的彩色塑料蓬架。蓬架上挂满了玩具。有泥塑的动物，有毛茸茸的布袋熊，有手表，手电筒，耳机，收音机，药品箱，还有芭比娃娃……琳琅满目，应有尽有。中年男人坐在篷架旁边的一把竹椅上，手里握着一根长长的铁丝钩子，钩子上套满了篾条编制的圈套。蓬架边沿挂着一块木板，上面写着几个毛笔字：五毛钱一套。吕贝卡很好奇，他走过去问：有黄金圣衣套吗？中年男人头也不抬地说：应有尽有。吕贝卡说：我看上面没有。中年男人依然没抬头说：我说了应有尽有。吕贝卡说：上面真的没有。中年男人说：慢慢找。

他正聚精会神地看一本大部头，根本不关心有没有人来照顾他的生意。吕贝卡凑近了发现上面是密密麻麻的繁体字，他不认识。就问：你看的什么书？

那男人头也不抬地答道：《康熙字典》。

吕贝卡说：我们现在用《新华字典》。

那男人头也不抬地答道：我知道。

吕贝卡说：那你为什么还读《康熙字典》？

那男人头也不抬地答道：我选择，我喜欢。

吕贝卡无所事事地转悠了一会儿，又回到男人面前。

吕贝卡说：这么热，你怎么不待在家里？

男人终于抬起了头，他眯缝着眼睛看着阳光里的吕贝卡。男人说：老婆在家里闹得厉害，我烦死了。说完他哈哈笑了两声。吕贝卡也笑了。他让吕贝卡到他身边来，问道：小朋友，你猜过字谜吗?

吕贝卡说：猜过。

男人说：你背一个给我听。

吕贝卡就背到：一点一横长，一撇拉南洋，绞丝对绞丝，中间坐个言小子……

这个字谜很长，吕贝卡又记得不是很清楚，背了两三分钟才背完。男人赞许地笑了。然后他说：你会背，但你知道这个字怎么写吗?

吕贝卡说：语文老师说，这是个骗人的字谜，根本没有这个字。

男人笑了笑说：你们语文老师是个蠢材。接着，他不慌不忙地放下那本字典，从身后的背包里摸出一个手抄本，封面上手写的标题是：《康熙字典里也没有的字》，翻到其中的一页，指着一个字形复杂的汉字说，你对比一下，是不是你刚才的字谜。吕贝卡默念着，并一笔一画地对比，他惊奇地发现，果然是这个字。

男人说：这个字读 biáng，是陕西口音，是一种宽面条的专有名。吕贝卡顿时觉得这个宽面条真了不起。接下来，他还指给了吕贝卡好几个神奇的汉字，譬如，两个马排在一起读 dú，就是跑得飞快的意思。三个马像品字一样排在一起，读 biāo，就是比赛的意思。这些中原读音的汉字，竟然都可以简洁到如此程度，实在让吕贝卡叹为观止。

男人的生意很萧条，一天当中顶多有三个人来套一套圈。但他不在乎，只埋头读字典，并怡然自得。吕贝卡对他说：谢谢你，你是我临死之前见过的最好的人。

一天，吕贝卡正在埋头读字典，男人噌的一下站了起来。男人嚷嚷着：你们赶紧走，我不做你们的生意！吕贝卡好奇地抬起头来，发现面前站着的，竟然是那对失踪很久的赤身裸体的男女。他们并肩站在那里，皮肤被阳光晒成了美丽的红褐色。面对着老板的驱逐，他们什么话也不说，只执拗地递过来五毛钱。男人说：你们赶紧走，简直是□！男人只说了一个字，是个吕贝卡没听过的字，后来男人告诉他，那个字就是有伤风化的意思。吕贝卡对男人说：你让他们套吧，我认识他们。男人想了想，极不情愿地接过了那五毛钱。

赤身裸体的男人套了一支塑料玫瑰花。之后，他便和那个女人走开了。吕贝卡好奇地跟在他们身后。他们从沙滩上走过，所有的男女都露出或惊诧，或鄙夷，或饶有兴致的神情。但无一例外的，成年人都要捂住孩子的眼睛。赤身裸体的男女像吕贝卡游走的路线一样，沿着海平面一路向北，一直走到一片无人的沙滩上。男人和女人用一个优雅的姿势席地而坐。他们就像电影里一见钟情的男女。男人伸出手来放在女人的脸上，抚摸她的脸颊和头发，无限深情地望着她。接着，男人举起那支玫瑰花，对女人说：情人节快乐。女人温婉地笑了起来。

吕贝卡惊喜地看着这一切。吕贝卡对他们说：我还以为你们都死了呢。

男人转过脸把玫瑰花送到吕贝卡的手中说：情人节快乐。

吕贝卡说：今天不是情人节。

女人也走过来说：情人节快乐。

男人的手固执地伸在吕贝卡面前，吕贝卡只好接过了玫瑰花。于是，男人和女人开心地席坐在沙滩上，依然用先前的姿势和神情。他们就那么对视着，定格了。像他们在小巷子门口静坐一样，一动不动。吕贝卡无所事事地坐在不远处，看着他们。由于安静，他又听到自己的心跳声：扑通！扑通！是死亡在逼近。他站起身，举起自己的风筝，大喊一声：飞呀飞！在沙滩上奔跑起来。

夜幕降临的时候，在皎洁的月光中，澎湃的波涛跃起来，跌落在男女的脚边。他们就似领到神谕般庄重地起身，在吕贝卡惊异的目光里，踩进了海水。白色的浪花在黑暗的夜色中翻滚，淹没了他们的脚踝。他们拉着手,不慌不忙地向前走。海水没过他们的小腿肚，没过膝盖，没过腰，没过胸口……他们越走越远。最后，在苍茫的大海上，只隐隐看得见两个渺小的脑壳。接着，连脑壳也看不见了。剩下的只有此起彼伏的涛声，海浪溅起，再落下来。吕贝卡呆呆地望了很久，直到海面完全平静下来。他愣愣地把手指头放在嘴里咬了一口：没错，是疼的。

吕贝卡对耿叔叔说：这是我最后一次来看你了。

耿叔叔说：你不怕死了吗？

吕贝卡说：我怕，像以前一样害怕。

耿叔叔说：只有我的祈祷能延长你的生命。

吕贝卡说：你的祈祷是没用的。如果祈祷有用，你为什么不先祈祷自己呢？

耿叔叔说：我很好，我没什么需要祈祷的。

吕贝卡说：如果我是你，我祈祷自己可以站起来，可以抄起鼓槌。耿叔叔，我很喜欢看你打鼓的。我不喜欢你现在的样子。

耿叔叔说：你走吧，吕贝卡。

吕贝卡说：你不要再像件衬衫一样晾在这里了。你屋子里太暗，搞得我心情也很不好。

耿叔叔说：你走吧，吕贝卡。

吕贝卡说：你祈祷吧。你当着我的面祈祷，在我面前站起来。

耿叔叔说：你走吧吕贝卡，你不要这么恶毒。

吕贝卡说：你欺骗了我。

耿叔叔把脸背了过去，没有再说话。

吕贝卡走到门口的时候，耿叔叔的声音从背后穿来，像来自一个空洞的管道：吕贝卡，你是唯一来探望我的人。谢谢你来看我，吕贝卡。

经过那条巷子，吕贝卡在那对男女曾经坐过的地方，在自己的故居前，不置可否地伫立了一会儿。他每次经过这里，都希望看到那些焚烧过的痕迹已经被修葺过，但总是没有。房东似乎不准备再出租这所小院，而是当作一幅画卷，一幅即兴之作，永远保留在这里。吕贝卡看了很久，忽然发现，门槛上那片红色的血迹已经不见了。敏捷的他立刻像只麻雀一样扑棱起翅膀，飞到了巷子的另一头。

站在学校的大门口，面对放学的人流，他准确地瞄准了郭晓敏，并像个老朋友一样落落大方地向她走去，脸上还带着微笑。郭晓敏看到吕贝卡走过来，略带恐惧的神情，不知道该怎么办才好。

吕贝卡摸了好一会儿，从口袋里摸出一块巧克力，把它塞到郭晓敏的手中说：你好。

郭晓敏像具搁物架任由巧克力放在她的手心里，本就已经软绵绵的巧克力，在傍晚回升的气温里迅速地融化着。她脸上带着不解的神情，小心地盯着吕贝卡。

吕贝卡说：我并不讨厌你。

郭晓敏说：你是什么意思呢？我很害怕。

吕贝卡说：我只想把这句话告诉你，请你不要记恨我，把它当作美好的回忆收藏起来吧。等你老了，如果想起在你这么年轻的时候，有我这样一个人，这么早就死掉了，你就为我难过一下吧。随便你是掉两滴眼泪，还是叹口气，我都会很感动的。

郭晓敏说：吕贝卡，你真奇怪。你到底在说什么呢？

吕贝卡说：喜欢我吧，因为我也喜欢你。

说完，吕贝卡丢下被吓呆的姑娘，潇洒地转过身，向另一个方向走去。

郭晓敏忽然迟疑地喊了一声：吕贝卡，你要到哪里去呢？

吕贝卡说：我要去和死神谈判！

说完这句话，吕贝卡感到无限快意，尽管已不记得这究竟是哪部译制片里的对白。但因了这豪言壮语，郭晓敏几乎毫不迟疑地跟上了吕贝卡的脚步。

来到应天寺已是黄昏。僧人们正敲着木鱼围着那座供人喝茶的侧院唱晚课。11223344211，吕贝卡将这个无聊的旋律熟记于心。经过一个茶桌时，他看见一帮留长头发的男青年围坐在一起。一个男的忽然高声说：我实在不明白，诗歌到底美在哪里？你们都说小春的诗好。现在我当着小春的面，我要说，小春的诗在我眼里连垃圾都不是！由于这位男青年说“垃圾”这个词的时候，碰翻了茶杯，所有的人都愣在那里，包括经过的吕贝卡。忽然，在座的所有人都开始嘀嘀咕咕，继而变成了大声宣告，他们齐刷刷站起来说：我们从来没觉得小春的诗好！小春的诗，老实说，大部分都是垃圾。正因为没有一位勇敢的人站起来说出心里的话，再加上我们也害怕伤害到小春，一直没有说出口。现在开诚布公地说出这些话，是希望小春能够痛定思痛，真正努力地写出真正意义上的好诗来。吕贝卡注意到，他们在说这些话的时候，只有一个人仍然坐在那里。后来郭晓敏凑到吕贝卡的耳边说：他哭了。吕贝卡竖起小狗般灵巧的鼻子在空气里嗅了嗅，他对郭晓敏说：你今天吃爆米花了。郭晓敏说：是烤玉米。不知那帮年轻人是听到了郭晓敏的话，还是他们自己注意到了，忽然都把胳膊伸很长，去拍那个仍然坐在椅子上的年轻人，他们说：小春，你不要哭了。尽管你没有写出好诗，但你仍然是个好的诗人。那第一个站起来的人又开始高声喊起来：你们又开始说些言不由衷的话了！你们这样下去，中国的诗歌怎么能进步！吕贝卡忽然在桌子边蹲下身子，对那个哭泣的小伙子说：黄昏，是我一天中视力最差的时候。一眼望去，满街都是美女，高楼和街道也变换了通常的形状，像在电影里……你就坐在楼道的拐角，带着某种青草的味道，有点湿乎乎的，奇怪的气息。擦身而过的时候，才知道你在哭。事情就在那个时候发生了……在我临死之前，我会记得，你哭得真好。

说完，吕贝卡就站起身，头也不回地走了。因为他忽然不记得下面的台词是什么了。那个话剧看得太久，是父亲带他去看的。想起父亲，想起死亡，他显得更加难过。郭晓敏的脚步声在身后匆促不安。那张桌子沉默了很久。忽然，那第一个站起来把自己的朋友弄哭的年轻人又大声喊起来：极好的散文诗啊！极好！我们中国新诗有救了！接着，那帮人也欢呼起来，有救了。只有小春还在哭，似乎有一种叫作“永远也无法停止的忧伤”的东西紧紧拥抱着他。

拾阶而上，他们经过焚烧塔时，一条狗蹿出来，仓惶地冲向那群诗人。吕贝卡不再注意身后的事。他像个领导人一样背着手在骨灰楼上转了一圈，郭晓敏则更加紧凑地跟随着。当她知道这是死人居住的地方时，甚至害怕地抱住了吕贝卡。在三楼，吕贝卡把双手撑在栏杆上，鸟瞰寺外的景致：草长莺飞。一派荒凉却让吕贝卡内心腾出一份温暖的安详。就在这样温和的氛围里，吕贝卡对郭晓敏说：我告诉你一个秘密吧。三年级的时候，我们不在一个班上。我们的数学老师叫王静芳。有一天我做错了一道题，她就让我晚自习放学到办公室去。那天，她忽然把我的裤子扒下来，捏住了我的小鸡鸡，一直捏肿起来。她把我捏得很疼。她还打了我一耳光，说我不要脸……这件事我一直没有告诉过任何人。它是我的秘密。

郭晓敏说：吕贝卡，你害怕吗？

吕贝卡说：我是男子汉，我不害怕。我爸爸说，我只需要愤怒！一定要愤怒！说着吕贝卡做了一个很凶的表情。

郭晓敏说：吕贝卡你不要逞强了，我听出来了，你很害怕。

吕贝卡含含糊糊地说：没有的事。接着他为了转移话题，就说：为什么数学老师都这样？

郭晓敏说：我也不知道。

吕贝卡说：我知道数学老师把手伸进你的裙子里干什么，他也在捏你。

郭晓敏说：吕贝卡，我没有小鸡鸡的。

吕贝卡说：我知道。我妈洗澡的时候我看到过。你们女人没有小鸡鸡，是个黑乎乎的平板。

郭晓敏说：不是黑乎乎的。

吕贝卡说：就是黑乎乎的。

郭晓敏说：不是！

吕贝卡说：就是！

郭晓敏说：就不是！

吕贝卡说：就是就是！

郭晓敏说：就不是就不是！

吕贝卡说：就是就是就是！

郭晓敏说：就不是就不是就不是！

吕贝卡说：就是就是就是就是！

郭晓敏说：就不是就不是就不是就不是！

吕贝卡说：就是就是就是就是就是！

郭晓敏说：就不是就不是就不是就不是就不是！

吕贝卡说：就是就是就是就是就是就是就是！

郭晓敏说：就不是就不是就不是就不是就不是就不是！

吕贝卡说：就是就是就是就是就是就是就是就是！

郭晓敏说：就不是就不是就不是就不是就不是就不是就不是！

吕贝卡说：就是就是就是就是就是就是就是就是就是！

郭晓敏说：就不是就不是就不是就不是就不是就不是就不是就不是！

吕贝卡说：就是就是就是就是就是就是就是就是就是就是就是！

郭晓敏说：就不是就不是就不是就不是就不是就不是就不是就不是就不是！

吕贝卡说：就是就是就是就是就是就是就是就是就是就是就是！

郭晓敏说：就不是就不是就不是就不是就不是就不是就不是就不是就不是就不是！

吕贝卡说：就是就是就是就是就是就是就是就是就是就是就是就是！

郭晓敏说：就不是就不是就不是就不是就不是就不是就不是就不是就不是就不是就不是就不是！

吕贝卡说：就是就是就是就是就是就是就是就是就是就是就是就是就是！

郭晓敏说：就不是就不是就不是就不是就不是就不是就不是就不是就不是就不是就不是就不是就不是！

吕贝卡说：就是就是就是就是就是就是就是就是就是就是就是就是就是就是！

郭晓敏说：就不是就不是就不是就不是就不是就不是就不是就不是就不是就不是就不是就不是就不是就不是！

吕贝卡说：就是就是就是就是就是就是就是就是就是就是就是就是就是就是就是！

郭晓敏说：就不是就不是就不是就不是就不是就不是就不是就不是就不是就不是就不是就不是就不是就不是就不是！

吕贝卡说：就是就是就是就是就是就是就是就是就是就是就是就是就是就是就是就是！

郭晓敏说：就不是就不是就不是就不是就不是就不是就不是就不

是就不是就不是就不是就不是就不是就不是就不是就不是就不是！

吕贝卡说：就是就是就是就是就是就是就是就是就是就是就是就是就是就是就是就是就是就是！

郭晓敏说：就不是就不是就不是就不是就不是就不是就不是就不是就不是就不是就不是就不是就不是就不是就不是就不是就不是就不是！

吕贝卡忽然记不清自己说了多少个“就是”了，记不清自己应该在下一句说多少个,才能比郭晓敏的“就不是”多。于是他喘着气，掰着手指头算起来。郭晓敏也喘着气，洋洋自得地盯着吕贝卡。吕贝卡眼珠子转了转，说：就是乘一百！

郭晓敏不甘示弱地说：就不是乘一千！

吕贝卡说：就是乘一万！

郭晓敏说：就不是乘一百万！

吕贝卡说：就是乘一亿！

郭晓敏说：就不是乘一兆！

吕贝卡挠了挠脑袋说：一兆是多少？

郭晓敏说：一兆等于一千亿！

吕贝卡就得意地说：就是乘一千兆。

郭晓敏不慌不忙地说：就不是乘一千兆的 n 次方。

吕贝卡忽然就傻在那里了。愣了好久他说：你刚才说的是什么，什么恩，什么方的？

郭晓敏说：你不要和我争了，我已经赢了。方就是平方，就是一个数的自乘积，n 代表无数次。这是初中才学的东西，但我已经预习了。

吕贝卡听完，长长地“哦”了一声。接着，他大喊一声：鬼来啦！就猫一样蹿到楼梯口，“蹬蹬蹬”跑下了骨灰楼。他躲在幽暗的楼道里，伺机在郭晓敏经过时再吓她一跳。却等了很久也没见郭晓敏下来。后来，他小心翼翼地又爬到三楼，却不见了郭晓敏。这时候天已经黑了起来。吕贝卡一个房间一个房间地查找，也没有找到郭晓敏。他垂头丧气地走到二楼，看见楼梯的拐角蹲着一个黑影，肩膀一耸一耸的。他走过去扶着膝盖弯下身子，看见郭晓敏正抱着自己轻声啜泣。于是他轻轻拍了她一下，郭晓敏就哇的一声大哭了起来。吕贝卡说：是我，我是吕贝卡。郭晓敏才胆战心惊地睁开泪眼。接着，她紧紧抓着吕贝卡的胳膊说，她刚才看见了一个黑影。吕贝卡说：你不要怕，我刚才是吓你玩呢，根本没有鬼。郭晓敏说：就有！我明明看到的。吕贝卡说：真的没有。说着要下楼。郭晓敏却紧紧抓着他胳膊不愿意下。吕贝卡问她为什么不下楼？她说：我很害怕。吕贝卡说：我们下了楼就不害怕了。郭晓敏还是一动不动。吕贝卡使劲把她拉起来才发现她的腿在不住地发抖，吕贝卡笑弯了腰，郭晓敏却依然在哭。吕贝卡说：我背你下楼吧。说着，弯下了身子。郭晓敏说：你背不动我的。但尽管她嘴上这么说，还是以最快的速度趴在了吕贝卡的背上。

吕贝卡静静地躺在楼下凉亭的石凳上。时而望望身边的骨灰楼，时而望望远处的焚烧塔。他感到，塔和楼阁对他来说都很亲切。这里睡着死去的人们。或者说睡着他们的粉末。在这样的夜晚，如果寺庙里没有灯火，不知道他们的粉末是否会飘浮在空气中，像萤火虫一样散发出幽绿的亮光来。吕贝卡想到，不久的将来，自己也要变成粉末。或者，选择像那对男女一样把自己葬身于无边无际的大海深处呢？有一个问题是，老老实实地死在家里，父母会对自己的死确信不疑。无论是火化，还是土葬，他们都会很快适应了失去儿子的生活。就像自己已经很快适应没有外婆的生活一样。外婆是不能再找一个了。但或许他们会再生个孩子，把他养大，送他到学校里去。父亲是否会在深夜给那个孩子弹《瑶族舞曲》呢？吕贝卡想着这些，心里忽然酸酸地难过起来。

想着想着，时间仿佛停止了。尽管空气像往常一样飘荡着，毫无空隙地覆盖着吕贝卡的身体。但它并不像在家时那样令他喘不过气来。他坐起身来眼皮不眨地盯着幽蓝的天空，在灯光里，一只身体反射着白色光芒的鸟，像滑翔机一样从寺庙上空掠过。吕贝卡被温暖而亲切的东西包围着，似乎是提前来探望即将生活在一起的朋友，置身于这不知来自何方的快乐之中。他不再担心，也不再害怕，甚至已不再悲伤，除了实实在在地感觉到自己的存在之外，一切似乎都消失了……

郭晓敏终于停止哭泣和颤抖之后，吕贝卡说：我刚才告诉了你我的秘密，你也告诉一个你的吧。我们知道了对方的秘密，就可以记住彼此了。外婆就有很多秘密，一个叫白诚志的老头好像都知道。你把你的秘密告诉我吧。

郭晓敏想了想说：我只有一个秘密。一年级的时候，我偷偷一个人跑到男厕所里。当然，是在上体育课的时候，因为我知道这时候男厕所没有人。你知道我到男厕所干什么吗？你肯定猜不到。我想试验一种站着尿尿的新方法，结果只是弄脏了自己。

吕贝卡认真地点了点头，说：郭晓敏，我记住了你的秘密。

郭晓敏也认真地点了点头，说：吕贝卡，我也记住了你的。

在准备回家之前，吕贝卡在一楼外婆骨灰阁的附近，找到了一个空龛。他用树叶把里面拾掇干净，找来一块水泥板子，盖上去。用早就准备好的红色粉笔歪歪扭扭地写上“吕贝卡”三个大字。接着，他跪下来，双手合十，对着自己的名字念念有词了一番。尽管郭晓敏不知道他在做什么，但受到他认真而虔诚的感染，也跪在他的身边，对着那块在夜色里模糊不清的水泥板子翕动着嘴唇。由于她不知道该念什么，就背诵起了乘法口诀。

忽然，从高地上走下来一位牵着狗散步的老人。经过吕贝卡身边时，看了看他们，说：小朋友，天黑了，快回家吧，不然爸爸妈妈会担心的。郭晓敏尽管依然跪着，但也对吕贝卡说：我们回家吧。吕贝卡犹豫不决地撑起一只膝盖。老人不放心地看着他说：真让人感动。你们这是在给谁上坟呢？

吕贝卡站起身来，冲老头凄凉地笑了笑，小跑到院子里。那帮诗人忽然拽住了他。那位第一个站起来骂自己朋友的诗人大声说：你是我们中国新诗的希望！我们诚挚地邀请你再给我们当场朗诵一段你的即兴之作。郭晓敏看着这些人，拉了拉吕贝卡的胳膊说：我很害怕。吕贝卡说：不要怕。我就要死了，什么都不要怕。

吕贝卡清了清嗓子，站在那帮年轻人中间。尽管他们身上的香烟味、腋臭味和久日不洗的长发里的头油味让他很难受，但他依然大声朗诵起来：

几乎没有什么亲密温暖的事物。

仿佛我们从未作过儿童。

我们坐在屋里，在月光中，

仿佛从未年轻过，这是真的。
我们不应醒来。梦中
一个亮红色的女人将起身，
站在紫色金辉里，梳理长发。
她会沉思地说出一行诗句。
她认为我们不太会唱歌。
另外，天空这么蓝，事物会自己
为她唱歌。她倾听着
感到她的色彩是一种冥想，
最最快乐，但仍不如从前快乐。
留在这里，诉说熟悉的事情。

吕贝卡朗诵完，扯起郭晓敏的胳膊一溜烟跑到寺门口。愣了很长时间，那帮诗人扯着嗓子骂了起来：这不是你的诗，你这个小骗子，你给我回来！

在一个十字路口，要和郭晓敏分开的时候，吕贝卡说：等我计算好什么时候死，我就给你打电话。希望你能准时在旺财杂货店门口喊出我的名字。那时候我肯定跟我妈在无聊地逛街，就像我们很多年没再见过面一样。

郭晓敏说：那叫重逢。

吕贝卡说：对。你一定要和我在旺财杂货店门口重逢。我会选一个下过雨的夜晚，当着我妈的面，坐在地上哭，说胡话，擤鼻涕，乱吐口水。

郭晓敏说：你为什么要那样做呢？

吕贝卡说：因为我要死了。我在死之前会有老年痴呆症。我有老年痴呆症的时候，我妈妈就不能把我怎么样了。那样，我就可以把你带到我家里去，让你住在我的房间里。

郭晓敏说：我不能答应你，吕贝卡。

吕贝卡说：为什么？

郭晓敏说：那样我会怀孕的。我是说，住在一个房间里的话。

吕贝卡说：你听谁说的？

郭晓敏说：大家都知道，住在一个房间里会怀孕的。吕贝卡，你听我的，你不要死。你活着，等我们长大了，你可以娶我。那样我就不怕怀孕了。

吕贝卡说：你被骗了你知道吗？住在一个房间里绝对不会怀孕。数学老师把手伸进你裙子里才会怀孕呢。

郭晓敏说：你不要胡说了。我才不相信你呢。

吕贝卡说：真的，我不骗你的。难道非要我做了医生你才信我的话吗？

郭晓敏往后退了两步，她说：你不要再说了吕贝卡，你说得我很害怕。尽管吕贝卡已经沉默不语。但由于他那真诚的眼睛，郭晓敏终于还是哭出了声。

一天晚上，吕贝卡做了一个奇怪的梦。他梦见爸爸和妈妈都是地下党员。他以为妈妈要被打死了，但妈妈却完好无损地出现在他面前。他说：妈妈你怎么没死？妈妈说：因为我招供了，所以我没死。因为你爸爸死不悔改，所以他被打死了。后来，妈妈和他们在一起，把爸爸的遗物都烧了个精光，重新修葺了房屋、街道和世界。走在街上的人都不记得有爸爸了。教科书也被改了,里面提到爸爸的章节,都说他是反革命分子。新出生的婴儿背到爸爸的章节，就愤恨地在那名字前加上一个“十恶不赦”的定语。吕贝卡气得鼻子呼哧呼哧直喘气。后来，他逃出来做了将军，开着大炮把那些街道全填平了。妈妈也被打死了。

这时候他哭起来，光着脚丫子蹬蹬蹬跑到母亲的房门口喊着：爸爸，爸爸，爸爸。母亲奇怪地在床上坐起身，披散着头发望着月光中的吕贝卡。母亲说：吕贝卡，你怎么了？当吕贝卡从睡梦中滑落到现实，当吕贝卡意识到父亲此刻在另一个遥远的地方，并不在家里，他忽然想起了自己临死前最重要最放不下的那件事。于是，吕贝卡默默无语地望着母亲，鼻翼抽动起来。抽着抽着，他再也抑制不住内心汹涌的情感，哇的一声，哭了起来。

幽／闭／第／十／五

在位于天海山旅游区的太公岛一路与太公岛二路之间，是一排红屋顶的别墅区。有几家住户共居的三层楼房，他们的窗户比较多，刷着白油漆。吕贝卡家是一户单独的二层小楼，刷着黄色油漆，二层小楼都稍微朝前突出一些，和那些超市、商店的雨伞平行。

这些房子临着华海路。路对面是石拱桥和拱形的绿色走廊。沿着这条走廊可以步入大海。这是一个小型的旅游港口，岸边停靠着几艘白色的小游船。每天都有数不尽的游客登上这些游船到对面的太公岛上去。他们兴高采烈地拍照片，吵吵嚷嚷，幸福地微笑。吕贝卡不明白那块像生着厚厚的苔藓长在海水里的石头有什么好看的。传说中一个叫姜太公的人，曾经坐在这块大石头上用一根直直的大针钓上来一条青龙。后人为了纪念他，就在那块大石头上立石碑，建凉亭，依靠人类的好奇心增加收入。

海水里还有很多生着苔藓的石头。倘若从吕贝卡的家门口走下台阶，在海面上沿着一条直线朝前走，就能在某年某月的某一天，走到一块香蕉形的石头上。那块石头上的人总嫌自己住的地方小，总害怕那块石头上长的东西不够他们吃。他们很节俭，把米饭揉成团团，用海苔包起来蘸着酱油吃，这样就会连一粒米都不浪费不了。他们把这种主食起名叫寿司。由于除了生鱼片、鱼卵和用海带丝捆得像小囚犯一样的章鱼仔以及酱油，就没什么可下饭的菜了，他们便靠想象力来填补。外国人竟以为那样吃特别有文化。于是，这块石头上的人就一本正经地把店开到世界各地，包括吕贝卡生长的城市。他们正儿八经地，若有其事地，面色沉重地坐在店里，面对着几个小碟里可怜的几个小菜，吃得严肃，吃得高贵，吃得先天下之忧而忧，吃得回家还得再补一碗米饭。店上面除了“料理”两个字吕贝卡还算识得，其他在吕贝卡看来不过是不识字的幼儿园大班孩子画的偏旁部首，看起来歪七扭八的，充满了童趣。

吕贝卡不喜欢这些长在海里的石头。他喜欢沿着华海路一路向南或着向北。可以一路小跑各走一千米，就能来到两片风格迥异的沙滩。它们分别是第二海水浴场和第三海水浴场。第三海水浴场的沙滩是黄色的，第二海水浴场的沙滩是白色的。第三海水浴场是吕贝卡第一次去放风筝的地方。后来他的风筝断了线，一直向南，飘到第二海水浴场，挂在了一个女人的房顶上。

吕贝卡被外公牵着手，怀着相同的迟疑，亦步亦趋地走进这幢房子时，犹如置身于梦幻之中。尽管房子里除了三张床还无甚家具，但那宽敞的客厅，诸多的房门，建在客厅里的红色楼梯，以及包着窗台的金黄色木头，淡蓝色的绸缎窗帘，又大又亮的铝合金窗户，有着细密的凹凸圆点的米黄色墙纸……无不带给吕贝卡亲切的视觉和触感。

母亲微笑着问吕贝卡：喜欢吗？

吕贝卡把脑袋点得像捣蒜：喜欢，喜欢，真喜欢。

接着，母亲客气地对爷爷说：如果一个人在乡下孤单，就搬过来一起住吧。反正房间很多。

爷爷也很客气地笑了笑说：我喜欢我的老房子。

爷爷回到乡下后，空荡荡的房子里接连不断地生长出家具。每天早上吕贝卡醒来，不是看见客厅里摆上一台大屏幕的彩色电视机，就是多了一套橘红色的棉布沙发。接着是音响、电冰箱、煤气灶、电饭煲、微波炉、大书架、小书架、饭桌、椅子、凳子、写字台……

吕贝卡在楼上楼下跑来跑去，数着一个个房门，嘴里嘟嘟囔囔地命名：这是厕所，这是储藏室，这是外婆的房间，这是妈妈的画室，这是爸爸的琴房，这是我的卧室，这是爸爸妈妈的卧室……

母亲说：你念错了，吕贝卡。

吕贝卡说：我没有念错呀。

母亲牵着他的手重新数了一遍：这是厕所，这是储藏室，这是外婆的房间，这是妈妈的画室，这是爸爸的琴房，这是你的卧室，这是爸爸的卧室，这是妈妈的卧室……

吕贝卡说：爸爸和妈妈用一个卧室才对呀。

母亲说：这么多房间，干吗还要用一个卧室？

吕贝卡说：因为……因为……因为了很久，他也没想出什么理由来，后来嘟嘟囔囔他就忘了，自己坐在房间里玩变形金刚。

要明白房子对于一个人的意义，吕贝卡还需要用更久的时间。尽管海边的大房子宽敞、漂亮，尽管母亲问吕贝卡开不开心，吕贝卡觉得很开心。但自从住进这个房子里以来，他就经常梦到那个小巷子里被父亲的一把火烧成一片废墟的旧房子，由于在梦里不断梦见它，常常在白天醒来，以为还生活在那个小巷子里。这种梦境和现实产生的落差，反复地冲击着吕贝卡，使他过早开始了怀旧。多年之后，吕贝卡想：人若是有根的话，小巷子里被烧成一片废墟的旧房子，就是自己的根。他却怎么都不明白，父亲是否怀旧，父亲是否有根，如果有根的话，父亲的根又在哪里呢？

不知是在哪一天，父亲不声不响地回来了。吕贝卡某个半夜醒来撒尿，迷迷糊糊地在通往盥洗室的走廊里和一个男人撞了个满怀。吕贝卡盯着父亲很久，忽然觉得一切都是一场梦，他们似乎开始就住在海边的大房子，他们从来就没有在小巷子里过过什么艰苦的生活，从来没有什么演唱会，什么耿叔叔，也从来没有什么愤怒、挣扎、摇滚乐和大火。更没有在小学一年级开学的头一天去过什么部队里，看望过什么黑伯伯，并遇见一个自己认为叫戈雅的小女孩，从而铭记一生。什么都没有发生过，他们开始就住在海边的大房子里，像普普通通的足够平庸的中产阶级一样生活在这里，爸爸从来没有搞过什么摇滚乐，妈妈也从来没有画过什么印象派。爸爸妈妈偶尔争吵，就像所有的家庭一样无聊，他们争论的是美国这一届的总统大选究竟应该谁会当选。究竟是麦当劳的汉堡好吃，还是肯德基的鸡翅更好一点。儿子考试分数比邻居家儿子的高，就屁颠屁颠儿到处炫耀，如若相反则垂头丧气并用中指戳着儿子的眉头说：就不能跟谁谁家的小谁学学吗？看人家多聪明。他们每天像所有的市民一样上班下班，傍晚回家忙着做饭。

父亲摸了摸吕贝卡的脑袋，走进了那个事先被母亲安排好的，叫“爸爸的卧室”的房间，安静地关上了门。吕贝卡站在马桶边上忽然感到委屈。爸爸为什么毫无理由就接受了母亲的安排？爸爸难道也像吕贝卡一样年幼，找不到什么理由来说明爸爸妈妈应该住在一个房间吗？爸爸实在太不争气了。吕贝卡像个大人一样闷闷不乐地撒完了尿。躺到床上之后睡着了，他很快又忘记了这些。第二天早上醒来，吕贝卡看见爸爸坐在餐桌边吃一碗面，张大嘴巴惊喜地喊起来：爸爸，爸爸你什么时候回来的？

时间久了，吕贝卡逐渐发现父亲真正地变成了另外一个人。父亲每天都沉默不语，每天早晨都起得很早，除了上一趟厕所外，就是不等所有人自己煮一碗面来吃，尔后从卧室里拿出一本书到琴房躲起来，却听不到琴声。后来，父亲干脆把床搬到了琴房。这样他每天走出这个房间的次数就更少了。除了有一次吕贝卡耳朵里钻进一只小虫子，父亲不慌不忙地从厨房里拿出一瓶麻油来用筷子蘸了一滴，滴进吕贝卡的耳朵里淹死了那只不愿意出来的小虫子之外，父亲从来没有理会过吕贝卡。父亲变得像空气一样透明。或者像一株植物，一件家具，除了每天都感觉到他在变陈旧之外便疏于移动。吕贝卡不知道他每天躲在自己的房间里做什么。吕贝卡除了委屈，还常常在自作多情地担心，究竟是精神病院的大夫给父亲换了大脑，还是爷爷做了什么手脚。有时候焦虑得不知该如何是好，就狠命地跺脚，或者面对现代科技的惨无人道，无可奈何便拼命地责怪自己没用，学电视剧里的成年男人拿拳头朝墙壁上砸，用很轻的力度。或者自己端一个酒壶装满麦乳精充作白酒借酒浇愁，喝两口就醉醺醺地斜躺在沙发上嘟嘟囔囔不止。

空荡荡的大房子里，小学四年级的吕贝卡成了一个无人管束的孩子。父亲天天躲在房间里不出来，外婆每天躺在自己的房间里听收音机，就像一具尸体。母亲每天都很忙，更多时候不在家。偶尔在家也是在自己的画室里和客人谈事情。吕贝卡凑过来母亲总是建议他要么去做功课，要么去看电视。吕贝卡带着强烈的表演成分，在客厅里弄出很大的声响，却无人理会。他逐渐相信，即使砸了电视机，也没有人会去管他。

有一天，吕贝卡感到饿也没有人从自己的房间里出来给他做饭。他极力忍受着饥饿，孤独地在沙发上看完了《三毛流浪记》，面对电视屏幕，吕贝卡在一个电影人物上找到了共鸣，感觉自己就像三毛一样每天都在流浪，只不过他每天流浪在大上海，而自己流浪在一幢面朝大海的大房子里而已。于是，他坐在沙发上哇哇哭了起来。

周先生究竟从哪天开始频繁造访，吕贝卡已经记不清楚了。起初，他的到来看起来都出于工作的理由，偶尔过来一趟。起初他坐在客厅里和妈妈聊一会儿，就到父亲房间，说是来看看父亲。但父亲的爱理不理令周先生尴尬。后来，周先生不再到父亲房间里去了。尽管每天他见到吕贝卡时总是忙于表白说：我来看看你爸爸，但却总是和母亲待在一起。后来，周先生走的时候便敲开父亲的房门，告诉父亲一声，他要走了。父亲总是哦一声，头也不回。再后来，周先生把告诉父亲自己要走了，改成了敲敲门，表示自己要走了。

周先生总是和母亲坐在客厅里，似乎有说不完的话。有时候吕贝卡听到母亲在周先生面前发出很不应该的笑声。听到这种笑，周先生就显得很得意，脸上的表情像电视里偷东西得逞的坏人。吕贝卡每每在这种时刻与周先生的目光相遇时，总感到周先生侮辱了他。尽管他还说不清理由，只是生气愤怒。他认为这种时候应该有摇滚乐，起码传来父亲的琴声和号叫，但什么也没有。

有一天，吕贝卡在自己房间的门缝里看到母亲从画室把周先生送出来，很大声地说:再见啊，路上小心。周先生也很大声地回答着。路过父亲房门口的时候，周先生敲了敲门，喊道：勇子，我回去了，回头见。说着，他迈着响亮的步子走到客厅门外。母亲应声关上了客厅的灯，进了卧室。过了片刻，一个人影从门外溜进来，经过空无一人的客厅，经过外婆的房间，吕贝卡的房间，经过父亲的卧室，父亲的琴房，在走廊尽头拐弯，推开了虚掩着的、母亲的卧室门。

吕贝卡等了很久，这个让他确信无疑的周先生的黑影再也没有走出来。于是，不知从哪里来的力量，让吕贝卡“蹬蹬蹬”蹿进父亲的琴房，像忽然闹肚子找不到卫生纸一样在父亲的唱片架子上火急火燎地扒拉着，什么东西都重拿重放，翻出很大的响声。终于，他找见了父亲唯一的一张专辑，他把它塞进父亲面前的那台录音机里，按完播放键还不忘把音量开到最大。于是，在泥石流一样汹涌的金属乐里，吕贝卡对着录音机毫无音调地喊叫。父亲诧异地抬起头时，坐在床板上的儿子已经泪流满面了。

孤／独／第／十／六

当母亲得知吕贝卡为何整日以泪洗面之后，她把吕贝卡带到全城医学界最权威的人士，第一人民医院院长面前。像校长一样慈眉善目的老院长斩钉截铁地告诉吕贝卡说：打过狂犬疫苗是绝对不会得狂犬病，更不会得狂猫症，总而言之，想死是很难的。一句话之后，吕贝卡浑身不适的症状统统消失不见了。他认为这比祈祷神奇多了。但很快他便觉到了无聊。在经历晚年的日子里，他可以任性可以不讲理，可以为所欲为，因为他马上就要死了，谁也不能把自己怎么样。而现在，当他发现自己死不了之后，他再次回到了对母亲的命令无可辩驳的日子，他又必须去放风筝了。

吕贝卡放了一个月的风筝。慑于七月锋利的阳光，六月里的风筝消失得无影无踪，游客们都躲在阳伞下。吕贝卡依然在沙滩上奔跑，扯着如洗的天空中那只孤零零的风筝。他奔跑，加速，呼呼地喊着：飞呀飞，飞呀飞。阳光像母亲的画笔挥来挥去，在吕贝卡身上涂上黝黑的颜色。他很瘦。于是，从阳伞下的荫凉里望过去，像看见一张画在跑。

吕贝卡跑累了，就从裤衩兜里摸出母亲给的零花钱，在冷饮车上抽出三瓶汽水。他太渴了，一口气喝光了一瓶，接着，他偷偷地往剩下的两瓶里抹了一滴口水，这样，他就不怕别人偷喝了。他把两瓶汽水栽到沙子里，继续奔跑。最后，他真的累了，就坐在冷饮车的影子里，插上吸管，捧起来，慢慢地吮那两瓶汽水。摊主哼着小曲，把找头丢到吕贝卡的怀里。

吕贝卡眼帘垂下来，斜视着冷饮车的轮子，还有摊主的半只脚，想着这些事：一开始，母亲和周先生；数学老师的刁难；他从窗台上摔下来；狂犬疫苗；顺利地跌入数学老师的陷阱；接着，是他肘部顺利结成的痂；病假作业上关于“圆形”的含混不清；外婆的死；耿叔叔的欺骗；提早经历的晚年；想要远行的欲望，船、还是飞机，他决定不了；父亲正在草原上采风……

然后，他又低着头，用眼角的余光观察了一番在阳伞下假寐的游客，时不时还羡慕起了停在身边的冷饮车：尽管有点倾斜，却稳稳当当地立着，似乎没有什么需要担心的。吕贝卡斜视着那扁平的影子，当它碰到真正的橡皮车轮，既绝对精确，又显然遭到了弯曲。吕贝卡嗤嗤地笑了起来。接着，他抬起头，对摊主说：你喜欢橄榄项链吗？摊主不置可否地笑笑，仍然在哼着他的小调。吕贝卡继续瞅着影子。他想，他应该回家对母亲说，你们画画影子吧。他慢慢地吮那两瓶汽水，他决定尽可能慢悠悠地回去，希望到家时，那辆波罗乃茨已经不在门前了，最好连那股讨厌的汽车尾气味儿都不再有。他总是衣着光鲜，手指上残留着刚在热水里泡洗过的白生生的肉味儿，他的怀里则散发着腥涩的香水味儿，嘴角总是挂着微笑，对吕贝卡充满了陌生而又令人厌恶的和蔼。

吕贝卡瞅瞅空瓶子，打了个嗝，准备回家。当他收线的时候，才发现那根线蜷曲在沙滩上，像一截被扯出卡带的磁条。风筝则顺着风正向北方飘去。由于挣脱了束缚，它在它的自由里，有点不知所措，就那么不知所措地摇晃着，像一只喝醉的鹰。

吕贝卡再次跑起来，从沙滩跳到水泥马路上。他追那只断线的风筝。风像马群穿过他的身体，朝相反的方向奔跑，他快，它们也快。如此他想到，父亲真是个了不起的人物。因为，他能将这些桀骜不驯的东西，收集在一起。父亲在草原上采风呢。

吕贝卡的肚子里鼓出一只气球，脚步成了充气筒，随着奔跑，气球在膨胀。胀得吕贝卡觉得疼痛。再跑下去的话，怕是要爆掉了。他停下来。而与此同时，在他面前，风筝摇晃两下，落在一扇窗户上。

这是一座和自己家一样的房子。甚至说，这里全是一模一样的房子。吕贝卡又变成了那只吐舌头的小狗，他扶着膝盖，大口喘着气，看着那只风筝，又呆呆地望望身后的马路。在那一瞬间，他搞清楚了假期作业里，关于圆形的概念：

其实，大家就住在一个圆里。这条马路就是圆周。所有的房子挨圆周而建。这个海滨城市濒临黄海。语文老师说,这个城市的名字，按字面理解，就是太阳升起，最先照到的地方。吕贝卡想：太阳是从海上升起的，那么，有一个误解是：它最先照到的并不是我们大家，而是眼前的这幢房子。尽管它和其他的房子没有明显的区别，但只有它，是建造在弧顶的。它和海平面的那条直线，保持着最近的距离。而自己家的房子，则是在这条圆弧上，离海平面最远的点。吕贝卡不知道它在圆形上的名称。数学老师说，因为数学上没有研究它的必要，所以它没有名称。还补述说，对于没有用的东西，一般是不起名字的。

吕贝卡去摘风筝。他需要小心翼翼地跳进这家人的草坪，踮起脚尖来，还是够不到。吕贝卡多想长高一点啊。而现在，他只能跳了一下。风筝落下来,发出台风吹断枝丫的声音。吕贝卡弯腰捡风筝,窗户同时打开，一张女人的脸露在窗外。黄昏就在这个时候悄无声息地立在吕贝卡身后。女人望着吕贝卡，吕贝卡望着女人。两个人都没有说话。在铅灰色的光线里,女人的脸像母亲画过的一幅水彩画,有点模糊，但很美。吕贝卡记得那时候还没有周先生，那时候母亲每天都画画。吹来一阵风，女人的头发飘起来。吕贝卡看见风，就大喊一声：飞呀飞！拖着风筝，跑了。

吕贝卡那时候并不知道，他看见美丽的东西，总会有些胆怯。

某天下午，吕贝卡从睡梦中醒来。他走到客厅里的时候，母亲与周先生的脑袋刚刚分开。面朝大海的窗户紧闭着，而他们的画板上空空如也。这已经很久了。吕贝卡揉揉惺忪的眼睛，望着母亲和这个陌生男人脸上的血液像潮水袭来又退去，那么不安。他们望着他，像望着一个贸然闯入的不速之客。那么拘谨，那么尴尬。似乎只有他走开，他们才能享受到安静的生活。可这明明是我的家。吕贝卡在那一刻赫然发现,生活是一个圈套。因为它在永无休止地重复。多年之后他也坚信，自己当年的确深刻地体会到了这一点。

他只是不高兴，但却不能违背了生活，亦不知该如何去违背。他缺乏理由。于是，他只有大喊一声：飞呀飞。拖着风筝跑出门外。

然而，当吕贝卡再次回到沙滩上，他忽然对这种流放的仪式感到生气。他不再跑了，他喘着气望着高空中的风筝，它在顺着他牵引的方向飘。于是,那一刻,他在自己与风筝之间,找到了某种共同点。

他同情这只风筝。他不再拽线，风筝像电影里的失事飞机，晕头转向地扎进沙子里。

当吕贝卡放弃了风筝，女人就从窗户里探出了脑袋。

从吕贝卡追风筝到女人窗前的第二天起，吕贝卡便改在这片沙滩放风筝了。第二海水浴场。这里也有躺在阳伞下假寐的游客、穿比基尼的姑娘、吐舌头的小狗，最重要也有橡胶轮子的冷饮车，哼小调的冷饮摊主。一切都一样。为什么不在这里放呢？吕贝卡就是这样说服自己的。他在心里不提对面的窗户。但其实吕贝卡让风筝掉下来，除了对流放的反叛，还由于对这扇窗户的失望。他在这片沙滩上放了一个礼拜的风筝，却像一个孤独的舞者。那扇窗从来没有打开过。可吕贝卡忽略了一个细节，那就是，自从他到这里放风筝后，这扇窗的窗帘，就再也没有拉上过。而在此之前，这扇窗窗帘紧闭，一如自己家对海的那扇窗，在周先生到来时。

他生气而失望地停止奔跑，停止了叫喊，停止了放风筝。女人探出了脑袋。

女人说：小孩儿，你怎么不飞了？

他慢悠悠地拖着风筝，穿越马路。那时他忽然想，这条路其实只是个轮胎，只因为它大，所以如果不追一次风筝，就不会意识到它是圆的。

吕贝卡说：我没飞，是风筝在飞。

吕贝卡站在窗户下。

女人说：可我觉得是你在飞呀。你再跑快点，就真飞起来了。

吕贝卡得意地笑了起来，吕贝卡说：飞很好呀，我想飞，但不想它被线牵着。它多可怜的。吕贝卡的表情变换得很快，从得意，到扁起嘴角的同情，这让女人觉得很生动。

女人说：可它不被线牵着的话，就会掉下来的。

吕贝卡陷入沉思，似乎在思考这句话的含义。或是在想，人类究竟可不可以让风筝不被线牵着也能飞。他记起周先生说过，这是全城最好的风筝。吕贝卡对着脑海里那张周先生的脸哈哈大笑：最好的风筝不也得被线牵着吗？想到这里，他得意地撇了撇嘴。

女人说：小孩儿，你叫什么名字？

吕贝卡说：我叫吕贝卡，卡带的卡。

女人说：小孩儿，你再去飞吧。我喜欢看你飞。

吕贝卡思忖了一下，说：真的必须被线牵着？

女人说：起码现在还只能这样。女人无奈地做了个怪表情。

好吧。吕贝卡扭了扭脖子，大喊一声：飞呀飞！拖起风筝冲向沙滩。

女人一天里最多的时间是坐在窗前，面对电脑。时而抬眼看看窗外。吕贝卡说：你为什么每天都对着电脑？女人说：我在上网，在聊天。

吕贝卡说：你不用工作吗？大人都工作的。

女人说：我正在工作。

女人的每天就是这样。吕贝卡则跑来跑去，或是坐在身边看女人上网。女人打字很快，可以同时应付很多人。女人指着一些跳动的卡通头像说：他们都是人。你看不见他们。

吕贝卡说：看不见有什么好聊的？你还是跟我聊吧。你看得见我，我也看得见你，我们眼睛嘴巴都会动。那些头像很好玩，可惜只会跳，不会动。

女人说：那我们聊什么呢？

吕贝卡说：我们聊聊音乐吧。你懂音乐吗？

女人说：我不懂。

吕贝卡说：那你喜欢橄榄项链吗？

女人说：以前有过一只，不过现在我比较喜欢钻石的。

吕贝卡说：我说的是音乐。

女人说：项链里没有音乐。

吕贝卡说：可音乐里有项链啊。

这时，电话响了。女人突然提高嗓音，尖利地对听筒喊：还要我说多少遍！我不想再见到你，你不要再纠缠我了！然后恶狠狠地挂了电话。等她转脸向吕贝卡时，吕贝卡竟觉得并没有过电话。因为，她的目光依然那么柔和。吕贝卡喃喃自语：橄榄项链是最好的，最好的。

女人摸摸他的脑袋，笑笑，继续打字。

后来，电话又响了，女人接起来，像母亲对周先生一样嗲声嗲气地说：对呀，我就在太公岛那边住。你几点来呢？好的。我告诉你具体地址……

再后来，一辆出租车犹犹豫豫地停在门口，一个男人犹犹豫豫地走下来。一种直觉告诉吕贝卡，他该去放风筝了。于是他大喊一声：飞呀飞！拖着风筝，跑了。

吕贝卡这次飞得心不在焉，他的风筝不时掉下来。因为他的目光总盯着女人的窗户。吕贝卡在沙滩上转圈，沿着踩出来的足迹描一个很深的圆。假如目光、奔跑的轨迹都是显性线条，并发出光亮的话，吕贝卡的奔跑，就是一个完美的光柱。从窗户投射下来的一个点，在沙滩上，扩散为一个圆。当然，还有一个前提是，天得黑下来。

男人在窗户里坐着，脸上的表情风起云涌，他滔滔不绝地讲述着什么。女人则保持微笑，偶尔也说两句。他们就这样一直交谈。后来，男人可能讲了笑话，女人大笑起来，并遮起脸。男人趁这个时候碰碰女人的手，再缩回去……后来，男人激昂了，他站起来说，并来回走动。后来，男人站在女人前面，挡住了女人。这样有几分钟，吕贝卡不知道他们在干什么，就加快了奔跑的速度。再后来，女人站起来，瞟了一眼沙滩，拉上了窗帘。

黄昏，吕贝卡捧着三瓶汽水拼命地吮着。摊主面向大海，不知道在看什么。吕贝卡几乎背对着他。吕贝卡低着头。吕贝卡说：你喜欢橄榄项链吗？这句问话，像一颗石子，被摊主捡起，奋力丢入大海。只有海潮声此起彼伏，像无数个哮喘病人在呼吸。女人和男人走了出来，他们手挽着手，像一对情侣。他们到海滩上，在吕贝卡的附近的椅子上坐了一会儿，喝了点汽水。后来，他们又挽起手，走进那个圆里，在房子左边的超级市场里消失了很长时间。出来时，女人拎着好几个鼓鼓的大袋子，男人手里也有。他们又进了女人的房子。后来，男人空手出来，站在门口对着电话嘟嘟囔囔说着什么，他的样子有点疲惫。接着，他拦了一辆出租车，在这个圆弧的某个点上，开进了另一条马路，不见了。过了一会儿，女人从房子里出来，仍然拎着那几个大袋子，走到房子右面的超市里。吕贝卡走到门口，呆呆地看着。店员从袋子里一件件取出那些东西，有随身听、手表、项链、耳环，还有一些化妆品。店员边取边在一张便笺上记录着商品名称和数目。店员把这些东西摆在一个孤立的小架子上。上面还零星摆着一些没有卖完的。店员数出一些钱给女人，说：这是最近卖掉的。女人收好钱，给店员写了张纸条。店员撕掉那张便笺，递给女人。

这个八月，吕贝卡从这扇窗户里看到过很多男人。他们有的胖，有的瘦，有高个子，也有小矮子。这些均已不再年轻的男人们，更像学校开家长会的那些父亲们。他们都进来时神采奕奕，离开时带点疲惫。偶尔对着电话嘟嘟囔囔，说自己在开会，在另外的地方。他们打出租车跑来跑去，行色匆忙。

哦。窗户。比尔 · 盖茨把它叫作"蚊都死"。

有时，女人关了电脑，像只散架的木偶瘫软在沙发里。如此沉默许久。女人问：吕贝卡，你怎么不飞了？

吕贝卡坐在地板上，拿一支针在风筝上刺着小孔。吕贝卡说：我累了。

女人叹口气，不再言语。过了一会儿她说：我也是。

一直沉默到天黑。吕贝卡说：我看不到你了。

没有回音，吕贝卡以为她睡着了。吕贝卡拖起风筝走到门口。女人说：我也看不到你了，吕贝卡。

远／行／第／十／七

“我看不到你了，爸爸。”吕贝卡抱起那把镶满贝壳的钢弦木吉他来拨拉了两下。他现在还只认得三个音符。父亲说那个叫 3（mi）的音符是一颗星，它代表大音阶中的第三级音，也是大三和弦的基本组成部分。把这颗星放到即兴动机里来演奏，旋律会有闪亮的光泽。半月形的符号实际代表的是大音阶中的第二音，比主音高两个音品，也就是 2（re）。E 弦上的半月符号令人感到亲切，因为它和根音是全音关系，比根音品位高两个音品，第三弦上半月符号的位置比较奇怪，比根音所在品位低一品，第四弦上的半月符号可根据音程关系推出来。半月符号代表的音都很优美。它可以给略带变音的布鲁斯音阶抹上一缕动听的旋律感。而三角代表了大音阶中的第六音，父亲说，我现在还没能用语言来总结出它的意义，所以我没有把它写进书里。我只是心里清楚它，无比清楚它，父亲说到这里还拍了拍心脏所在的位置。他拍得很响。但是我却唯独无法把它用语言表达出来，我对它的了解，胜过任何一个音符。这种感觉很奇怪，简直太奇怪了。你明白我的意思吗，吕贝卡？

父亲说这话的时候，还是这年的春天。他的案头摆放着厚厚一沓稿纸，那是他刚刚完成的一本书。说完这段话的一个礼拜后，他就去采风了。在此之前，父亲终日躲在自己的房间里，除了吕贝卡，几乎没有人理睬他。吕贝卡觉得父亲很可怜，所以，他使劲点了点头说：我明白。于是，父亲满意地笑了。

这年春天发生了一系列奇怪的事。先是接二连三的台风袭击城市。天气预报的台风预警每天都让市民们人心惶惶。走在广告牌被吹得歪七扭八的街上，常常什么人都看不到。大家都把门窗紧闭，躲在巢穴一样的房子里。有一天，吕贝卡拉开窗帘，看见一个飘在半空中的女孩紧紧抱着一棵树在大风中哭泣，她套着红色裙子的单薄身体就像一面迎风招展的旗帜。接下来，吕贝卡的右耳在一个下午不断耳鸣，他紧张地在客厅里跑来跑去大声喊：完了，我聋了，完了，我聋了。爸爸妈妈都奇怪地望着他，后来他拍拍耳朵发现自己又恢复了听力。灰黑色的飞机像大蝗虫一样在天上飞来飞去，电视报道说跟海对面的那块石头上的居民关系紧张，彼此为两块石头中间的一颗小石子究竟是谁的而争执不休。后来，电视上又报道说不用担心了，对面那块石头上的人被风吹走了不少，他们现在根本没时间跟我们争抢小石子。

紧接着，一件电视上没有报道却深入人心的传闻遍布整个城市，据说，物价将在一个月之内飞速增长，并在月底达到历史最高峰。于是，市民们心照不宣地冒着台风从巢穴中跑出，涌进各大百货公司、商店、超级市场和菜市场。买大米、买面粉、买油盐酱醋、买方便面、买衣服、买家用电器、买各种各样可以长期存放的商品。

一家商场门口搭建起舞台，在促销冬天里没有卖出去的裘皮大衣，主持人说：谁敢到台上来脱光衣服跑进商场，谁就可以免费穿件大衣出来，括号：只限女顾客。有三个女人毫不犹豫地跑到台上迅速脱光衣服朝商场里跑，分别穿着各自喜欢的大衣趾高气扬地走出。其中，一个女人被保安强行拦下，理由是她作弊没有脱掉肉色的内裤。于是，她只好重新脱下衣服跑了一遍才穿走那件雍容华贵的裘皮大衣。一个男人走上台来脱裤子，主持人拒绝了他的好意，并重申一遍只有女人可以。男人沮丧地走下台来。吕贝卡注意他并未因此而气馁，他躲在商场后一个旮旯里把那东西夹在两腿之间冲着商场狂奔而去，但聪明的保安还是一眼识破，把他赶到了街对面。

媒体对这件事进行报道之后，面对摄像机，年老的市民唉声叹气说，道德沦丧世风日下；中年妇女说，这是商家公然对女性的侮辱；年轻的市民说，希望下次搞得更刺激些，因为那三个女人身材臃肿实在没什么好看的；一个戴高度近视眼镜的市民字斟句酌地说，我们不应单纯从道德层面上来评判这件事，因为商家并没有强迫她们这么做。每个人都有选择尊严和放弃尊严的权利，所谓存在即合理，就是这么一回事。

当所有的空房间都被这些毫无用处的食品日用品填满，母亲坐在沙发上气喘吁吁，尽管累得够呛，但显然对抢购的整个过程显得十分满意。当市面上的商品一个品种一个品种地脱销，这个本是渔民建造起来的城市逐渐归于平静，大家各自回到自己囤积满粮食的巢穴里打开电视机，带着占了大便宜的富足表情安静地等待政府宣布物价调整的消息，但直到月底，除了天气预报预警了这一季度没完没了的另外几次台风以外，别无消息。

父亲就是从这天开始披上风衣，走上街头。逛了几家报社、杂志社和出版公司，除了告诉别人他写了一本书之外，便不知道还该说些什么了。于是，他在众人诧异的注视下重新回到家里枯坐。有一天，一个女人敲开家门找到了父亲。这个女人便是“另外一位出版商”了。没等父亲开口，这个女人便滔滔不绝说了一大通。说什么吉他在中国拥有广大的消费群体，加上中国还没有正规的吉他教育体制，所以这是一块值得开拓的市场。写一本吉他教材，只要把宣传攻势做好还是很好卖的。你写的是本吉他教材对吧？

父亲说：不完全是。

女人说：那究竟是本什么东西？

父亲说：这是一个三部曲，我将之命名为《即兴之路》。第一部叫《在月光中》，就是你现在看到的这部手稿。我用了一整个冬天写完，用即兴写作。“即兴”的意思，顾名思义就是指即兴演奏，这是布鲁斯音乐和爵士乐的基础。

女人说：但你是搞摇滚乐的呀。

父亲说：谢谢你知道，但你还是忘了吧，现在我们说的是即兴。“即兴”是个很有意思的东西。在“即兴”中的确有诸多神奇，它不光体现在演员的表演，歌手的演唱以及乐手的演奏上，譬如我这本书也是在一种即兴的状态里完成的。但即便如此，我写这个东西，也并不是为了教人布鲁斯或爵士乐。如果你是怀着这样的目的来读这本书，我敢保证你什么都学不会。

女人说：那我们还怎么来做你这本书？

父亲说：怎么做我不懂，因为我没有出过书，我只出过唱片。但我必须让你明白这不单纯是一本吉他教材。

女人说：那它究竟是本什么东西？

父亲说：我都说了这么多，你还不明白的话，我只能怀疑你的理解能力了。

女人说：我倒认为，如若一个作者连自己写的书都无法用简洁明了的语言进行概括的话，那么我有充分的理由怀疑他的语言表达能力了。

父亲说：我明白，我们都有问题。

女人说：那你让我怎么办？

父亲说：不言自明，拿回去读读就知道了。说着，父亲把稿子递给女人。女人迟疑了一下，塞进鼓鼓囊囊的包里，告辞了。

另一个下午，女人又来了。仍然是像上次一样张开口就是一连串的表白：我很欣赏你，因为我听了你的专辑。尽管只有一张，但我仍然听得很过瘾。你的那首歌叫什么来着？《另外一座垃圾场》对吧？实在是又够愤怒，又够咆哮，尽管过于直接，但我仍然看到你很有思想……

父亲说：我说过请你忘记这件事吧。书你看了吗？

女人说：我看了，我当然看了，不然干吗来找你？

父亲说：能出吗？

女人说：那还用说。我们已经做好了充分的市场定位，写好了进行铺天盖地宣传的计划书。这样我们需要投入大量的资金你知道吗？也幸亏你遇见我们哪，要是出版社的话，他们根本就不会给你做什么宣传，很多作者通过出版社出来的书摆在书店里根本就没人知道。

父亲说：我明白。不言自明。就像意义一样肯定。

女人说：我们准备用摇滚圣斗士、文化革命者来炒作你，你看怎么样？对了，对了，吕勇，你说摇滚乐究竟是什么？

父亲说：说了这么久，摇滚乐被人来回定义。又是精神，又是态度，又是斗争，又是革命。谁还记得摇滚乐是一种音乐呢？

女人哈哈大笑起来，女人说：吕勇你太幽默了。摇滚乐就应该是音乐才对嘛，哈！哈！

见父亲不作声，女人孤单单地笑了一会儿，就换了一种诚挚的语调说：吕勇，我们聊得这么投缘，说句掏心窝子的话，其实我打心眼儿里已经把你当朋友了。这么说吧，版税结算是很慢的，而且不大有保证，本着对你负责的态度，我希望你拿稿费。按照国家标准，我们的稿费是千字五十，你的每条谱例按照十个字来计算。他们本来规定一条谱例要按照一个字来计算，我觉得那也太欺负人了。我告诉他们：这是艺术创作！吵得面红耳赤的，后来我都哭了，他们才算让步。他们还说：这个作者到底是你什么人啊，值得你对他这么好？当然，这些话都不该跟你说，说了也没什么意思。

父亲说：的确没什么意思。

女人说：所以，假如你没什么意见的话，我们就趁早把合同签了吧。这样我们可以在月底把书出来，你看怎么样？

父亲说：你的意思就是说，我花了一整个冬天写的一本书所创造的价值就是几千块对不对？

女人说：但你的艺术是无价的。

父亲说：说这个没意思，我签。但你们动作要快，我还有更重要的事要做。

女人说：我是个爽快人，尽管女人爽快可能不是什么优点，但我就是爽快。放心吧，保证月底让你在书店见到这本书。

月底的时候，另外一位出版商打来电话。她说：你的稿子真麻烦啊！

父亲说：怎么？

女人说：出版社的终审认为你稿子中的教学部分是很严谨的，但在理论诠释部分充满了一些有意的影射和所指，甚至让人怀疑你在政治方向上有问题。虽然，我个人认为用文学的方式来写一本吉他教材非常有创意，而且，这的确是本好东西，但从出版社的角度来看有通不过的可能。

父亲说：通不过就通不过吧，稿子还给我就是了。

女人说：你那么潇洒？你难道不想出版么？

父亲说：不想出版我签什么合同？但你不是告诉我通不过吗？我有什么办法。

女人说：吕勇，你不用怕，我会继续想办法的。

父亲说：事到如今，已经没什么东西是我害怕的了。

过了一个礼拜，另外一位出版商又打电话过来，愁眉苦脸地说：你的书很麻烦啊！

父亲说：怎么？

女人说：很多出版社都不敢接你的稿子。我们把你的这本书放到一个《新世纪摇滚乐系列教材》的丛书里了。出版社除了你的书，其他的都要。

父亲说：那怎么办呢？

女人说：放心吧，吕勇，为了你，为了我们的友谊，我一定要让你的书出版。

另外一位出版商在两个月内先后九次通告父亲，这本书很麻烦，并申明为了父亲，为了她和父亲的友谊，她一定会让这本书出版的。另外一位出版商第十次打来电话的时候，父亲对着听筒破口大骂：你老是没完没了地告诉我稿子很麻烦，很麻烦，无非就是让我明白那是一本没人要的东西，但是你要了，对不对？要我从言语还是从行动上感激你的大恩大德呢？要我说多少遍你们做不了就还给我。拖来拖去有什么意思？说诗意一点简直就像一场绵延不尽的月经，整天湿漉漉的没完没了，想必你也有过深刻的体会吧！

另外一位出版商什么话也没说就挂了电话。

忽然有一天，一些堆满笑脸的人又接二连三不请自来地出现在家里。他们说：吕勇，吕勇，我们都知道你烧了自己家的房子，还进了精神病院。吕勇，吕勇，你不知道现在的年轻人对摇滚乐对朋克又产生了新的看法。吕勇，吕勇，他们不再相信自杀是摇滚精神，因为那是懦弱的，他们扒了吉他手的坟，把坐在轮椅上的鼓手暴打一顿，再也没有人去看过他。你知道吗？吕勇，吕勇，现在大家才知道什么是朋克精神，那就是在思想和行为上的疯狂，因为你为朋克思考了太多以至于疯狂。吕勇，吕勇，你没发现吗？这是多好的炒作题材。吕勇，吕勇，听说你闷在家里写了一本书是不是？吕勇，吕勇，听说你找的那个出版商每天都在刁难你对不对？吕勇，吕勇，其实没有鸡，没有巴，没有那么多鸟问题，现在我们重新包装你，让你东山再起，出本书还不是小意思？来吧，吕勇，我们续约吧，来吧，吕勇，我们策划了一台演唱会，你想要什么样的乐手，我们给你什么样的乐手，你想要什么样的观众，我们给你什么样的观众。吕勇，吕勇，我们摇滚界的鼻祖要过大寿了，如果你能过去祝寿时给他老人家吼两嗓子乐呵乐呵，那就更好了。吕勇，吕勇，我们还要请《中国摇滚》杂志社的人吃顿饭，沟通一下感情，因为我们发现他们还是很有号召力的。吕勇，吕勇，这些对你都不在话下吧？

父亲说：我不想玩了。你们走吧。我很累。

他们诧异地盯着父亲说：吕勇，你不想搞摇滚乐了吗？

父亲微笑着说：我要搞，但我不会乱搞。我是要搞朋克的，不是要被朋克搞。时间真快呀，转眼又一年，我却还有那么多事要做。你们各忙各的吧。

送走这些人，父亲疲倦地瘫倒在椅子里。第二天清晨，父亲把吕贝卡叫到房间里来。掀开那本叫作《即兴之路》的底稿，对吕贝卡说：认得爸爸写的字吗？

吕贝卡踮起脚尖瞅了瞅，说：认得。

父亲说：把倒数第二章读来听听。

吕贝卡掀开本子，却用眼角的余光迅速瞟了一眼房子，发现父亲的脚边躺着一把装在琴包里的木吉他，一个不大不小的旅行包。父亲的穿着，像是要出远门的样子。

吕贝卡说：爸爸，你要远行了吗？

父亲说：爸爸要去采风了，去草原上。来，给爸爸读读吧。

于是，吕贝卡捧着稿纸，心神不定地读起来：

相遇（组诗）

——孙磊

让我学会沉重的人，

总在我身上留下不灭的痕迹。——题记

1. 以真正的……

以真正的身体和血所说的话预备音乐，
以潮汐和风。为此我已深躬。
时光的晚波弥散着玫瑰的气息，
谁是带着乐感行乞的使者谁就能绽放。

在冬天，倘有人染上火焰，那定是负有使命的人。
他相信什么我也会相信，并去默想
他信的物什。鸫鸟飞过原野，
它的羽毛是一些逐渐坚强的弱音。

其中的节律也满溢异彩，倘有脆弱的人伸开双臂，
他怀里亦会一瞬间长满果树，在冬天，
胸怀保证了信仰。对于聆听者，
雪是缩过水的唱词，冰是淬过火的音阶。

2. 我几乎站不住

我几乎站不住，因为热病和冰雹。
这是我的永恒。在一个喧嚣的时代，
我的未来是去湖滨伐木，整个春天，
我吮吸树轮中应得的毫光。

并把话越讲越低，并活下去。
早晨，不再睡得太久；傍晚，也不再不小心
把黑暗溅到身体里。我热爱那持续的
散步和告别，它能让风中的尘埃慢下来。

但原谅我，不再为叶汁默想。
液体的结局总不免沸腾。而我
还要长久地凝视下去，劝慰并宽限
浮华的人，回到最初的沉痛。

3. 这不是永别

这不是永别。雪剔刷了我大部分的重负。
包括躯体和躯体中的黑夜。“这不是清除”
在一次演奏之后，仍有时间演奏另一次，
仍可以将生活带到别处过完。

但怎能不习惯周遭这些声音，这些声音中的
黄金和子弹。它们的磁性能吸住任何重物。
当我屏息，全神贯注，雪在空中就化了。
整个冬天的光亮将寄往何处。

而我踩踏了一年的柴火还活着，如果它

能重洗一遍，那火焰里的蓝色将更加
深湛。雪也将更大，直下到泥土里，
生根，“永不能融化。”

4. 昨天

昨天，从没有真正成为过去。过去
属于一个人的熄灭。谁是灰烬中焕然一新的
那人，谁就还活在愿望里。像我，一天
要到三个地方栖息：黑土、雪地、海洋。

如果有什么在我身上死去，它一定死得光荣。
一定是有光不断指引我弃绝自己。
并假如我参与了一种弃绝，树木和灌草
都会顺着垂暮的方向斜身和哭泣。

我懂得“风暴和压力”。多么漫长，事物果核的剥落，
其实只经历过一次袭击。而漫游之根
供给我更沉的血液，让我
去惊动那已惊动的，埋掉那已埋掉的生活。

5. 一个人应比他活的方向更细腻

一个人应比他活的方向更细腻、烦琐、沉重。

但我仍怕更多扑面而来的死讯。“什么能比乐观更轻薄。”
因而暮秋就应是了结。落叶在灵魂深处蔓延，密布；
因而我总是换挡，改变着活着的速度。

谁能确知左右自己的那束粮草？当风吹亮了一处居所，
我是否可以信赖它，也信赖它翕动的门窗。
但安睡就是埋没。一个人只能沉陷一次。
此时，我突然觉得险峻、勇敢，并有了反弹性的强力。

并压低光芒，并旋转，并冲荡，并玄响……
一阵波浪过去，它携带着整个早晨的露水和冰
驶入了我，而我却不是他人的岸，
也不是自己孤独、倔强、无畏的岛屿。

6. 我弹奏了很久

我弹奏了很久，连手指也熠熠发光。这次，
我耗损了应做储备的那部分汁液，二月，
它启示根桠和喷泉；十月，它用翅膀，
为一个时代落幕，为今天埋下一个伏笔。

我已足够靡烂，怀里仅剩下罪责与私欲。
甚至舞蹈和爱也已成浆汁。“但我仍活在步伐里。”
世界也还残忍不到牙齿和脊骨。所以，四处的热浪

仍在奔腾，远处仍有人像碎纸一样疾驰。

所以，放下肉体，灵魂还能持续多久，
这之间能收集多少易燃的松果和枝叶。
所以，对于死，我们应更加傲慢，
让其中的音调在适当的失败中适时地高亢。

7. 献身

献身交给人们的是两件事物：冰与火；
沐浴与烧戮。尤其在冬天，面对面的死亡，
会将一地大雪吸进所有城镇的胸腔。
假如它足够空旷，热血会同回音一起成倍地增长。

要去牺牲，要为牺牲在暴虐者的名字上扬灰。
并用自己的肉体去死，去竭力花掉
每一个穴位中的火苗。假如还能在死中腾出
一部分活的气息，就去语言美，去说：“松子，湖汀……”

假如死仍不是唯一的，“请把我忘在这里。”
去接被刀刃刻出的树脂，去降落
一枚蒲公英，它经历的天空
将会出现波纹和流星。

8. 能谨记的……

能谨记的应不是轻捷的。绕过一个声音，
另一个声音将比它更尖锐。我越是埋头低语，
秘密就越是到处流散，这一切
在炉火里俱已炼了很久，包括爱意中的黑暗。

谁是那个活着的死者，他荣耀地采集着花粉和香料。
他说："凡是活着的人，都是我的昨日。"
真实是沉痛的，让我不敢抬头去目睹，
一只蝴蝶怎样缓慢而晶莹地散步回家。

但我可以学着去忘记。让永生更可信。
但谁与我相倾，并分头去觉察
时间的箭矢，它从未浪费过一次，
也从不过分地去驱逐和剥夺。

9. 是迁徙

是迁徙，让叶子觉得轻易。
我不敢再往摇晃的树枝上投掷黑汁，
投掷速朽的光焰。风跟着凉了。
这是否是一次劝慰的降温。

仿佛孤立也可以对折，在树林里呆久了，
寂静也会狂热。我不敢再加深它的寒气，
不知道今天的时代谁明谁暗。
但我仍去努力辨认那些有福的根茎。

在被遮蔽的人当中，我不敢去触碰过暗的醒者，
翻手覆手间，我就会被别人掌握终生。
好在落在亡灵中的叶子还有些暖意，
让我敢于密步横穿它们的晦暗。

10. 绝不原谅

绝不原谅那些侧行的石头和树木。
当一个人前倾，他只能直面汹涌的大海。
必须比别人先冲刺才能把自己交还给自己。
才能警觉剧毒和锋刃。

我们都是凡人。加速度突然打断了我，
透过言辞的光我看到怯懦的血液也是鲜红的。
有枪就有风暴。但是，谁能像我一样，
善待和依赖沉默像善待和依赖自己的体温。

世界就是阵营！不幸的人总机敏而坚贞，
荣誉已带走了我大部分生活，剩下的只是秘密。

甚至秘密也还嫌太多，只“不忘怀这一切”。
也不给一个山岗过多的石头和树木。

11. 溪水进入低地的怀腹

溪水进入低地的怀腹。薄弱的一年
抬起了眼睑。“谁是我永生传颂的那人。”
而我只能用一生与他相逢。石头和倒影
在水中成形，并几欲哭出声音。

经历过流亡的河道，是一条降雪的
河道。他忍受着一棵树的晦暗变化
以及一次熄灭的幻像。我感到
力量正在失去，但并没有说话。

相遇让我感激。而我认出的那人
已不是同一个人。猛然间
水流巨大的疲惫压迫下来，让我强忍悲痛，
在有旋涡的地方继续去热爱。

12. 在怀疑中努力

在怀疑中努力。我已做好衰弱的准备。
生活已被回响搅浑，没有着落。

回忆像浓烟一样呛人。置身其中
我感到已确立的仍需再次确立。

有些时候也需要暗恋一些事物，
在事物空洞的躯体里设下雨季。
此时，痉挛不止的地方定有风在悄悄凝聚，
他能将众人的沮丧一夜吹熄。

但我既不弃绝幸福，也不弃绝灾难，
我只慵倦地活着，写作并素食，
我只在碰到祸事的时候微微低首，
因为，亲爱者的凋零，只允许我哀哭一次。

13. 别为我担心

别为我担心，时光将再次回到我身上。
冬天渐渐过去了，事物的阴影慢慢向我压来。
我觉得羸弱，比起小心翼翼的风声，
一张纸更让我空荡。

我曾说出过多少个明亮的词语，
今天，就有多少灰暗的句子等待着。
光源就是词根。谁不曾动摇和漂移，
谁就是那永生的人。

但冬天渐渐过去了，一瞬间经历了那么多：
欢爱、激情、痛苦、荣耀、贫困、华彩……
像混合的草本植物的浓烈气味，我还能
用怎样的气息来补充那正在忘掉的细节。

14. 明朗的冬季

明朗的冬季，事物减少到洁净的程度，
减少到原谅。除了寂静，
什么才能值得轻易地原谅。我思忖
雪是否能从天空一直铺到我身体里，

且我的身体是否还如往年一般朝气蓬勃。
天越来越黑了，须有一个黄昏用来吹奏，
双簧管、管风琴、小提琴以及正在饮酒的长笛，
我微微地闭上了眼睛……

谁能在重音的音节里静歇？我思忖
谁会想到能将雪弹奏到我的血液中？
雪拥我至夜晚，雪积得很深，
我的爱亦是这样，但爱比雪更晃眼。

15. 生活如此湍急

生活如此湍急，它的质量
与脉搏和方向有关。我能聆听到
其中灵魂的肃杀与闲适，而它的喘息，
将在我们每一个人的身体里均匀流过。

并保持着永久的磁性。我乐意接受和认识，
这样一来的损毁过程：淡淡的消磨；
像花气，沁人心脾地暗伤，
直到剥蚀让我更荒凉。

从一些人身上逃离，一次又一次，
我只能靠惯性前行。尘沙俱下。
生活的轴线是我平衡的根基，当它摇晃
我的梦想就需要江河的过滤和清洗。

16. 我总噙着泪水生活

我总噙着泪水生活，在一次陨灭
和另一次陨灭之间，我总看不清
温暖与寒凉的缝隙。就像持股人
在金钱和碎纸的上升与跌落间茫然失措。

而我总期冀于一次机遇，幻觉中的景像
散发着更真实的光。“今夕亦是昨日。”
当我猛然从票根中醒来，列车
已被错失在遥远的浓雾里了。

但我仍在远眺。我知道“光芒经久不息”。
事物更多地被淘洗，我仍相信
是一个人的光泽带来明亮和欢娱，而决不是
一阵风从身边擦肩而过。

17. 倘若

倘若还有一些黏度和弹性，事物的绽放
一定会坚持过整个冬天，并且它的根茎
一定带有弧度，我也熟知那弧度中的力量，
既狂热又深入，“但我可否要求冬眠？”

记忆是绵长的，它掺有碳灰和干草。
需要绽放的人一定是一个绚丽而委婉的人。
我松开攥在手里的雪，突然认识到：
我已被黑夜暗中拒绝。

那一年的蓬勃和衰败都让我睡过了，
那焚烧和浇灌，那淹没和漂流。

事物持久地浸润着生活。雪落得太静，
使我忘记了取暖，在更漫长的冬天……

18. 一天比一天漫长

一天比一天漫长，我再次相信了枯萎，
相信了花瓣盲目而急促的呼吸；
我再次染上了某种晕眩。香气
如同波浪游弋在我的身体里。

至关重要，在我身上必有一种气体能够洞悉生活。
这是我终生的谶语，我得到并挥霍它，
以便因闲置而陈旧的骨头也得到润滑，
得到闪电的催促和雷鸣的保证。

但封冻让我讳莫如深，说穿一句专注的话，
就能说穿一年的花事。只是必须说得适当，
光亮才能渗入花蕊，才能闻到它
彻骨的芬芳和寒凉。

父亲安安静静地听着，像一个乖巧的小学生。一直到吕贝卡读完，父亲沉默了很久，才说：吕贝卡，你读得真好！父亲说着，以他从来没有过的亲密捧起了吕贝卡的脸。父亲久久地打量着吕贝卡明亮的眼睛。父亲说：吕贝卡，你年纪还小，还有太多事你不懂，也就无从明了我的心情。但我多希望你能明白，你能明白……

吕贝卡说：我都明白，爸爸，我什么都明白。

父亲便又笑了，带着他的凄楚，小小的凄楚。

父亲说：原谅我，吕贝卡。爸爸真希望再听到你的声音啊，你读得真好，吕贝卡，你读得真好。

吕贝卡敏感地意识到了什么，吕贝卡说：爸爸，你是不是不回来了？话一出口便泪流满面。

父亲摸了摸吕贝卡的脑袋，笑了笑说：傻瓜，爸爸秋天就回来。

于是，吕贝卡也笑了起来。

得知父亲的远行，母亲只是淡淡地说了一句：早去早回。便没再说什么。吕贝卡执意要送父亲。父亲拗不过，便任由吕贝卡跟随到港口。吕贝卡看到父亲穿过那条绿色的走廊，吕贝卡看到父亲走下台阶，吕贝卡看到父亲登上了一条船。吕贝卡忽然高声喊起来：爸爸，爸爸，海的那边是草原吗？

爸爸笑了笑，带着他的凄楚，小小的凄楚。爸爸说：是的，海的那边，是草原。

就这样，日升之港，他们一别十年。

等／待／第／十／八

面朝大海，在喧扰的市声和远方微弱的汽笛声里，吕贝卡工工整整地写完一封信。在这封信里他絮絮叨叨描述了自己一整个暑假的遭遇和心情。最后，他把信叠成一个纸鹤的形状，这是和高年级那些会写情书的孩子们学的。塞进一个白色的信封里。贴上邮票。信封上写着：草原，爸爸收。

周先生换了辆新车——蓝鸟王。这样，周先生进来时，有点像只幽灵。因为，吕贝卡再也听不到那拖拉机一样“嘟嘟嘟”的“天气预报”了。时间久了，吕贝卡竟然有点怀念，那拖拉机一样放着响屁的老轿车。

这天，周先生的蓝鸟王里走出一个女人，她是周先生的妻子。她说来看看周先生和母亲正在进行的画。母亲很热情，还对吕贝卡说：怎么这么没礼貌，快叫阿姨！吕贝卡对着女人说：你喜欢橄榄项链吗？女人说：我喜欢金项链。说完大笑起来，她笑得像台风一样强劲。“你儿子真逗。”吕贝卡想起父亲说，草原上的女人就是这样笑的。父亲表演过。吕贝卡想起来，也笑了。

第二天，周先生一个人来了，吕贝卡大喊一声：飞呀飞！拖着风筝跑到门口。接着，他听到房子里传出激烈的争吵。

女人好阵子没跟电脑里那些男人见面了。吕贝卡也不再飞来飞去。女人不再碰电脑，并拔了电话线。他们整天坐在地板上，喝凉开水。他们开着窗，望着沙滩，望着那些黑乎乎的礁石，望着时而平静地如固态，又时而万马奔腾的海面。

女人说：吕贝卡，你家在哪儿？

吕贝卡说：我家和你家一样，都在一个圆里。但数学老师说，我家在弧上的那个点没有用，所以没给起名字。

女人笑了，女人说：吕贝卡，你真讨人喜欢。

吕贝卡也笑。

女人说：吕贝卡，你家里人呢？

吕贝卡说：妈妈在家画画。爸爸是个音乐家。你一定知道我爸爸的，他叫……

女人打断他，女人说：我从来不听音乐的。

吕贝卡"哦"了一声，继续在风筝上刺着孔。他刺累了，就把针别在风筝上。接着，他说：我爸爸去采风了。他秋天才回来。

女人说：你懂什么是采风？

吕贝卡说：爸爸在草原上跑，就像我在沙滩上那样跑，要跑快……

女人眯起眼睛说：像快要飞起来那样？

吕贝卡笑了：对。这样，风就来了。就这样一直跑。不过，我不知道爸爸把风装在哪里的……反正爸爸得采风，才能做音乐。爸爸就是这么说的。

女人说：那你觉得风应该装在哪里呢？

吕贝卡说：装在卡带里吧。我叫吕贝卡，卡带的卡呀。我爸爸肯定把风装在卡带里。我做梦就是这样的呀，爸爸回来后，就放给我听。

风在卡带里呼呼响，就是别想跑出来。像被圈住了一样。

女人说：那就是一窝猪咯。

吕贝卡说：是一群马，被驯服的马。我还听见爸爸在风里冲我喊：吕贝卡！你听到风了吗？因为风很大呀，我也大声喊，我说我听到了！“吕贝卡！我们在飞呀！”“是呀！我们在飞！”

我爸爸很喜欢我的。你知道吗？

女人笑笑，说：吕贝卡，我也喜欢你。

吕贝卡扭扭脖子，不好意思地笑了。

过了一会儿，吕贝卡说：你喜欢橄榄项链吗？

女人没有说话。女人从地板上站起来。女人的脚趾头会动的，吕贝卡觉得很好看。女人说：吕贝卡，我该工作了。

周先生有很长时间没有露面。母亲经常紧闭卧室的门。吕贝卡一个人像只海马一样在大房子里游来荡去。他在数学作业上画圆，吕贝卡发现自己越来越喜欢圆形了。唱片、CD、卡带的转轮都是圆的，还有圈套，圈套也是圆的。吕贝卡抬起胳膊，看肘上脱落了痂的伤疤，那是个闪亮的圆形。吕贝卡回想起自己如何趴在窗台，看到数学老师把手伸进郭晓敏的裙子里。后来，吕贝卡摔下来，他们就给他放了这么长的病假，还对他说，如果不搞清楚圆形，这个假期将更加漫长。吕贝卡又想起了那个词：流放。语文老师说，流放是古时候的一种刑罚，把犯错误的人，驱逐到遥远的地方，在艰苦的环境里反省自己。吕贝卡一整个夏天都讨厌这个词，因为他不知道自己犯了什么错误，又该如何反省自己。

周先生又来了，母亲心不在焉地和他说着话，满脸不高兴。后来，他们又和好了。这两个工作上的伙伴，生活里的好朋友，又和好了。

周先生的蓝鸟王也恢复了往日的作息：一个礼拜会有三天停在门口。

但吕贝卡说：我不想放风筝了。母亲很诧异。就那么瞪着眼，看着吕贝卡，似乎在炎热的夏天，不想放风筝是件不可思议的事。

吕贝卡说：风筝破了。你看，它上面都是孔。被风吹破了。风很大的，像马蹄一样，踢破了。

母亲说：那样它更轻了。它还能飞的。

吕贝卡不作声。

母亲加重了语气：它还能飞。

是啊，肯定还能飞。周先生呵呵笑着，伸出手要去摸吕贝卡的头。吕贝卡躲过了。

吕贝卡低着头，沉默了一会儿。最后，他嘟囔了一声：飞呀飞。拖起风筝跑了。风筝摇摇晃晃，又飞了起来。吕贝卡在沙滩上继续画圆。吕贝卡觉得自己的圆，已经画得非常圆了。吕贝卡不知道这算不算一种反省。暑假就快要过去了。吕贝卡准备在开学时，结束这漫长的病假。他要回到学校去。告诉数学老师，我们住在一个圆里。我们的房子都只是圆周上的一个点。如果没有海，大家都住在弧顶。但是有海，所以只有一个人住在弧顶。只有她离海最近。但吕贝卡不准备告诉数学老师，她像母亲的一幅水彩画。也不准备告诉数学老师，其实母亲已经很久没有画画了，她给周先生的妻子看的，都是她以前的画。他顶多会告诉数学老师，这一切，他之所以能把圆画好，全是因为放风筝的缘故。

这天傍晚，女人又送走一个男人。她又把在左边超市里买来的东西放到右边超市里，并取走一些钱。女人有点疲惫，女人回到房子里，接到一个电话，女人有气无力地说：请你不要再来纠缠我了，我真的不想再见到你。女人挂了电话，躺在沙发上。她很累，她累得连睡过去的力气都没有了。后来，有两个男青年悄悄推开门进来。吕贝卡在沙滩上，看着窗户里，女人从沙发上站起来，赶他们出去。接着，他们围上来，把女人摁到沙发上，女人开始挣扎。他们开始打她，打她的脸，揪她的头发，让头撞在墙上。他们用脚踹她的小腹，按住她的四肢，撕开她的裙子……

台风就要来了。沙滩上一个人都没有。吕贝卡还在画圆，吕贝卡越跑越快。吕贝卡感到风越来越大，马的蹄子越来越密集，像冰雹一样踏在脑袋上。吕贝卡跑得不能再快的时候，大喊一声：飞呀飞！像一列出轨的火车，从他的圆周上跳了出来，吕贝卡像张画那么瘦，却像张铁板那么强壮，他跨过那只大轮胎，在女人的房子前画起了圆，他大声喊着：飞呀飞！飞呀飞！飞呀飞！飞呀飞……他像一个疯人院里跑出来的儿童，身体里发出火警一样尖利刺耳的声响，他就那么大声地喊着，风在他身边像无数匹脱缰的野马，它们给了他力量，它们撞击着他，使他奔跑得更快，更快……附近房子的门都打开了，人像巢穴里的蜥蜴一样迅速地爬出来，围着那个圈。

吕贝卡还在画圆，在他的速度里，他再次变成一只光柱。终于，他目光的焦点里，窗户里的男青年慌张地松开女人，从人群围成的圆的边缘，不声不响地溜走了。在那一瞬间，吕贝卡一屁股坐在地上。天旋地转，在吕贝卡的眼里，所有的东西，都成了圆的，并且是像铁箍一样错落交织在一起的，不停旋转的圆形。

人群议论纷纷，这是谁家的孩子，发疯了？要不要报警？女人在房子里疲倦地喊了一声：吕贝卡。吕贝卡站起来，摇摇晃晃地往房子里走。人群散去了。

九月快要过完的时候，女人说，她要去远行了。吕贝卡说：我也想，但我不知道坐船，还是飞机。女人说：我再也不会回来了。吕贝卡说：爸爸会回来的。你怎么不回来？女人说：我想飞，想永远地告别这里。女人又说：吕贝卡，我会想你的。吕贝卡不好意思地笑了。女人的嘴角上贴着胶布。吕贝卡举举手肘说：很快就会结痂了。那个伤疤是亮的，是个圆形。女人摸摸嘴角说：那样就不好看了。吕贝卡说：你最好看。女人笑了，女人说：吕贝卡，我要送你件礼物。

九月的最后一天，吕贝卡坐在沙滩上，抱着随身听听完了女人送他的卡带，那首曲子叫《橄榄项链》，也是吕贝卡一整个夏天都在询问的曲子。女人说，这是她自己买来的。吕贝卡明白这句话的意思是说：这不是和某个男人一起在左边的超市买的。吕贝卡像只鸽子一样展开双臂，闭着眼睛，感受着圆形的天空像只透明的玻璃罩子罩在他的头顶。如果把天空倒过来，就是一只玻璃杯，海水可以注满这只杯子。当海潮来的时候，杯子里都是煮沸的开水……吕贝卡听完了曲子，捧着三瓶汽水努力地吮着。后来，他问摊主：你喜欢《橄榄项链》吗？

摊主笑笑说：那可是我最喜欢的曲子啊。听他的时候呀，想要飞，想去很远的地方。

吕贝卡笑了。说：我也喜欢。

吕贝卡站起来，把风筝举在头顶，沿着那条水泥马路向前跑，一直跑到他的起点。吕贝卡觉得风就要跑满了，当风满了，树叶都会被吹黄，那时候，秋天就到了。吕贝卡停了下来。

他把风筝撕得粉碎。他对着那个圆说：爸爸就要回来了。

2005 年 3 月定稿于杭州

图书在版编目（CIP）数据

黑梦 / 冯小凤著. —南京：译林出版社，2017.6
ISBN 978-7-5447-6829-0

Ⅰ.①黑… Ⅱ.①冯… Ⅲ.①长篇小说-中国-当代
Ⅳ.①I247.5

中国版本图书馆CIP数据核字（2017）第007090号

书　　名 黑　梦
作　　者 冯小凤
责任编辑 陆元昶
特约编辑 宗珊珊
出版发行 译林出版社
出版社地址 南京市湖南路1号A楼，邮编：210009
电子信箱 yilin@yilin.com
出版社网址 http://www.yilin.com
印　　刷 三河市华润印刷有限公司
开　　本 960×640毫米　1/16
印　　张 19.5
字　　数 200千字
版　　次 2017年6月第1版　2017年6月第1次印刷
书　　号 ISBN 978-7-5447-6829-0
定　　价 29.80元

译林版图书若有印装错误可向承印厂调换